KB021284

비로소 사랑하는 자들의 노래가 깨어나면

비로소 사랑하는 자들의 노래가 깨어나면

초판 1쇄 인쇄 2024년 3월 15일
초판 1쇄 발행 2024년 3월 22일

지은이 | 전소영
펴낸이 | 김재문

펴낸곳 | 출판그룹 상상
출판등록 2010년 5월 27일 제2010-000116호
주소 (06646) 서울시 서초구 반포대로28길 42, 6층
전자우편 story@sangsang21.com | 블로그 blog.naver.com/sangsangbookclub
페이스북 facebook.com/sangsangbookclub
인스타그램 @sangsangbookclub
대표전화 02-588-4589 | 팩스 02-588-3589

ISBN 979-11-91197-96-9 (93810)

비로소
사랑하는 자들의 노래가 깨어나면

전소영 평론집

상상

진입로에서 – 미완인 삶과 대화라는 꿈

'왜'라는 부사는 이따금씩 뒤따라오는 말들을 감당하기 어려운 무게의 것으로 만든다. 이를테면 '왜'가 '사는가' 혹은 '죽는가'라는 말과 함께 놓일 때, 그것은 자비 없는 시간의 궤도 위에 돌연히 삶을 정박시킬 만큼 육중한 닻이 되곤 한다. 왜 살아야 하는가. 왜 죽어야 하는가. 삶이란 결국 무게를 견줄 수 없는 이 두 개의 질문이 번갈아 드나들며 파도를 만드는 어떤 해안선과 같을 것이다.

그리고 이 책을 엮는 기간 내내 나의 마음도, 그 '왜'가 일으킨 감당 못할 파랑에 집어삼켜졌음을 먼저 고백한다. 언젠가 회수할 수 있으리라는 낙관 안에 던져두었던 질문 하나가 십여 년간 몸집을 키워, 내게 더없이 다행하고 불행한 걸림돌이 되었기 때문이다.

나는 왜 쓰는가.

비평의 몫이나 자리에 관한 일반론 또는 보편론이라면 종종 생산

되곤 한다. 가령 우리 시대의 비평이란 무엇인가, 비평가란 누구인가에 대한 발화는 주로 비평가 집단 내부에서, 시대가 경사면에 놓일 때마다 공유되었다. 물론 변화하는 시대정신 위에서 비평가 전체의 책무를 떠올리고 바로 세워나가는 것은 중요한 과제이다. 그것이 비평 행위가 이어져야 하는 이유와 그 가치의 전제가 되는 까닭이다.

다만 그러한 글들 중 일부는, 때로 나에게는 공회전처럼 느껴지기도 했는데 그 이유는 의외로 간단한 것이었다. 그 글에 내가 설득되지 못했기 때문이다. 그러한 글에는 비평가로서 '나'를 내세운 발화가 없어, 나는 그 글의 필자가 어떤 식으로 '자기'를 정립하고 있는지, 그만의 지향점이 어디인지 더러 알기가 어려웠다.

'비평이 ~해야 한다'라는 바람을 독백이 아니라 청유의 말로 삼고자 한다면, 비평하는 '나'의 삶에 대한 성찰이라는 토양 안에서 먼저 그것을 배양해야 하지 않을까. 설득이 솔직한 에토스적 호소에서 비롯된다는 것을 믿는다면 말이다.

그리하여 이 책은 나에 관한 이야기로부터 시작된다.

비평적인 글을 써보고 싶다고 생각했을 때, 나는 비평가의 원형을 더듬어 볼 수 있게 해주는 여러가지 정의들을 두드리고 다녔다. 그때 가능한 한 많은 비평의 정의를 기억의 서고에 담아 두었는데, 그 중에서 아직까지도 가끔 들추어 보는 언급이 이와 같다. 어느 날 베르나르 앙리 레비가 롤랑 바르트에게 물었다. 비평가란 무엇이냐고.

그에 바르트는 어쩐지 냉소적인 답변을 남긴다. 비평가란 쓰레기다, 위험한 역사가 지나간 다음에 남아 있는 것을 뜯어먹고 사는 쓰레기에 불과하다.

그러나 이 말의 진의는 그 다음에 부기된 다음과 같은 단서에 담겨 있다. 그냥 쓰레기가 아니라 전염병을 일으키는 쓰레기라는 것, 생각을 전염시켜 확장하는 창조적인 무엇이라는 것. 이 정의에서 주로 방점이 찍히는 부분은 '역사가 지나간 다음에'라는 구절이며, 이는 문화에 호명되고 문화를 호명하는 비평의 역할에 대해 말하기 위해 쓰이곤 한다. 그와 달리 내가 갈피끈을 끼운 단어는 '전염' 쪽이었는데, 나는 그것을 '(타자와의) 대화'라는 말로 바꿔 읽었다. 이것은 또한 내가 삶과 사람과 문학을 사랑하는 방식이기도 하다.

이 책에 진열된 모든 글은 주제 상으로도 형식상으로도 그 사랑의 표현과 관련이 있다.

첫 책에서는, 우선 인간(人間)이라는 말 자체에 노정된 '사이(間)'를 늘 유심히 살피는 나의 고민을 공유하고 싶었다. 사람과 사람 사이에 필연적으로 놓일 수밖에 없는 거리와 시차, 말하자면 적정한 거리와 온당한 시차에 대해 자주 생각한다. 미완성의 개체인 내가 조금이라도 완성을 향해 나아가기 위해서는 나와 유사하거나 이질적인 타자들을 만나 닳고 뭉툭해져야 한다고 여기면서도, 내가 지닌 고유함이 누군가의 판단과 판정 안에서 훼손될까 봐 두려워진다.

그래서인지 내가 쓴 첫 평론의 주제는 '이질적인 존재들이 개성과 고유성을 간직한 채로 어떻게 유대를 이룰 수 있는가'에 관한 것이었다. 그것을 압축해 내가 바라는 이상적 관계에 '원심성의 공동체'라는 이름을 붙였는데, 그로부터 파생된 타자, 대화, 사랑, 혐오 등의 키워드가 내가 2010년대와 2020년대 문학을 읽는 키워드가 된 것이다.

수다한 재난과 폭력, 진리 부재, 아집과 불신의 범람, 부재하는 사랑과 만연한 혐오. 이 같은 별칭으로 운위되는 지난 시대의 시들은, 혐오란 자기동일성의 폭력을 드러내는 문제이며 사랑은 (비)가시적인 타자의 '다름'을 인정하는 데서 시작된다는 것을 내게 더없이 아름다운 방식으로 감각하게 했다.

하여 이 책에는 2010년대 중반~2020년대에 이르는 시기에 발표한 원고 중에서, 특히 현대시를 통해 타자, 관계, 사랑, 혐오 등과 관련된 시대의 풍경을 조감하게 하는 글들을 추려 수록하였다. 첫 번째에서 네 번째 장까지는, 고독이 만연해진 시대에 '혼자'를 '혼자들'로 서게 하는 시에 관한 이야기를 누벼냈다. 다섯 번째 장에 이르러서는 우리의 시 읽는 밤이 영원할 수 있으리라는 믿음을 가만히 건네고 싶었다.

이 마음의 도정을 책 제목에 고스란히 접어 넣었다.
비로소 사랑하는 자들의 노래가 깨어난다.

나는 이 시편들(과 그 배후에 놓인 시인)이 지닌, 나와의 동일성 및 이질성 사이에서 진자 운동하며 독자로서의, 인간으로서의 내 삶의 좌표를 점검해 왔다. 그 과정에서 비어져 나온 거의 모든 생각을 글로 남길 수 있었다. 그것이 내가 해온 독서와 글쓰기의 전모이며, 이 과정을 많은 이들이 경험해 보길 바란다.

이롭게 감염되기를 희망한다.

비평은 물론 활자화된 그 무엇도 좀처럼 읽히지 않는다고 일컬어지는 시대에, 이 '감염' 내지 '대화'에 관해 이야기하는 일은 얼핏 헛된 것처럼 보일지 모른다. 그러나 '대화'를 염두에 두지 않은 비평은, 독백이어도 무방한 에세이나 한정된 독자를 대상으로 쓰이는 연구 논문에 자리를 넘겨주어도 괜찮을 것이다.

비평가라고 자임하거나 명명되는 이들이 목표 삼는 지점은 다양하다. 누군가는 논쟁을 견인하는 사상가가 되기를 바라고, 누군가는 충실한 해석자로 남기를 원하며, 누군가는 자신을 세계를 평결하는 배심원으로 상상할 수도 있다. 다만 이들의 공통 목표가 '대화'일 필요는 있는 것이다.

'전염되는 비평' 내지 '대화로서의 비평'에 관한 논의는 주로 비평가-비평가의 소통, 작가-비평가의 연결에 초점을 맞추고 있는 듯하다. 그에 비해 비평가-독자 사이의 '대화'에 대해서 주목하는 경우는 많지 않은데, 나는 지금-여기에 필요한 비평적 대화는 독자의 '비평가-되기'를 작동시키는 것이라고 믿고 있다.

이것은 거창하다면 거창하고 소박하다면 소박한 바람이다. 나는 내가 만든 문장이 단 한 명의 독자에게라도 자신의 생각을 진술하는 계기나 매개가 될 수 있기를 소망한다. 요컨대 내가 시대와 세계를 영사하는 텍스트를 공들여 깊이 읽고 나의 경험적 토대 위에서 할 수 있는 말들을 허영도 위장도 없이 내려놓는다면, 그리고 그에 대해 단 한 명의 독자라도 공감하거나 반박해 준다면, 즉 내 글이 그것을 위한 공론장으로서 기능할 수 있다면, 비평은 우리의 삶을 조금이라도 나은 방향으로 밀어 갈 수 있지 않을까. 내가 생각하는 '비평으로 수행할 수 있는 독자와의 대화'란 여기서부터 출발하는 것이다.

나는 곧잘 작가(텍스트)와 독자 사이에서 손을 잡고 있는 모습으로 나 자신을 그려보곤 한다. 텍스트를 유심히 보고 성실하게 해석하며, 난삽하지 않은 문장과 상상의 여지를 남기는 글의 구조로 대화를 이끌어 내는 비평가를 꿈꾼다. 진실은 누군가의 것이 아니라, '다른' 사람들 사이에서 울리는 파열음과 공명음 안에 있음을 신뢰한다.

나는 독자분들의 편지에서, 내 글의 일부가 포스팅된 블로그 등에서 '비평가'라고 명명되며 마침내 비평가가 되었다.

그리하여 나는 당신과의 대화 과정이 곧 삶이라는 사실을 염두에 두고 글을 쓴다. 나와 다른 시간 속에서, 다른 공간 위에서 이 문장을 응시할 당신을 의식하는 중이다. 부재하는 당신의 존재가 나를 늘 백지 위로 초대한다. 고독과 환멸을 기꺼이 견디며 무언가 다시 말할 수 있는 용기가 당신으로부터 나에게 도착한다.

문장에서 피돌기가 시작된다.

차례

제1부

세계의 밤을 견디는 감각의 유대

세계의 일몰과 감각하는 시의 권능

발자국을 보(지 않)았다

소스라침에 발을 붙들리는 순간이 있다. 사내는 모처럼 바닷가를 걷던 중이었고 섬엔 고요 외에 다른 벗이 있을 리 없었다. 그런데 발자국 하나를 맞닥뜨린 것이다. 기대가 그의 마음에 최초로 머문다. 기대는 누구라도 바쁘게 움직이게 한다. 힘겹게 고지대 올라가 사내는 먼 곳으로까지 시선을 던져본다. 아무리 기다려도 풍경에 변화가 없다. 초조가 금세 망연자실로 모습을 바꾼다. 실망은 뜻밖의 두려움을 물어온다. 발자국의 주인이 악마일지도 모른다는 가시 돋친 망상, 그것이 서슬 퍼렇게 그의 심장을 움켜쥔다. 아니, 정말로 발자국을 보긴 했을까. 무엇이 실재이고 상상인지 이제 그 스스로도 확신할 수가 없다.

　이 사내, 로빈슨 크루소의 분열증은 그런 조건들로부터 육박했다. 철저히 홀로라는 사실. 무언가를 스스로는 확실하다 여기더라도 확신을 공유해줄 타인이 없다는 것. 지각을 보증해 줄 수 있는 존재가 자신뿐일 때 혼자 본 것은 본 것이 아니게 된다는 말. 그럴 때 현실과 상상의 구분선은 마모되어 점선처럼 위태로워지고, 이 버거운 과정을 견디다 (무)의식은 기어이 공포를 토해내는 것이다. 홀로된 사내의 황망한 하루를 통해 우리는 분열증을 키우는 고독의 아귀힘에 대해 새삼 듣는다.[1] 그리고 우리의 삶 또한 그 하루와 크게 무관하지 않음을, 이제 펼쳐들 시로부터 새삼 듣게 될 것이다.

몰락하는 관계, 분열하는 주체

신성晨星은 별과 별 사이에서 태어난다. 무릇 신성의 시도 그렇다. 그 시절 가장 약진하는 시단의 경향 안에서 그것을 계승하거나 이탈하는 방식으로 탄생한다. 그러니 이제 펼쳐들, 새 시들이 외형적으로 이른바 (포스트) 미래파[2]의 슬하에 놓여있다 해도 섣불리 실망하거나 기대할 필요는 없다. 2010년대의 젊은 시에 조류에 붙여진 미래파나 포스트 미래파와 같은 명칭이 온전히 적확하다고 여기지 않는다. 조금은 성급하고 모호해 보이는 그 명명법은, 이즈음 가장 첨단에 놓

---

1) 고독과 분열증에 대한 이러한 사유는 사사키 이타루, 『잘라라, 기도하는 그 손을』(송태욱 역, 자음과모음, 2012)의 『로빈슨 크루소』, 고독한 나락'에서 빌려왔음을 밝혀둔다.

2) 포스트 미래파라는 용어는 일단은 전대前代라 불리는 미래파와 시차를 두고 등장했고 그럼에도 그들과의 변별점이 무엇인지는 아직 명확히 발견되지 않은 일군의 젊은 시들에 붙여진 명칭이다.

인 시들의 경향을 한 데 엮기 어렵다는 사실의 반증처럼 닿아온다. 그렇다면 차라리 개별자에 대한 섬세한 관측과 이름 붙이기가 끝난 이후 성좌를 완성하는 편이 좋겠다. 신인들의 시에 대해서도 그래야 할 것이다.

다만 시기상조임을 무릅쓰고 신성들의 동일성에 관해 말해보자면 이들 시의 주체는 분명 (포스트) 미래파적인, 분열적인 목소리를 내고 있으되 분열의 진폭이 잦아졌을 정도로 지쳤고, 내성적이 되었고, 그것을 곧이곧대로 드러내지 않기 위해 덤덤하거나 위악적인 얼굴을 했고, 그래서 더 처연해진 실존이다.

> 가축과 기사가 해지되었다
> 세계는 불명확하다
> 게으름과 어제와 내일이 삼각구도로 무너지고
> 음악이 끝날 때 조용히 무언가 손에 들고 음악을 듣기
> 시작한 친구들
> 친구들을 위한 시
> 다른 한편으로는 생각에 빠진다
> 그러나 생각이라는 편리가 몽타주는 아니다
>
> — 임정민, 「교우와 갈등」 부분

뚜렷한 전언보다는 난반사되는 이미지들로 몽타주 되는 (포스트) 미래파의 기미가 첫 연부터 있다. 가축과 기사. 일견 나란히 놓기 힘

든 오브제들을 병렬 관계에 두었다. 이후 진열 된 행들 또한 세계, 게으름, 음악, 친구를 등장시키며 아교 없는 장면의 이어짐을 보여준다. 사물 내지 현상이 강한 원심력으로 병치되는 것이다.

그러나 주어를 나열하기보다 그것의 표정과 상태를 보여주는 서술어 쪽에서 시를 읽어볼까. 시가 지닌 의외의 구심력이 느껴진다. 모든 존재는 '해지되고, 무너지고, 빠지고, 금지되고, 죽고, 잃는다.' 무너지는 것과 잃어버리는 것의 기색이 완연하다. 비단 이 시에서만이 아니다. 사라지거나 흐려지고 빠져나간다(정다인, 「국지성 황사」). 파서 묻거나 죽고 내려간다(정현우, 「묻다」). 떨어지고 쏟아져 가버리고 진다(조창규, 「독거」). 서술어만 굳이 골라 더듬었다. 소진되는 주체의 피로가 감각에 번져온다.

이들을 '몰沒의 주체'라 부르기로 하자. 여기에서 '몰'이란 다름 아닌 관계의 몰락이다. 이 시대의 징후와 예후가 피로와 불안에서 모멸과 분노로 옮겨지고 있다 한다. 자유와 욕망까지 착취하는 문명 안에서 개인들이 피로하고 불안해진 것은 오랜 사실이었다. 그리고 근자에 사회의 병증으로 드러나기 시작한 모멸이나 분노는, 피로하고 불안한 개인들에게 더 이상 타자를 돌볼 여유가 남아있지 않다는 사실을 참혹하게 안겨준다.

타자를 돌보거나 타자로부터 돌보아질 여유가 사라진 세계는 불우하다. 거기는 "독거노인의 죽음 잡음처럼 듣고 싶지 않"아지는 곳, "버려진 세탁기를 보곤 하는" 곳, "돌릴 옷들은 어디로 사라졌는지 / 달빛으로 판서된 집들은 고요했고 / 노인의 몇 개 유품이 발견 되"

는 곳(정현우, 「퓨즈가 나간 오후」). 나라는 존재의 생과 사를 공유해 줄 타자가 매한가지로 부재 한다면 그 세계의 개인은 무인도에 표류한 사내와 다르지 않은 것이다. 그 고독과 불확실성이 사무쳐 분열증적 표현들로 시에 칠해졌다. "처연한 번창"이나 "앞당겨온 후생" 같이 능수능란한 역설을 부둥키고(정다인, 「무반주 퀼트」) "우리는 수치를 알았다 어느 긴 시간이 흐르고 나서야 / 수치를 모르게 되었다"며 번복되는 진술로 속엣말을 한다(임정민, 「유성」). "세계는 불명확하다"(임정민, 「교우와 갈등」)는 것이 우리가 지닐 수 있는 가장 확고하고 서글픈 진실이기라도 한 듯.

감각의 유대, 생생하고 말랑말랑한

아름다운 유물이 된 단어에 대해 이야기 해볼까. 여전히 애틋하여, 그 실물이 잘 기억나지 않는 세계를 더 공허하게 만드는 것들 말이다. 신인들의 시에서라면 그것은 사랑이다. 관계의 몰락을 보이려는 몰의 시들이어서 사랑이라는 낱말이 돌출되지는 않지만 대신 선명하게 아른거린다. 이를테면 "누군가의 한 철 되기 위해 자신의 화축 꺾는 꽃 / 요참 당해도 한 방울 향기도 흘리지 않는"(「독거」) 꽃의 일도 사랑일 것이다. 다만 자아 파괴의 위험을 감수하면서까지 타자의 삶에 깊숙이 개입하려는 그 절박한 마음을 우리는 잊거나 두려워하게 된 지 오래이다.

그렇게 사랑하여 여전히 나는
혼자가 되었네 친구는 많고 우정은 영원해서
홀로 귀가하던 쓸쓸한 저녁마다
콩나무를 타고 하늘로 올라간 어린 잭은
금화를 훔쳐와 부자가 되었네

훔치는 자에게는 탕진의 이력이,
쓸쓸한 자들은 빈곤의 핏줄이
휘어진 척추처럼 유연한 것이므로
행복하게 산다네 엄마와 둘이서
한평생 콩을 팔던 노파는 도끼질을 모르고
한 그릇 이천 원 두 그릇 삼천 원
빈자들의 셈법이란 방탕한 것이어서

— 최원, 「잭과 콩나물」 부분

그런 마음이라면 이제 그럽되 믿기지 않는 것, 그것을 내보이는 착한 이를 서럽고 가난하게 만드는 현실에 없는 것. 이 시의 부적절한 인과는 거기에서 비롯된다. '나'는 사랑하여 애인이 되지 못하고, 우정의 영원히 믿어 날마다 홀로 되었다. '나'는 콩나무와 콩나물, 그러니까 동화와 현실의 사이 가파른 간극에 대해 알아간다. 잭의 동화는 콩나무가 높이 자라 하늘과 금은보화에 닿는 결말로 나아갔지만 나의 삶은 콩나무로 자라지 못한 콩나물처럼 시시하고 비릿한 현실에 고일 것이었다. 그렇다. 삶은 좀처럼 나아질 기미 없는 비극이다.

우리는 빈 시간을 담은 박스처럼

나란히 앉아 코미디프로를 봅니다

오늘은 왜 야구를 보지 않아요?

남편이 자기 마음이기 때문이라고 합니다

남편에게 마음이 있다는 사실을 자꾸 잊어버립니다

마음을 글러브처럼 들고 있고 싶습니다

던지면 어디서든 받을 수 있게

있잖아요, 수요일이 창문을 흔듭니다

남편은 저녁도 거른 채 잠이 들었습니다 (…)

나는 불도 켜지 않은 채 냉장고로 가서

다정함을 꺼내 먹습니다

다정함은 차갑습니다

말랑말랑합니다

하필 귤 맛이 납니다

나는 미처 닫지 못한 창문처럼 앉아있습니다

크고 두툼한 손에 다정함을 쥐어줍니다

그가 자는 잠에서 귤 향이 나는 것 같습니다
잠에서 깬 그가 손안에 노란색을 발견합니다

그는 다정함을 낡은 야구공처럼 굴려봅니다
껍질을 벗겨 입안에 넣습니다
남편의 뒷모습이 둥글어지고 있습니다
어디로든 굴러갈 수 있게

— 임지은, 「차가운 귤」 부분

귤이 나올만한 계절의 저녁, 퇴근 시간 이후쯤이 좋겠다. 남편과 아내가 더불어 앉아있다. 더불어, 라는 말이 더없이 적절하다. 다정한 대화에는 밀도가 있어 텔레비전 따위가 끼어들 틈 없다. 서로에게 마음이 있다는 것을 둘은 진작 알고 있었다. 마음을 글러브처럼 들고 있어, 던지면 어디서든 받을 수 있다. 함께인 순간을 놓치지 않기 위해 저녁을 거르지 않는다. 같이 누워 서로의 기척을 확인하다 누가 먼저랄 것도 없이 잠이 든다. 시의 풍경이 음각이라면 그것을 양각으로 다시 옮겼다. 옮긴 장면이 동화 같고 시의 일이 오늘 같은 것이 이 삶의 슬픔이다.

집과 가족은 정박지라고도 말해졌던가. 그 단언이 가물거릴 정도로 우리는 집에서조차 표류한다. 그래서인가. 벽돌을 삼키고 숨을 참거나 구역질을 막아가면서까지 집을 지으려는 다른 시(「가족의 건축」)의 계획이 이상하거나 과도해보이지 않는다. 이상해보이지 않아

서글프다. 그러나 얼마나 다행인가. 시들은 와해된 유대의 비극에 머무르는 대신, 다른 유대 방식을 찾아 나선다. 그 도모가 시를 아름답게 빛낸다.

있잖아요. 아내의 음성이 가까이 갈 겨를도 없이 남편은 홀로 잠이 들었다. 어둑한 부엌에서 아내는 귤을 먹는다. 노랗고 차갑고 말랑말랑하다. 번지는 그 맛이 다정함을 생각나게 한다. 해서 아내는 그것을 귤이 아니라 귤 맛의 다정함이라 여기기로 한다. 잠든 남편의 손에 다정함이 쥐어진다. 잠에서 깬 그는 다정함을 만지고 먹는다. 노랗고 차갑고 말랑말랑한 것이 아내의 손과 입에서 남편의 손과 입으로 옮겨졌다. 그것은 말처럼 보이거나 들리지 않아 투명하겠지만, 말이 건너지 못한 둘 사이에 투명하게 오래 끼워질 것이다. 시의 이 순간에, 공유를 웃도는 공감이 애틋해 오래 머무를 수 밖에 없다. 이렇게 가족은 식구가 된다 했던가. 그러고면 식구는 언제나 가족보다 생생하고 살갑고 말랑말랑했다.

벽돌을 삼켜서 배 속에 새집을 지어요 물에 가라앉을 때까지
각이 져버린 목에 못을 박아 시계를 걸어놓아요 숨을 오래 참
을 수 있나요?

목구멍 속으로 들어간 손가락은 부풀었다 줄었다 지금까지
삼킨 설계도를 티슈처럼 끝없이 뽑아내더라도 구역질을 해서는
안 돼요 부실공사로 이어지니까요

토사물의 온도는 혀보다 따뜻할까요? 이불을 뒤집어쓰고 오
줌을 참은 적이 있다면
　비슷한 색깔끼리는 투명한 혈관으로 이어져 있다는 걸 느꼈
겠죠 노란 침대와 누런 이빨 그리고 황달은 같은 피가 흐르는
혈족

— 김호성, 「가족의 건축」 부분

　이 시에서 집이 굳이 '배'에 지어지는 이유도 그렇게 짐작해본다. 이
것은 가족을 식구로 지으려는 설계도. 대부분의 행에 모로 뉜 삼킴
과 배설의 이미지가, 감각이야말로 말보다 더 눅진한 아교라는 것을
슬쩍 내비친다. "토사물의 온도는 혀보다 따뜻할까요" 그럴 것이다.
감각은 늘 언어보다 풍부하고 내밀하다. 한 시인은 이를 두고 "한
끼의 미각은 네 가지 혀의 감정"(조창규, 「우아한 비만」)을 담아낸다고
도 했다.

　더군다나 미각은 감각 중에서도 가장 친밀하다. 굳이 다이앤 애커
맨의 말을 빌려와 말하자면 '식사 시간이 아니라면 가슴 뛰는 구애
가 있을 리 없다.'[3] 먹는 행위를, 혹은 미각을 나누는 것은 원초적이
면서도 사회적인 행위이다. 내가 당신을 처음 만난다면 우리는 분명
음식을 앞에 두고 있을 것이다. 내가 당신과의 거리를 좁히려 한다
면 나는 단연코 맛의 취향을 공유하려 들 것이다. 그래서 시들이 굴

---

3)　미각의 힘에 설득되고 싶다면 다이앤 애커맨, 『감각의 박물학』(백영미 역, 작가정신,
　　2004)을 187면부터 펼쳐보라. 그러나 굳이 펴지 않아도 우리는 그 권능에 대해 스스
　　로 배워 알고 있다.

을 그리고 배를 그렸나보다. 귤과 배는, 시의 가족을, 시 바깥의 시 쓰는 자와 시 읽는 자를, 식구—느낌의 공동체로 초대한다. 그렇게 보아도 좋다면 이제 하나의 변명을 내려놓을 때가 되었다.

음어의 시

여태 갈무리한 시들은 바라보기에 따라 난해하고 실험적일 수 있다. 지나치게 이미지 구현에만 몰두해있는 것처럼 오인 될 수도 있다. 그러나 그럴 수밖에 없었을 것이고, 앞으로도 얼마간은 그래야 하는 것이다.

> 언제부턴가 나는 말이 많아지고
> 머릿속은 비워지는 것 같다
>
> 나의 말은 검은가 뇌를 가득 채웠던
> 말들이 입 밖으로 쏟아져 나오는 것인가
> 잘 갈린 칼처럼 나는 빛나는 이빨을 가졌고
> 긴 혀는 부드러우나
> 입 밖으로 나오는 말들은 검정
>
> — 최원, 「속성의 색깔」 부분

오늘의 일이 이렇다. 말은 많아졌는데 대개가 비워진 머릿속에서 나온 것이어서 종종 무용해 보인다. 그럴싸한 말을 속삭여주는 혀는 부드러우나 그 말 자체는 검다. 이즈음의 시들은 이 검은 말의 정체를 보이기 위해 마련 된 자리다. 한껏 고양된 이미지와 팽창 된 감각은, 어떤 공적 진술도 그다지 진정성 있게 느껴지지 않는 시대를 철저히 환기시키거나 부정한다. 옮긴 시에 따르면 이런 시는 '뽀얗게 내려 앉은 먼지의 속성을 알기 위해 그것을 닦는 하얀 수건 같은 것'이다.

그러니 한 시의 제목을 빌려 이 시들에 '음어'라는 이름을 붙여도 좋을 것 같다. 음어란 비밀에 속하는 부분 내지 그 전부를 알기 어려운 다른 말로 바꾼 것이라 했다. 이즈음의 시는 음어로 만들어진 암호처럼, 전언을 섣불리 발설하는 대신 어지러운 감각으로 변형시키며 출몰한다. 시어들도 동음이의어로 쓰여 의미를 국한시키는 대신 발산한다. 잠시 돌이켜보자. 배腹는 배船처럼도 보이고(「가족의 건축」), 묻다埋는 묻다問로도 들리며(「묻다」) 기사記事는 기사記寫 같기도 기사機事 같기도 한 것이다(「교우와 갈등」).

그러니 이 시들을 마주했다면 읽기를 중단하는 편이 낫겠다. 차라리 시가 건네는 차갑고 둥글고 말랑말랑한 감각들을 문지르거나 먹어보기를. 그것이 이런 시들이 마련한 자아와 타자의, 시 쓰는 이와 읽는 이의 '다른 이어짐'이다. 그것을 위해 시인들은 한없이 지치고 가난해진 가운데에서도 시심을 일으킨다. 더 짙고 깊은 감각들을 향해 치열하고 분주하게 일으켜야 할 것이다. 이것이 새 시인들의 '다른 서정'이다.

세계의 밤을 눈에 익히려

분열증을 앓는 사내의 쓸쓸한 거처에 이윽고 일몰이 온다. 모르긴
몰라도 그날의 밤은 다른 날보다 더 두렵고 괴로울 것이다. 두려움
과 괴로움을 공유해 줄 타인이 없다는 사실이 새삼 가슴을 저며 오
는 날의 어둠이란 끝 모르게 깊다. 그런 밤, 할 수 있는 일은 많지 않
다. 눈을 감고 침묵하는 것이 가장 손쉽다. 그러나 그런다면 그는 어
둠 속에서 한 발짝도 나아갈 수 없을 것이다. 만약 그가 조금이라도
움직이려거든 어둠을 눈에 익혀야만 한다. 또 그러려거든 먼저 어둠
의 심부를 오래 주시해야 할 것이다.

　오래 주시하는 것은 뻔하되 고단한 노력이다. 눈에 담아야 하는
세계가 버거울수록 말이다. 그래서 목하의 시작詩作은 더 고되다. 관
계가 부수어졌다 해도 "식어가는 불모의 심장을 부비며 세상의 끝
에서 떠돌고 있는 우리"(「국지성 황사-애무」)에 대해 끝내 물어야 하고,
타자의 존재가 자주 망각된다지만 '설사 잊으라 한들 작고 약한 죽
은 자들을 기억'해야 하며(「짖는다」), 시가 무용하다지만 '축축이 접어
두었던 유서라도 햇살에 말려' 다시 시를 써야만 한다(「해웃값」). 그
러나 이런 시들이라면 세계에 밤이 도래할 때마다 갈라지고 거친 손
을 내밀어 줄 것이고, 우리는 홀로 어둠을 버텨야 하는 사내처럼 기
꺼이 그 손을 잡을 것이다.

느낌의 발생학, 또는 젊은 서정의 향방

초대

좁고 깊은 방. 우리는 막 한 발을 내딛었다. 잿빛 벽의 높이가 가없어 망연하다. 아연 옷깃을 여며보지만 서늘한 기운은 어느 새 가슴에 인이 박여있다. 피부 대신 폐부로 느끼는 냉기일지 모른다고, 우리는 여긴다. 무심결에 내딛은 다음 걸음이 곤혹스럽다. 낙엽처럼 바닥에 쌓인 철가면들을 밟아야만 거닐 수 있는 공간이다. 하얗게 뿌려지는 날숨마저 소란하게 만드는 적막을 찢으며 가면들은 텅 빈 울음소리를 낸다. 애써 삼켰던 비명처럼, 긴 밤을 앓는 신음처럼, 금속음이 튀어 올라 곧장 심장에 부딪힌다. 귀 대신 기억으로 듣는 여운도 있다고, 우리는 믿는다.

한 조각 창에서 가끔 빛이 비어져 철가면 위로 떨어진다. 이제는 하릴 없이 가면에 언젠가의 얼굴을 겹쳐놓아야 한다. 꼭 이와 같은 곳에 갇혔을 사람을, 언제고 닥쳐 올 죽음 앞에서 하루하루 심장을 부여잡았을 사람을, 어쩌다 볼을 덥히는 볕 한 조각에 딱 그만큼 살 희망도 품었을 사람을. 희망과 절망이 그의 매일을 빨아들이고 또 뱉어놓는 모진 순간 깊숙이, 우리는 마침내 서있다.

20세기의 황혼 무렵 건축가 다니엘 리베스킨트Daniel Libeskind는 금속성의 도료로 이 참혹한 진실의 박물관-시를 베를린에 지었다.[4] 어두운 시대 비극의 질곡에 관해 거기 그저 기록만 했더라도 역할은 충분했을 것이다. 그럼에도 그는 느낌을 복원의 질료 삼았다. 하여 저 기억의 공동(空洞)에 서면 우리는 유대인들이 남긴 생의 마지막 추위와 공포, 울음과 기도를 머리 대신 살과 뼈로 고스란히 유전할 수밖에 없게 된다. '앎'이 아니라 '느낌'의 세계에 우리를 초대한다고 다시 적어도 좋겠다.

하나의 대상과 마주하려 할 때 택할 수 있는 통로는 세 가지가 있다. 거기엔 흔히 인지, 감정, 감각이라고 이름이 붙여진다. 그 중 처음의 것만은 앎의 세계에서 뒤의 둘은 느낌의 세계에서 주체를 대상과 조우시킨다. 이를테면 이런 것이다. 내가 당신을 인지하고 있다면 나는 관념과 판단을 잣대 삼아 당신을 파악하는 중이리라. 반대로 당신을 감각하는 중이라면, 그래서 감정을 갖는다면 나는 몸-감각과 마음-감정을 울림통 삼아 여하한 진위 판별에 앞서 당신과 느낌 안

---

4) 홀로코스트를 겪어낸 육친의 고통을 트라우마로 안고 산 다니엘 리베스킨트는 베를린에 유대 박물관을 지었다. 묘사한 장소, '기억의 빈 터'(the memory void)에 관한 다니엘 리베스킨트의 기획은 그가 쓴 『낙천주의 예술가』(하연희 역, 마음산책, 2006.)에서 엿볼 수 있다.

에 머무를 수 있을 것이다. 이즈음 시들[5]의 일이 이와 같다.

식탁

근자에 등단한 가장 생생한 시인들의 공통 형질 중 하나가 유독 돌
출되거나 비대해진 감각으로 시의 육체를 만드는 것이라 쓴 적이 있
다.[6] 이들은 감각하는 주체, 감각되는 대상으로 세계를 재현하며 난
반사되는 이미지와 이해를 넘어서는 요설을 다채롭게 구사한다. 다
만 때로 필자마저도 소외시키는 것처럼 보이는 예의 그 난삽한 이미
지들 때문에, 이들의 시는 현실과 괴리 된 채 자기 안에 침잠한다는
비난 안에 자주 제 주인을 내몰리게도 했다. 신인들의 몰개성이, 유
행하는 경향—이른바 미래파나 포스트 미래파의 경향을 무비판적
계승에서 비롯되었다거나 힘겨운 시대에 시를 생산해야 하는 젊은
시인들에게 불가항력적으로 각인 된 무능의 증표라는 기왕의 진단
들이 그와 같은 맥락에서 이해 될 수 있겠다.

---

5) 이 글에서 다루거나 언급하는 시들은 다음과 같다. 구현우, 「붉은 꽃」, 『세계의 문학』
   2014년 겨울., 구현우, 「서글픈 오전부터 지루한 오후까지」, 『문예중앙』, 2015년 가
   을., 안희연, 「여름 언덕에서 배운 것」, 『서정시학』, 2015년 가을., 김호성, 「음어」, 『현
   대시』2015.11., 원성은, 「라운드 미드나잇」, 『현대시』, 2015.11., 황인찬, 「죄송한 마음」,
   『문학동네』, 2015년 겨울., 임지은, 「미래의 식탁」, 『현대시학』, 2016.2., 임지은, 「내
   가 늘어났다」, 『현대시학』2016.2., 한인준, 「종언」, 『현대시학』, 2016.3., 정다연, 「머리
   의 습관」, 『현대문학』, 2016.8., 이병국, 「소나기를 피하는 동시성의 실현」, 『현대시』,
   2016.8.
6) 전소영, 「세계의 일몰과 감각하는 시의 권능」, 『현대시』, 2015.9.

이와 같은 지적이라면 얼마간은 합당하되 다소 성급한 측면이 있다. 미래파나 포스트미래파라는, 다분히 비평을 위한 레토릭의 실체가 여전히 검증 중에 있기도 하거니와 그와 같은 범주화로 인해 거기 (미)포함 된 시인이 역설적으로 소외되는 결론이 빚어지기도 하는 것이다. 물론 문학사적(史的) 계승과 단절을 관찰하고 규명하는 것이 비평의 중요한 직능인 이상 그에 대한 논쟁은 지속적으로 제시 될 필요가 있어 보인다.[7] 다만 상황이 이러할진대 신성(新星)이 탄생하자마자 어느 성좌의 소속/무소속인지부터 더듬는 것은 분명 시기상조라 할 수 있다.

또 하나 이들 시에 대한 규명은, 2010년대 중반이라는 시공에 대한 충분한 고려와 함께 이루어질 필요가 있다. 주지하듯 2010년대는 절반이 채 지나기도 전에 삶의 토대를 송두리째 바꾸어놓은 사건들을 통과했다. 그 말인 즉 이 시대의 시는 단순히 5년, 10년 단위의 시간적 구획을 토대로 정의 될 것이 아니라 더 미세한 분기점을 바탕으로 각각의 적층이 면밀히 탐찰될 필요가 있다. 스펙트럼에 대한 상세한 논의는 다음의 지면으로 미루고, 이 자리에서는 가장 젊은 시심의 방향을 우선 갈무리해보기로 하자. 그러기 위해서라면 최근 시에 번번이 등장하는 '식탁'(식사)에 눈을 돌리는 것으로부터 시작하는 것이 좋겠다.

---

7) 이와 같은 상황을 정돈한 가장 견해 중에서는 기혁, 「새로운 이후를 위하여—'포스트' 미래파를 위한 '미래파적' 제언」(『현대문학』, 2016.7.) 이 유념해둘만 하다.

식탁 위에 놓은 빨간색은 내가 먹을 수 있는

하지만인가.

느낌은 한입으로 쪼개질 수도 있는데.
어렵다.
어렵다를 뱉는다.

나는 나의 뺨을 때린다. 후두둑과 함께 떨어지는

아삭거린다. 왜

내가 울지 않는다. 너는 왜
운다.

'왜'라는 말은 언제부터 부드러운 대답 같았나.

억지로와 함께 느낌을 먹는다.
식탁을 씹는다. 씹는다고 생각하는
아니다.
나는 식탁을 못한다. 우리가 지금을 못한다.

우리를 웃자.

속일 수 있는 수없이를 위해서

시간만 간다는 말을 하자. 왜 자꾸 우리는 서로에게 어디가 어떻게 미안했을까.

한꺼번에 괜찮아지기도 했는데.

– 한인준, 「종언」 전문

식탁 위에는 빨간색이 차려져있다. '나'는 그것을 '하지만'이라 주워섬긴다. 이때의 '하지만'이라면 우리가 익히 알고 있는 '상반된 사실을 이어주는 접속 부사'가 아닐 것이다. '나'는 그것이 입고 있는 낡은 개념적 정의를 벗겨내어 그 새로운 속살, 식용이거나 아닌 빨간색을 보여준다. 우리는 이제 나름의 감각 수단을 동원해 빨강, 즉 흥분, 초조, 도발 같은 정서를 상상해야 할 것이다. '나'란 앎의 주체가 아닌 느낌의 주체라는 사실이 명백해졌다. 명사 '느낌'을 한입거리로 쪼개고, 형용사 '어렵다'를 먹거나 뱉는 것 역시 '나'의 식탁 위여서 가능한 일이었다. 이 세상은 후두둑, 아삭거리는, 부드러운 것들의 시공으로 변신한다. '나'의 존재로 물리적 세계가 개념이 아니라 정서적 감응체로 도래한다는 말도 되겠다. 이 시-식탁에 마주앉은 우리는 억지로든 아니든 "느낌을 먹는다. / 식탁을 씹는다."

옮긴 시에서 가장 폭발적으로 구사되기는 했지만, 개념을 감각적으로 치환하는 '식탁'이라는 무대는 근자에 등장한 여타 시들에서도 곧잘 보인다. 상실과 슬픔, 그것이 쉬이 망각되는 것에 대한 두려움을 "흰쌀밥에 미역국은 아주 맛있고 매우 뜨겁습니다. // 너무 뜨거워서 잠시 식게 둔 것이 / 어느새 완전히 식어버렸군요. // 허옇게 굳은 기름이 국물 위에 떠 있습니다"로 표현한 시(황인찬, 「죄송한 마음」)를 기억하고 있다. 도래하지 않을지도 모르는 미래의 다정(多情)으로 현실의 빈 마음을 환기시키는 시에서는 고독이 "다 식은 찌개를 데우고 있다 / 커튼이 그늘을 데려와 내 곁에 앉는다."거나 "찌개에 수저를 담그고 뭉크러진 양파의 호흡을 건진다"(임지은, 「미래의 식탁」)고 감각화 된 적도 있다.

혀는 진흙이 굳어진 것이다. 늪은 부푼 혀들이 모여서 생겨났다. 바위도 그 견고함도 해방을 원한다. 늪은 말을 삼키고 있다. 나는 늪이 마르기를 기다린다. 내 시야가 넓지 않다는 것을 안다. 당신은 내가 그어놓은 원 안에서 무엇이라도 세울 수 있다. 움켜쥔 손은 대부분의 물체를 끌어당긴다. 늪이 한 사람을 빨아들이고 새 생명을 뱉어내듯이. 살아남은 당신은 안개가 아니다. 숨을 참으면서도 빛을 발하는 곤충의 후손일 것이다. 이제 우리는 하나의 골격을 입고 하나의 정경을 바라보며 식욕을 느낀다.

— 김호성, 「음어」 부분

흡사 두 개의 혀를 갖기라도 한 것처럼, 언어기관으로서의 혀와 감각 기관으로서의 혀를 자유자재로 구사하는 것이 시인의 일일 것이다. 그런데 젊은 시인들은 종종 뒤의 것을 위해 앞의 것을 순교시키기라도 한 듯 시를 쓴다. 이따금씩은 감각이 "말을 삼키고" 어떤 공고한 개념도 "해방을 원한다." 그것으로 그들은 "새 생명을 뱉어내듯이", "그어놓은 원 안에서 무엇이라도 세울 수 있"다. 그러면 우리마저 그가 만든 "하나의 골격을 입고 하나의 정경을 바라보며 식욕을 느낀다." 감각을 입고 느낌의 세계로 걸어 들어가는 것이다. 이 같은 시인들이 마련한 각자의 시-식탁에서는 미뢰가 말(言)에 앞선다. 왜 그럴 수밖에 없었는가. 이 글은 그와 같은 질문에서 파생되었다.

증명

현상의 발원지에 다다르기 위해서라면, 우리는 무엇보다 젊은 시인들이 놓여있는 현실적인 토대를 더듬어야만 한다. '나'로부터 움직이자.

아침에게 발견되지 않으려고 장롱 안에 숨었다
내가 나라는 사실이 숨겨지지 않았다
벽을 문지르자 덩어리 같은 것이 만져졌다
밀실 안에서 반죽이 부푸는 방식으로
나는 두 명이 되었다

깜짝 놀라 철제 손잡이를 돌리면
문 밖에는 또 다른 내가 서 있었다
오늘은 어떤 나로 외출할까 고민하는 일이
많아졌다

어떤 나는 속눈썹을 붙이고 외출을 했다
어떤 나는 안경을 쓰고 도서관에 갔다
어떤 나는 지하철에 가방을 두고 내렸다

나는 매일 다른 장소에 내가 아닌 나와 마주쳤다
자주 너답지 않아, 라는 말을 들었다
나다운 게 뭐지? 생각하는 동안 나는 다섯 명이 되었다

(…)

나는 충분히 나인 척 했어
난 거의 내가 될 뻔 했어
넌 제발 나인 척 좀 하지마!

우리는 아프게 찔러대는 포크의 기분을 갖게 되었다
팔과 다리가 섞인 채로 밥을 먹었다
토론은 너무 고단했기에

종종 식탁 위에서 잠이 들었다

나는 식탁 위에 엎드린 나를 단단히 뭉쳐
꿈속으로 데려갔다
하얀 종이 위에 우리는 눈사람으로 서 있었다
지루함에 얼굴이 녹아내릴 때까지
만들고 부수길 반복하며

공기가 차가워 눈을 떴을 땐
아침이었고
장롱 안이었다

철제 손잡이를 잡아당기는
두 손엔 이상할 만큼 핏기가 돌지 않았다
바닥에는 하얀 종이 뭉치들이 굴러다녔다

나는 가끔 편의점이나 서점에서 목격되었지만
얘기를 나눠봤다는 사람은 없었다
모두가 나였지만 누구도 내가 아니었기 때문에

— 임지은, 「내가 늘어났다」 부분

"내가 늘어났다." 나는 밀실에서, 바깥에서 두 명이 되었다가 다섯이 되기도 한다. "나는 충분히 나인 척 했"고 "거의 내가 될 뻔"도 했으나 그 중 누구도 내가 아니라는 사실이 공교롭다. '나'란 불확정적 주체, 좀 더 분명히는 확정될 수 없는 주체인 것이다. 이러한 양상은 '나'를 유일자로 상정하는 대신 "유일하지만 고유하지 않은 이름"(이이체, 「연혁」)으로 확장시키려 했던 이전 시의 기획들을 떠올리게 한다. 탈 고정화된 '나'들의 호명은 각종 혼돈의 언술로 표상되는 세계의 증상이자 그것을 초래한 낡은 기율에서 탈각하려는 의지의 징후 같이 들리기도 했다.

그런데 엄밀히 말하자면 이즈음의 '나'는 "온전히 나를 잃어버리기 위해"(안희연, 「여름 언덕에서 배운 것」) 시 안에 불러들여진다. 여러 가능성을 찾아 변신을 감행하기 보다는, 세대론의 폭력적인 동일성 안에서 차라리 나를 잃어버리는 것이 목적인 것. 옮긴 시의 '나' 역시 그러할 것이다.

새로운 세기가 불안정한 액체성의(liquid) 근대로 정의 내려진 이래 가장 액화 되어 온 존재는 이른바 '청년 세대'였다. 지난 시대 공고한 것으로 여겨졌던 정치, 경제, 문화적 집단이 녹아내려 소속 될 공동체를 잃어버린 청년들은 2010년대의 개막과 동시에 '아픈 존재'로 내몰렸다. 이들에게 하루란 생활이 아니라 생존이어서 매일은 "서글픈 오전부터 지루한 오후까지"(구현우, 「서글픈 오전부터 지루한 오후까지」)로 감지되거나 "목에 얼굴을 올려두고 있었을 뿐인데 아침이 온다"(정다연, 「머리의 습관」)는 자조로 다가온다. 때문에 이 시의 나' 역시

"아침에게 발각되지 않으려고 장롱 안에 숨었다."

그럼에도 오늘이 시작되는 것을 막을 수야 없고 그 와중에 '나'는 자꾸 증식된다. 그도 그럴 것이 원하든 원하지 않든, 설령 내가 아무것 하지 않아도 '나'를 향한 명명은 계속되고 있다. 아픈, 불안한, 포기하는 같은 달갑지 않은 수식어가 가슴팍에 앞 다투어 붙여진지 꽤 오래되었다. 물론 자칭이 아니다. 편의점과 서점과 도서관을 순회하는 '나'에게 스스로를 정의내릴 시간 같은 건 없다. "얼굴이 녹아내릴 때까지 만들고 부수길 반복"하는 것은 꿈에서나 가능한 일이다.

나를 규정하는 것은 이와 같이 내가 아니라 외부의 상황과 조건들. 부유하는 청년의 세대 명만큼 '나'는 다종다양하게 호명된다. 그러나 그 모든 나는, 나에 인접할 수는 있어도 고유한 나라 하기는 어려울 것이다. (진짜) 나는 충분히 (호명 된) 나인 척도 했다. (진짜) 나는 거의 (호명 된) 내가 될 뻔도 했다. 해서 나는 도처에 있고 또 어디에도 없다. 존재론적 위기에 내몰린 이 '나'는 단수이자 복수이고 개인이자 세대이다.

이 시의 진짜 아이러니는 모순 어법 자체가 아니라 그 모순이야말로 정확한 삶의 현시라는 점에 있다. 탈계급(수저 계급론)이나 탈국가(헬조선), 하다못해 탈노력(노오력) 등으로 변주 된 청년 담론에는 자조적이나마 세대 내적 발언을 통해 세대가 겪는 불행의 책임을 사회적, 구조적 토대에 묻겠다는 의지가 담겨 있다. 이것은 '아픈'이나 '포기'라는 과거의 수사와는 변별되는데 위기를 개인의 능력 문제로 소급해버리는 신자유주의 이데올로기에 더 이상 포획되지 않으려는 청년의 분노 내지 환멸을 드러내는 언어 표상인 까닭이다.

　그러나 또 한편으로 '탈-'이라는 접두사는 '나'라는 존재의 근간
이 맹렬히 흔들리고 있음을 가시화한다. 가족이나 국가는 날 때부터
의 선택이 불가능한 삶의 전제. 스스로를 그로부터 탈주하는 존재
로 자처하는 것은, 불가능하지도 않지만 기꺼이 받아들 수도 없는
선택이다.자신을 "멸종돼야 할 동물", "한국에서는 경쟁력 없는 인
간"으로 명명한 청년의 한국 탈출기를 그린 소설(장강명, 『한국이 싫어
서』)의 결말이 다소 어둡게 열려있는 까닭도, 청년들의 망명을 미완
성의 것으로 묘파한 시에서 "우리가 떠나지 않는 이유는 여기가 이미
바깥이기 때문"이며 "폐소공포증과 광장공포증은 반대가 아니"(이현
승, 「봉급생활자」)라고 말하는 까닭도 어쩌면 여기에 있을 것이다. 홀
가분하게 떠날 수도, 온전히 머무를 수도 없는 청년은, 우리는 차라
리 경계적(liminal) 존재에 가깝다.

　아름답게도 자정이었다
　유리창은 고체가 아닙니다
　끓어서 증발하려는 얼음입니다 몸과 몸을 부딪치는 잠 속으
로 우리는 가라, 앉습니다

　젖은 해면처럼 조용한 얼굴로 물 잔을 비울 때,
　새로운 구름이 도착해 있었다 또다시
　해변보다 수평선에 가까워지는 파도처럼 멀어져갔다

더 이상 내가 키우는 악기들의 불가해에 가 닿을 수 없었다

– 원성은, 「라운드 미드나잇」 부분

그렇다면 '나'에게 이제 필요한 것은 세대적 동일화 안에서 얼굴과 이름, 바우만 식으로 말하자면 주권(sovereignty)으로서의 정체성을 찾는 일일 것이다. 저마다의 감각세포로 세계를 짓는 청년-시인에게서 우리는 그러한 운명을 엿본다. '무언가를 느낀다'란 느끼는 자와 느끼는 대상, 느낌 그 자체의 세 가지 항으로 구성되어 있다. 느낀다는 것은 결국 느끼는 자가 느끼는 대상을 자기만의 느낌으로 만드는 과정인데 그렇게 만들어진 '느낌'이 때로는 주체가 살아있음을 증명하는 단 하나의 진실이 되기도 한다.[8] 여기 비추어본다면 대상을 감각적으로 자기화하려는 시인의 노고는 무엇보다 시인 자신의 존재증명과 연관되어 있을 것이다. 옮긴 시에 그려져 있듯 "유리창"을 "고체"가 아니라 "끓어서 증발하려는 얼음"으로 자기화할 때, 즉 자신만이 지닌 감각의 언어로 세계를 축조할 때 감각은 "몸과 몸을 부딪치"며 살아가는 실존의 근거로 존재한다. 이 같은 시를 발설하는 혀는 말이 아니라 미뢰라 할 만 하다. 이렇게 다시 적어야겠다. 난센스와 불합리가 상식과 합리를 장악하고 분노나 환멸, 고통이 이성적 판단을 앞지르는 세계, 그 안에서도 가장 가혹한 세대명을 부여받은 청년-시인은 누구도 박탈할 수 없는 사적 소유의 감각으로

---

8) 이같은 언술은 화이트 헤드의 느낌의 이론(theory of feeling)에서 빚 진 것이다. 그에 관해 조진경, 『예술은 어떻게 거짓이자 진실인가?』(사람의 무늬, 2016)를 참고해 볼 수 있다.

존재 증명-시를 쓴다. 때론 완벽한 전언보다 모호한 느낌이 진실에 가까운 것이다.

증언

시가 진공에서 쓰이지 않는 이상 시인은 현실의 중력권 바깥에 있을 수 없다. 그 방식과 정도에 차이가 있을 뿐 시는 세계의 빛과 그림자에 따라 열리고 또 접힌다. 하여 어떤 시가 현실과 접속해있지 않다는 단언은 신중하게 이루어져야 할 필요가 있다. 젊은 시들에 관해서도 마찬가지일 것이다. 존재 증명이 이 시절 시인들이 자임한 과제라 썼다. 일견 그들이 내면 깊숙이 침잠한 끝에 세계와 유리되어 있다는 이야기로도 들릴 수 있겠다. 그러나 젊은 시인들은 다른 한편 범람하는 고통에 대응해야 하는 시대의 과제를 분명 염두에 두고 있는 것 같다. 감각으로 고통을 빚은 또 다른 시들로부터 그것을 직감할 수 있다.

　　붉은 꽃이 핀다. 벤치에서. 돌연 쓰러진 아이의 머리에서. 목
　　격자들이 말한다. 어떤 일이 생겼는지 처음부터 보았지만

　　기억에 남는 건 붉은 꽃이 아름답다는 사실

순수한 바람이 꽃잎을 흔든다. 관능적인 노을이 붉은 꽃을 붉었던 것으로 덧칠한다. 아이는 미동이 없다. 사람들은 홀린 듯한 표정이다.

붉은 꽃을 꺾어서 가져가려는 얼굴이다.

하지만 손으로
만지고 싶진 않다는 듯이

모두 오래오래 벤치에 앉아 있다. 넓은 광장 좁은 한구석에서 시들지 않는 수많은 미사여구를 무의미하게 만드는

붉은 꽃은 위험하다.
눈동자들 속의 붉은 꽃은 실제보다 더 선명히 붉다.

나는 철 지난 발라드를 듣는다. 어울리는 계절이 된다. 눈앞 은 붉고 귓가는 하얗게
아이가 낳은
아이의 몸보다 높은 질량을 지닌
하나의 꽃

광장은 우울하다. 시민들은 광장의 우울에 전염된다. 붉은 꽃

이 위험하다는 느낌과 갖고 싶다는 욕망 사이 벤치는 어두워진다. 충혈된 달이 구름 속으로 피어난다. 당신들은 아이를 본 적이 없다고 말할 것이다.

붉은 꽃들 사이에서 유독
붉은 꽃이 핀다.

모두 본 것에 대해 이야기한다
얼마나 빨간지 무엇만큼 선홍빛인지
붉다, 고 이해하긴 했지만

내부의 장면과 무관해졌으므로
아름다운 광장만이 남게 된다.

— 구현우, 「붉은 꽃」 전문

고통은 손쉽게 '아직도' 안에 갇힌다. 뼈아픈 것을 아무리 보고 들어도 기억은 시간에 금세 닳아 없어진다. 그리고 우리는 '아직도'를 잠금장치 삼아 죄책감으로부터 벗어난다. 요즘 들어 꽤 자주 망각을 종용하는 의미로 쓰이는 그 부사는 남루해진 공감 능력의 증표처럼 보인다. '여전히' 기억해야 할 것들을 '아직도' 그 얘기냐는 질타로 밀어내는 생리는 어쩌면, 정서적 소모로부터 스스로를 보호하려는 인간의 근본적인 이기심에서 비롯되었을 것이다. 그러나 생존조차 버겁다는 것을 핑계 삼아 타인의 통증에 무감해진 최근엔 그것이 더욱 모질어졌다. 타인의 아픔은 어렵지 않게 계량화 되고 별 것 아니라는 간주가 가든하다. 2010년대 중반부터 바로 어제까지도 상황은 별로 달라지지 않았다.

이즈음의 서정은 그리하여 실존에의 증명과 (타인의) 고통에 대한 증언이라는 두 좌표 중 어느 것도 간과할 수 없는데, 다행이라면 비대해진 감각이 양쪽을 위한 유력한 도구라는 사실이다. 고통스러운 사실을 기록해야 하는 것은 역사의 일이었고 고통의 느낌을 보관하는 것은 문학의 몫이었다. 그리고 대개의 경우 고통을 고통답게 복원하는 것은 뒤의 것에 가까웠다. 옮긴 시를 그런 맥락에서 읽는다.

광장에서 돌연 아이가 쓰러진다. 붉은 꽃이 아이의 머리에서 피어난다. 잘못 없는 아이가 감당할 수 없는 중량의 것이다. 붉은 꽃을 그저 피로 읽어도 나쁘지는 않을 것이다. 그러나 정확히는 피가 아니라 붉음이다. 적색은 다각적이다. 받아들이는 자의 태도에 따라 다른 빛으로 감각된다. 그것은 경고와 수치심, 죄책감의 색이다. 또한 흥미와 관음증, 흥분의 색이다. 이 광장에서라면 어떤 색으로 발현되었는가. "홀린 듯한 표정"으로 "붉은 꽃을 꺾어서 가져가려는 얼굴"들은, 그럼에도 그것을 "손으로 만지고 싶진 않"아하고, 종내엔 "아이를 본 적이 없다고 말할 것이다." 광장의 목격자들에게 아이의 고통은 흥미롭되 자신과 무관한 어떤 것.

이 시에는 세 부류의 존재가 등장하는데 광장 시민들과 거기 속해 있으면서 그들을 바라보는 '나', 이 모두를 목도한 시 읽는 우리다.

'나'는 "당신들은 아이를 본 적이 없다고 말할 것이다."의 한 행으로 우리를 이제 광장 내부에 이끈다. 그래서 시의 실질적인 마지막 행은 이러하다. 이곳은 광장인가. "아름다운 광장"인가. 당신의 눈 속에서 아이의 붉은 꽃은 무슨 빛깔인가. 감각 주체로서 '나'의 윤리는, 이와 같이 언젠가의 바다를 떠올리게 하는 무람없는 광장에 시 읽는 우리를 연루시킨다는 데 있다. 여하한 종용도 없이 신파도 없이 그저 붉음을 통해 시는 우리의 기억을 죄책감의 심판대에 올린다.

　　짧게 쏟아지는 중이었다. 의자를 스친 걸음에 피가 배어 나왔다. 붉은 뇌성이 아득했다. 지난날들이 발밑에 고이고 오래 걷기로 했다. 포개놓은 손 위로 소나기가 내렸다. 따뜻하게 차가운
　　향기가 배어 나왔다. 처음이 아랫입술을 깨물고 이어졌다. 잦아드는 공원에서 살아 있는 우리가 빈 몸으로 긋고 있다. 독한 구심력으로 겨울에 다가가고 있었다. 이미 여름이지만 계절은 금방 사라질 것이다.

　　겹쳐 앉는 일이 젖는다. 동시에 이루어지는 뻔한 시련이 엊그제 빼낸 사랑니처럼 놓이고 다단으로 단단한 결을 채운다. 엇갈리는 만큼 빗금의 질감을 기다리기로 했다. 까맣게 휘어지는 요란이 오래도록 아프다.

　　　　　　　　　　　　　　－이병국, 「소나기를 피하는 동시성의 실현」 부분

존재의 증명으로서, 고통의 증언으로서 한껏 부풀어 오른 감각의 마지막 가능성은 그것을 '우리'의 새로운 거점 삼을 수 있을지 모른다는 희망이다. 이것은 아직 의문형의 희망이지만, 같은 느낌 안에 불러 세워졌을 때만큼 서로에게 진실해지는 순간이 없다는 것을 우리는 잘 알고 있다. 특히 그것이 밝음보다 어둠, 말하자면 "동시에 이루어지는 뻔한 시련"에 가깝다면. "포개놓은 손 위로 소나기가 내"리고 "겹쳐 앉는 일이 젖"을 때 함께 젖어 있다는 느낌은 유일하게 온기가 남아있는 난로처럼, 불행한 세대적 동일성의 구심력으로부터 벗어나 차라리 개체가 되기로 한 우리를 한데 둘러서게 할 수도 있을 것이다.

다니엘 리베스킨트의 공간이 그러했듯 말이다. 그는 유대인의 죽음에 대해 단 한마디도 말하지 않은 채로 그의 부모가 느꼈을 추위와 공포와 두려움을 방문객에게 덧씌웠다. 덧씌워진 그곳의 모든 방문객은 그들 사이에 끼워진 시공조차 넘어 하나의 느낌 한가지의 감정 안에 섰다. 그리고 그 좁고 깊은 방을 향해, 이제 우리도 막 한 발을 내딛으려는 중이다.

그리하여, 초대

"시인은 어제, 삶은 눈물처럼 허망하다라고 말하고 오늘은, 삶은 웃음처럼 즐겁다라고 말하는데 다 맞는 말이다. 오늘은 모든 것은 끝나고 침묵 속으로 빠져든다라고 말하고 내일은 그 무엇도 끝나지 않고 모든 것이 영원히 울린다라고 말하는데 이 두 구절은 모두 진실이다. 시인은 그 무엇도 증명할 필요가 없다. 유일한 단 하나의 증거는 강렬한 그의 감정 속에 있다."[9]

9) 밀란 쿤데라, 『삶은 다른 곳에』, 방미경 역, 민음사, 2011, 349면.

공동 감정의 가연성 연료, 일상과 시, 시와 정치에 관하여

당신의 표정

암흑에서 비어져 나온 그림자 같은 사내, 그가 건넨 창백한 종이. 불행한 신탁에 남은 생이 점령당한 듯 잔뜩 움츠린 여자. 나지막하되 서슬 퍼런 사내의 음성이 서명을 종용한다. 겨눠진 총구의 위협은, 신념만으로 막아내기엔 지나치게 벅차고 가혹하다. 그럼에도 여자는 울음 섞인 거절의 말을 가까스로 뱉는다. 돌연 일어선 사내의 마지막 말. "작은 도시로 떠나시오. 법이 아직 존재하는 곳으로. 당신은 여기서 살아남을 수 없소. 당신은 늑대가 아니니까. 지금 이곳은 늑대들의 소굴이오. (You should move to a small town, where the rule of law still exist. You will not survive here. You are not a wolf. And this is the land of wolves now.)"

여자와 사내는 멕시코(후아레즈)의 마약조직 소탕 작전에 합류한 요원들로 한쪽은 순진한 FBI이고 다른 쪽은 불법 투입 된 암살자라는 점에서 등 진 존재다. 부정의를 묵과해 대의를 수호하려는 자국(미국)의 졸렬한 진실을 여자가 목도했을 때, 암살자는 여자의 목숨도 양심도 장악한 채 저와 같은 말을 남겼던 것이다. 영화 〈시카리오: 암살자의 도시〉(Sicario, 2015)에서 결말을 견인하는 장면을 옮겼다. 요원의 세계와 암살자의 세계, 혹은 폭력의 작동방식에 대해서라면 꽤 길고 복잡한 첨언이 가능할 것이다. 그러나 이 자리에 이끌어내려는 것은 조금 다른 결의 이야기이다.

영화 속 세계의 무겁고 숨 막히는 문제들은 이렇듯 석연치 않게 봉합된다. 사내는 떠났고 여자는 총을 가졌으나 그의 등을 끝내 쏘지 못했다. 암살자에게 살해 된 이의 어린 아들은, 총성이 일과를 지배하는 거리에서 내내 운명을 견디며 살아가야만 할 것이다. 여자는 사실상 패배했으며 아이들은 부정의와 폭력에 영원히 노출되어 있다. 불행한가. 개운하지 않은가. 헌데 이것이 현실이다. 이토록 냉혹한 전언을, 스크린은 가벼운 공처럼 툭 던지며 엔딩 크레딧으로 나아간다. 당신은 그것을 받아들 수도 튕겨낼 수 있을 것이다. 다만, 그때 당신은 어떤 표정을 짓겠는가.

일상이라는 정치

"지상에서 하늘나라를 세우는 일에 이의가 없을뿐더러, 그 일을 위해 새로운 노래, 더 나은 노래를 짓는 것이야말로 진심으로 희망하는 일이지만, 막상 펜을 들면 지금도 이 일만큼 힘들게 느껴지는 것이 없다. 이주노동자와 비정규직 노동자들의 투쟁을 지지하며 성명서에 이름을 올리거나 지지 방문을 하고 정치적 이슈를 다루는 논문을 쓸 수도 있지만, 이상하게도 그것을 시로 표현하는 것은 쉽지가 않다."[10]

고투 속에서 비롯된 한 시인의 이 말이 2000년대 말 이후 '시와 정치(성)'에 관한 수다한 논의들을 배양해왔다는 사실을 여기서 동어반복적으로 언급할 필요는 없을 것이다.[11] 다만 갈수록 더 가팔라지는 시대의 경사(傾斜)는 이 말 내지 유사 논제가 당분간 문단에서 지속적으로 환기될 것이며, 또 가장 긴 유통기한을 지닌 고민거리가 될 것이라는 사실을 서글픔 속에 확신하게 한다. 더군다나 이른바 '세월호 시대'의 문학(내지 현실의 문화적 재현물)에 불가피하게 수반 된 별무소용이라는 자조는, 그것을 더 치열하게 가속화하고 있다.

모두가 바로 오늘까지도 경험하고 있듯, 2010년대란 인간을 삶이 아닌 죽음의 쪽으로 기울이는 통치에 일상이 봉쇄된 시대이다. 살아가는 것(live)이 살아감(vive)을 견뎌내는 것(sur)이 될 때, 더욱이 현

---

10) 진은영, 「감각적인 것의 분배-2000년대 시에 대하여」, 『창작과 비평』, 20008년 겨울호, 69면.

11) 2000년대 발 '시와 정치' 논의라면 과거 신형철이 지적했던 것처럼 '정치적인'이라는 수식어가 지닐 수 있는 두 가지 함의에 대한 것으로 구분되어 왔다. 그는 "특정 작품이 현실정치의 의사소통 장(場)에서 특정한 입장을 대변하는 발언을 포함할 때 그것을 '정치적인' 것으로 '가치판단'하고, 특정 작품이 (예컨대 '생체-정치'·'성-정치' 혹은 '정체성-정치'등의 용례에서 보듯) 넓은 의미의 '정치'와 연계되어 있어 정치학적 토론의 대상이 될 만한 논점을 내장하고 있을 때 그것을 '정치학적인' 것으로 '사실판단'하자고" 언명하며 기왕에 제시 된 비평가들의 진술들을 갈무리했다. 신형철, 「가능한 불가능」, 『창작과 비평』38, 2010.3, 374면.

실 안에서마저 진실을 가장한 거짓(fiction)과 거짓이라 치부되는 진실(fact)이 범람하는 판국에, 세상을 크게도 빠르게도 변혁시키기 힘든 삶의 재현물이 과연 어떤 의미가 있겠는가라는 회의가 덧붙여지는 것은 이상한 일이 아니다. 상황이 이와 같다면 침묵을 노선 삼는 것도 한 방법이겠다.

그러나 두터운 자조와 회의를 뚫고 자기 정위를 해야 하는 것 또한 문학(인)의 몫이라 했을 때, 우리는 또 한 번 시와 정치라는 단어를 인접시킬 수 있을 것이다. 두 가지 정도의 변화 된 조건을 염두에 둔 채로 말이다. 하나는 목하 모든 이의 일상이 '촛불로 불 밝혀지는 주말 저녁'이나 '헌법의 탐독', 즉 '정치적'[12]이라는 수사와 연루되지 않을 수 없다는 것. 말하자면 다분히 정치적인 것을 의식한 행위주체 뿐만 아니라 일견 그와 같은 것들과 무관해 보이는 이들의 삶도 '정치적인 것' 쪽으로 좌표 설정을 할 수밖에 없다는 것. 따라서 대체로 일상에 틈입하는 찰나적 축제로서의 혁명(에의 바람)도[13] 광장도, 이 세계 안에서는 당분간 완강한 지속성을 지닌 일상의 시공으로 놓이리라는 것.

그렇다면 우리는 이제 2000년대 말 저 '시와 정치'의 논의에 어떤 2010년대적 좌표를 다시 새겨야 할지 고민해야 할 것이다. 적어도

---

12) 위의 언급을 빌려 말하자면, 삶이라는 것이 본디 범박하게 '정치학적인' 것들과 무관할 수 없지만 작금의 삶이란 의도했든 의도하지 않았든 거기서 한 걸음 더 나와 '정치적인' 것이 되어가는 중인 것이다. 가령 주말 광장의 집회 같은 경우는, 적확히 그 같은 이행의 시공이다.

13) 앙리 르페브르, 「서문」, 『현대세계의 일상성』, 박정자 역, 기파랑, 2005.

'시'의 곁에 놓일 '정치적'이라는 수사 또한 정치의 일상화, 일상의 정치화라는 명제 안에서 꼼꼼히 사유되어야 하는 것은 아닐까. 이 계절 '시 쓰는 행위' 자체를 사유하는 시들이 유독 자주 시야에 걸리는 것은 어쩌면 이 같은 물음과 무관하지 않을 것이다. "지금 이 순간도 무심히 찢겨져 나갈 또 한 장의 파르스름한 파지破紙에 불과할 뿐" (서대경, 「원고」, 『현대시』 12월호)이겠지만, 우리는 다시 이 순간에 대해 써야 하므로.

재앙의 감정은 민주적이다

해서 이즈음의 시들이 지극히 일상적이고 사소한 시공을 굴착해 나가는 것은 이상한 일이 아니다. 다소 성급하게 첨언하자면 그것은 자칫 90년대 식 '폐쇄적 내면으로의 도피' 같은 것이 아니라, 우리의 '함께 있음'을 가능하게 하는 어떤 아교를 발견하기 위한 시도로 더 읽힌다. 이를테면 '식탁'의 풍경을 변주하는 시들이 돌올하다. 그 중 한 편을 옮긴다.

> 두 사람이 늦은 점심을 먹고 있다.
> 오후 2시 민방위 사이렌이 울리자
> 마치 멈춰 있었던 것처럼
> 아무렇지도 않게 숟가락을 들고 있다.

한 사람이 무슨 말을 하려는 듯 입을 오물거리자

한 사람이 그러지 말라는 것처럼 눈을 찡그린다.

한 사람의 입과 또 한 사람의 눈 사이로

사십 년의 오후가 자막처럼 지나간다.

중얼중얼 사라지고 있다.

한 사람이 입안에 남은 음식을 넘기려다

사래에 걸렸는지 연신 기침을 한다.

기침을 할 때마다 고개가 앞뒤로 크게 흔들렸지만

그래도 움직이지 않으려고 애쓴다.

두 사람은 서로의 얼굴을 쳐다보며

가느다란 시간을 건너가고 있다.

– 여태천, 「누구의 시간」(계간 『파란』, 2016. 겨울) 전문

두 사람이 늦은 점심 식사 자리에 마주해있다. 식탁은 지극히 일상적인 장소이자 생존과 직결된 가장 근본적이고 내밀한 시공이다. 곧 사이렌이 울린다. 정지를 통보하는 알람이다. 한쪽의 숟가락은 입에 닿지 못한 채로 멈춰있고, 다른 한쪽의 입 안에서 음식은 온전히 삼켜지지 못 한다. 사이렌이라는 기표는 길고 지난한 역사를 함의로 지닌다. 그것은 재앙의 여지를 예보하고, 그것을 빌미삼아 삶이 통제될 수 있는 가능성 또한 담보하고 있다. 사이렌은 울릴 때 정지하는 것은 종용 된 약속이다. "사십 년의 오후" 동안 그것을 내면화해온 두 사람은 "그래도 움직이지 않으려고 애쓴다."

그러나 우리는 사이렌에 식탁마저 저당 잡힌 두 사람의 표정을 짐작할 수 있다. 태연을 가장한 불안, 익숙해진 불편, 그런 것들로부터 빚어지는 수척한 슬픔 같은 것들. 그러나 다행이지 않은가. 두 사람은 서로의 얼굴에 각인 된 그 감정을 바라보며 "가느다란 시간을 건너가고 있다." 이렇게 적어도 되겠다. 이들이 여리디 여린 삶을 '함께' 견디게 하는 것은 둘 사이에 공유 된 표정-감정이다. 그 감정 안에 있어 이들은 서열도 위계도 없는 그냥 "두 사람"으로 불린다. 공동의 감정으로 공동의 지대가 형성 될 수 있음을 '그려낸' 시를 살폈다. 이제 그 자체로 공동의 감정으로 공동의 지대를 형성하는 시를 들여다 볼 차례다.

인근의 잘 알려진 건물에서 시작된다. 멀리서 걸어오면서 시작된다. 어디서부터 시작됐는지 묻지 않기로 하면 시작된다. 아침에 있었던 일은 덮어두고

오늘은 충분치 않다는 생각을 하면 시작된다. 이번 여름에 몇 번은 더 있을 거라는 소문에서 몇 번은 더 시작된다. 비가 오면 젖은 채로 시작된다. 빛은 들어오다가 앉은 자리에서 놓쳤다. 사람이 어울렸다.
문을 열면 의자가 놓여 있는 건물이 어울렸다. 깊숙이 들어가면 깊어지고 의자가 부족하면 의자를 가져올 수 있는 가능성이 어울렸다. 도시가 끝나면 시작되는

벌판이 어울렸다. 벌판에서 한참을 더 걸어가면 건물이 나오
고 주머니에서 뭔가 꺼내려 하면 사람이 걸어나왔다.

– 임승유, 「설명회」(『문학동네』, 2016. 가을호) 전문

제목이 본문을 위반한다. '설명회'란 단어는 명확성의 슬하에 있
다. 알고 싶지만 잘 알 수 없는 일이나 대상에 관해, 주최 측에서 분
명히 밝혀줄 것이라는 기대가 청중을 설명회로 향하게 한다. 그런데
이 설명회-시를 방문한 이의 의문은 해소되기는커녕 가중될 수밖에
없다.

첫 행에서부터 주어의 자리가 비워져 있다. 시작되는 것이 설명회
인지 무엇인지, 설명회라면 무엇을 알리기 위한 것인지 화자는 내내
알려주지 않는다. 더욱이 시작'하는' 대신 시작'되는' 것이라 했다. 주
체적인 것이 아니라 외부의 힘에 떠밀려진 행위라는 뜻도 된다. 떠밀
려진다는 것은 이런 것, "어디서부터 시작됐는지 묻지 않기로" 하는
것, "일은 덮어두"는 것, "충분치 않다는 생각"이 들어도 별 수 없다
여기는 것, 즉 감춰지고 가려지고 부족한 일들을 따져 묻지 않는 것.
설명 대상은 불분명하고 개회의 조건마저 석연치가 않다. 이와 같은
설명회는 난센스다. 당신이 여기 입장해 "앉은 자리에서" "빛"마저 놓
친 청중이라면 어떤 표정을 짓겠는가.

이 시인의 시가 자주 그러하듯 이 시 역시 감정 자체를 언표화하지
는 않는다. 표면적으로 드러난 것은 담백하고 명료한 정황뿐인데 이
것은 우리가 감정을 상상해내도록 부추긴다. 감정을 서술하는 가장

섬세한 방식이라면 종종 이러했다. 가령 우리는 시를 통해 '슬픔'이라는 단어와 조우할 수도, '슬픔을 촉발시키는 풍경'을 목도할 수도 있다. 그리고 뒤의 경우에 더 자주 감정의 휘발 됨 없이, 기꺼이 슬픔의 내부로 걸어 들어가곤 했다. 이 시 또한 그렇다. 발설 된—정적 표현은 없으나 그럼에도 우리에게 건네지는 포에지가 있다. 결핍감에서 비롯된 불안, 부당한 억압으로 발현 된 불쾌감. 그리고 이것이야말로 이즈음 우리의 일상에 내재된, 우리가 잘 알고 있으나("잘 알려진") 멀리 두고 싶은("멀리서 걸어오면서") 불가피한 공동의 감정들이기도 하지 않던가.

그것을 우리가 알아차렸을 즈음 시는 돌연 전환된다. "사람이 어울렸다"는 문장은 활기의 기척이다. '시작된다'에서 '어울렸다'로 나아가는 서술어의 이행은 꽤 의미심장하다. 뒤의 것은 복수의 주어, '우리'의 존재를 담보하는 한편 전자의 피동성('-되다')으로부터도 이탈해 있다. 이런 말도 된다. 공동의 감정을 지닌 우리라면 일상적인 의지들, 가령 문을 열고자 하거나 깊숙이 들어가고자 하거나 뭔가 꺼내고자 하는 것만으로도 '어울림'을 달성할 수 있을 것이다—시작 여부를 (이미 시작 된 것인지 앞으로 시작될 것인지) 분명하게 알려주지 않았던 '시작된다'와 달리 '어울렸다'는 완료와 확정의 의미를 지닌다. 어쩌면 이 설명회-시의 목적이 참석한 "사람"/시 읽는 우리를 벌판/광장에 함께 세우려는 것이었을 지도 모른다. 다시 처음의 건물로 돌아가는 시의 마지막 장면은, 그 지난한 일을 기꺼이 반복하겠다는 의지처럼도 보인다. 이 같은 의지는 우리에게도 기껍다.

팔을 다쳐 깁스를 하고 오니 너나없이 반긴다
염려가 아니고 이건 환대다
식당 여자는 껴안을 듯이 두 팔을 내밀고
구멍가게 할머니는 고쟁이도 못다 추어올리고 얼굴 편다
데면데면하던 이웃도 나를 보더니 얼굴에 꽃이 폈다
좌회전하던 먼 이웃도 날 보더니 우회전하며 반긴다

혁대 풀고 거웃까지 보여 가며 봐봐 나도 석 달 고생했다고
한여름에 얼마나 개고생이냐고 운전은 되냐고
팔 아니라 대가리였으면 좆됐을 거 아니냐고 말은 따로 하지만
정작 재앙의 기억들을 떠올렸을 것
재앙이 가져다준 새잎 기억들을

탈 없기를 원하지만 말짱한 것은 뻔뻔한 콘크리트
망가진 뒤에야 간신히 새잎을 연다는 걸

지난날의 우리가 부서지지 않았다면
별들이 나를 죽음에 이르게 하지 않았다면
당신이라는 거울 앞에 내가 무너지지 않았더라면
가까운 죽음 나의 죽음이 기다리지 않는다면
미래가 말짱할 곳은 사막뿐 재앙이 준비돼 있지 않다면
우린 아름다움이 무엇인지도 알지 못할 것

행복은 수백 갈래지만 재앙은 한곳을 향해 있어

우리 모두 한곳 재앙을 바라보면서 얻는 구원은

서로 손을 뻗어야 하다는 것

아름다움을 향해 손을 내밀어야 한다는 것

그리하여 내 깁스한 팔이 그들이 못 본

대홍수의 기억을 희미하게 불러일으켰을 것

— 백무산, 「재앙의 환대」(계간 『파란』, 22016. 겨울) 전문

　울리히 벡이 '빈곤은 위계적이지만 스모그는 민주적이다'(『위험사회』)라고 했을 때, 그는 분명 구성원의 계급이나 지위 여하를 막론하고 사회 전반에 '공평하게' 위험을 분배하는 근대적 재앙들에 관해 말하고 싶었을 것이다. 이 언명은 여전히 전지구적 아포칼립스 시대를 성찰하는 탁견이 되고 있지만, 여기서는 재앙이 촉발하는 감정의 공평성에 대해 주목해 그것을 전유하고자 한다. 다시 적는다. '스모그가 촉발시킨 감정은 민주적이다.' 옮겨낸 시라면 이 문장 위에서 읽는 것이 좋겠다.

　깁스를 하고 온 '나'를 사위에서 "반긴다." 내가 다친 존재인 까닭에 이 "반긴다"는 표현은 얼핏 동정(同情)의 발로인 것처럼 읽힌다. 그런데 이어지는 "염려가 아니고 이건 환대"라는 말이 기우를 곧장 지워낸다. '내가 팔을 다친 것'은 '나'의 삶에 국한 된 지극히 사적인 재앙이다. 그러나 그것으로 저마다가 자신이 통과해 온 "재앙의 기억

들을 떠올"릴 때, 해서 어떤 공동의 감정으로 나아갈 때 그야말로 재앙은 염려 대신 환대로 나아갈 가능성을 지니는 것이다.

고통스러운 타인의 형상을 목도한 이들이 가장 쉽게 공유할 수 있는 감정은 잘 알다시피 동정 내지 연민이다. 그러나 그것은 다분히 위태롭다. 동정과 연민은 주체와 대상의 철저한 분리와 불평등한 위계를 전제로 한다. 나는 상처 입은 당신보다 나은 위치에 있다는 것, 그래서 내 삶은 다행스럽다는 것, 이와 같은 위무로 타인의 고통을 대상화하는 것이 동정이나 연민의 일일 것이다. 그러나 통증 앞에서 우리가 공동의 것으로 만들 수 있는 감정의 구조는, 눈앞에 보이는 타인의 아픔과 닮은 내 아픔을 기억 저편에서 불러내고 당시 느꼈던 어떤 감정을 둘러쓰는 것으로부터 시작된다. 여기에는 보다 근원적인, 흡사 재앙이 촉발시키는 감정 안에서 만큼은 우리가 동등한 위치에 선다는 전제가 필요하다.

쏟아진 MILK는 밀크의 밖을 넘지 않는다

(…)

당신을 당신 곁에서

자국을 둥글게 남기며

천천히 움직이는 당신 곁에서

당신을 내버려두길 바랍니다

좋기 때문에 나는

당신이 당신뿐 아니라

혀를 대고 미끄러지는

발음 근처에서 당신이

당신을 가만히 들여다보다가

무엇이 우리들의 왕인지

생각해보았으면 좋겠다고 생각합니다

— 유희경, 「관계」(『현대시』, 2016.10.) 부분

　그것은 어떤 폭력적인 동일화의 바깥에 나와 당신을 위치시킨다는 뜻도 된다. '우리'라는 관계의 밀착도는 MILK와 밀크에 유비되는 정도일 것이다. 이름이 지시하는바(본질)가 같으니 쉽게 합쳐질 수 있을 것만 같지만 'MILK'와 '밀크'라는 표기 사이에 영원히 합치 될 수 없는 의미의 잔여가 남는 것만큼이나 우리는 이질적인 존재이다. 해서 MILK와 밀크는 서로에게 연루되어 있지만 "당신을 내버려두"거나 "당신을 가만히 들여다" 보기로 한다. 나의 잣대로 당신을 재단하지 않는 것, 예컨대 나의 통증을 기준삼아 당신의 통증을 가늠하지 않는 것이란 어쩌면 이런 일이리라.

　「재앙의 환대」로 돌아와, 나-타자의 위계가 사라진 자리에서 우리가 "지난날의 우리가 부서"진 경험을 가지고 있고 "당신이라는 거울 앞에" 한차례 이상씩 무너진 적이 있을 때, 더군다나 "우리 모두 한곳 재앙을 바라보면서" 걸어야 하는 시절을 감내해야 할 때 공통의 감정은 충실한 '우리'의 아교가 되어 줄 것이다. 하여 재앙에서 발원한 환대의 기미는 민주적이다.

우리의 표정

다시 〈시카리오: 암살자의 도시〉의 마지막 장면. 사내는 떠났고 여자는 총을 가졌으나 그의 등을 끝내 쏘지 못했다. 암살자에게 살해 된 이의 어린 아들은, 총성이 일과를 지배하는 거리에서 내내 운명을 견디며 살아가야만 할 것이다. 여자는 사실상 패배했으며 아이들은 부정의와 폭력에 영원히 노출되어 있다. 불행한가. 개운하지 않은가. 헌데 이것이 현실이다. 이토록 냉혹한 전언을, 스크린은 가벼운 공처럼 툭 던지며 엔딩 크레딧으로 나아간다.

견고하다 믿어왔던 법이나 신념이 실은 여리디 여린 허상일 수도 있다는 것, 그렇다면 그것을 구겨버리고 살거나 지닌 채로 죽는 냉혹한 양자택일만이 이 세계에 남아있을 것이라는 것, 알고 있었지만 멀리 치워두었던 이 진실을 영화가 어떤 시원한 카타르시스도 생략한 채 상기시켜주었으니 적어도 객석을 빠져나오는 우리의 표정에 유쾌한 기색은 없을 것이다. 그러나 대신 손에 '공동으로' 받아 쥐고 떠나는 감정들, 끈적거리는 불쾌감과 불안은 이어질 밤의 어둠을 밝히는 촛불의 질료가 될 수 있지 않을까. 시는 이제 그 가연성 연료를 더 치열하게 발명해야만 한다. 시절엔 한창 일상-정치적이고 미학적인 시들의 '아방가르드'가 가열하게 도착하는 중이다.

우리는 서로의 동공을 갈아 끼우고, 서로의 혀를 빌리기라도
하나 보다.

그런다고 한들

그것은 현실도 아니고, 발자국조차 없이 사라진 어린 꽃잎들
도 아니고 그나마

우리가 쓰는 것들은 우리만큼 천하지는 않으니

이 백지 위에서

우리는 중요하지 않고 우리는 최대한 빨리 우리를 끝낼 필요
가 있다.

그러니 우리는 애초의 그곳에서 만날 것이다.

껴안을 것이다.

포개질 것이다.

그리고 완전히 지워질 것이다.

늙고 늘어진 가슴들을 파내어 어린 꽃잎이 누웠던 자리마다
놓을 것이다.

— 김안, 「아방가르드」(계간 『파란』, 22016. 겨울) 부분

커튼 뒤의 시인과 고단한 열락의 꽃

피핑 톰의 커튼

밤은 영원 같았다. 여명이 달빛을 물어갈 무렵까지도 여인은 좀처럼 눈을 감지 못한다. 섣불리 꺼내든 용기를 마침내 발휘해야 할 때, 사람이라면 누구나 초조를 앓기 마련이다. 다만 그럴 때마다 여인은 사내의 얼굴을 떠올린다. 속악한 권력에 기대어 승자의 기분을 앞서 누릴 그였다. 마음이 서서히 다져진다. 동이 트자 여인은 주저를 물리고 길에 나선다. 사내의 말 대로 옷을 벗고 말에 오른다. 영지를 한 바퀴만 돌면 될 일이었다. 숭고와 수치 사이에서 여인은 아슬아슬하게 버틴다.

그런 그녀의 시야에 예상 밖의 장면이 펼쳐진다. 거리에 사람의 기척이란 없다. 창문마저 숨을 죽인 채 커튼으로 제 몸을 싸매고 있다. 나신은 마지막까지 의도적 외면으로 보호된다. 뜻밖의 희생과 뜻밖의 보답이 만나 다정한 이야기가 만들어진다. 여인의 이름은 고다이

버Lady Godiva, 작인들의 세비를 탕감해주기 위해 영주 남편에게 맞섰던 날 겨우 열여섯이었다.

여기에서 끝이 났더라면, 이 이야기는 필요한 날 적절한 방식으로 회자될 수 있는 교훈으로 남았을 것이다. 그러나 단 하나의 균열로 미담은 완성되지 못한다. 다시 고다이버의 날로 돌아간다. 창의 커튼들은 여지도 없이 굳게 여며져있다. 아니다. 단 하나의 커튼이 위태롭게, 은밀하게 틈을 벌렸다. 그 사이로 한 쌍의 눈길이 비어진다. 금기 너머로 기어이 나체를 탐하는 그는 피핑 톰Peeping Tom이라 불리는 사내였다. 이 사내의 엿보기는 규범과 윤리를 비껴 두려운 향락jouissance 쪽으로 제 주인을 몰아간다.

피핑 톰의 존재란, 정말 오점인가. 희생과 보답의 미담으로 영주제를 지탱해간 당대 질서 쪽에서 바라보면 틀림없이 그럴 것이다. 그러나 솔직히 말해야겠다. 그는 사람이어서, 사람의 본성이란 어쩔 수가 없는 것이어서 이따금씩 욕망이 대동하는 불안에 대해 알면서도 모르는 척 그쪽으로 마음을 주기 마련이다. 굳이 라캉Lacan의 전언을 빌려오지 않더라도 우리는 안다. 삶이 욕망 안의 결핍을 매 순간 마주하는 일이자 고통과 싸워서라도 욕망을 좇는 것임을. 그러니 이렇게 바꿔 적기로 하자. 피핑 톰은 욕망의 가장 순수하고 정제되지 않은 이름, 질서의 희생양 이었다.

백야 속으로 걸어간 시인

그렇다면 묻는다. 당신의 커튼은 어떠한가. 모두에게는 저마다의 커튼이 있을 것이다. 그것은 각자가 끝내 놓칠 수 없는 것들을 향해 열리거나 닫힌다. 그 방향이야 하나일 수 없겠지만 적어도 시인의 것이라면 어디로 열리거나 닫힐지 짐작할 수 있을 것만 같다. 시를 쓰려마음을 먹었다면 한번쯤은 언어 앞에서 주저하고 무모해지며 고투했을 것이다. 언어가 시의 질료인 이상, 시어에 대한 갈망과 성취가 시인들의 향락jouissance과 멀리 있을 리 없다.

그런 시인의 커튼을 유독 머뭇거리게 하는 시절이다. 공적 발화들에서조차 말은 본래 뜻을 잃어버리고 속수무책으로 타락했다. 시인의 일만은 아니겠다. 말 할 자리가 많아진다 하여 말이 진실성을 담보하는 것은 아니라는 사실에 우리 역시 나날이 익숙해지는 중이다. 무슨 말을 꺼내야 하는가. 시를 어떻게 꾸려야 하는가.

이러한 물음들로 돌연 아연해지는 것은 어쩌면 시대의 필연이다. 그러니 목하 시들이 그 어느 때보다 자주 시인과 시작詩作에 관한 사유를 갈무리하고 있다는 사실을 새삼스러워 말자. 시가 머무는 곳은 언제나 쓰는 이들의 바람과 읽는 이들의 갈증이 조우하는 자리였다.

이런 영혼이 있었다, 이런 영혼이 있다, 그는 이런 영혼이었다
말하자면, 그는 영혼이 없었다, 복도를 따라 울리는 목소리를

비로소 사랑하는 자들의 노래가 깨어나면

들으며 너는 복도를 따라 돌아다닌다, 청자를 잃은 소리처럼,
방향이 없는 아이처럼, 박물관에는 아무도 없다

　어떤 것도 참고할 만했다, 파편 하나도 하찮은 게 없었다, 이
것은 역사상 존재한 적이 없었던 자의 뼈다, 이것은 그의 그릇이
며 이것은 그가 마시게 될 물이다, 유리 관 속에 제시된 만물의
세계를 보기 위해 너는 쉬지 않고 돌아다닌다

　영혼을 말하는 사람이 있었다, 영혼을 말하지 않는 사람이 있
다, 그 사이에 말은 주인 없이 오래 떠 있었다, 잠이 덜 깬 유령
처럼 복도를 울게 하는

— 송승언, 「학예사」, 《포지션》 2015년 봄호

이따금씩은 제련된 단어나 연, 명징한 전언들 보다 이런 문장들
앞에서 더 서성거리게 된다. 시의 어지러움이 삶의 어지러움을 온몸
으로 노래하는 것일 때 그렇다. 그런 어지러움은 읽는 이를 소외시키
는 대신 시 안으로 깊이 끌어들인다. 이 시인의 시가 대개 그러한데,
옮긴 시도 다르지 않다. 그러니 이번에도 발길 닿는 대로 박물관을
걷듯 시를 배회해보는 것이 좋겠다.

　마지막 부분쯤을 입구 삼아도 될 것이다. 말이 말 하는 사람과 말
하지 않는 사람 사이에 유령처럼 부유한다 했다. 무엇을 말 하(지 않)
는 것인지 더듬으니 '그의 영혼'이 만져진다. 그란 또 누군가 했더니
박물관에 진열된 뼈와 물건의 주인이다. 박물관이 내처 그렇다. 만
물은 유리관에 진열되어 있고 이렇더라, 하는 설명들이 확실성을 뽐

내며 덧붙여져 있다. 그런데 그 세계에 영혼이란 없는 것이다.

　마지막 부분을 다시 출구 삼는 것이 옳겠다. 말 한 것과 말 하지 않은 것 사이에 말이 있다. 말해지기 전과 후가 달라지는 대상의 의미에 대한 것으로 읽어도 좋겠다. 설명에 갇힌 전시된 **뼈**는 흙 속의 **뼈**와 다르다. 언어라는 것이 가뜩이나 대상의 본질을 오롯이 옮기기 어려운데다 지금과 같이 언어의 가치가 퇴색된 때라면 더욱 그러하겠다. 이미 짐작하고 있었겠지만, 그래서 이것은 이즈음의 시에 관한 시다. 시인은 대개 학예사이다. 언어로 시에 세계를 진열한다. 그러나 명민한 시인은 비장하게 직무 유기를 고려한다.

　시인은 언어 속에서 백야를 발견하고 겸허해진다.

　입속의 새떼를 모두 날려보낸다
　입안에 백야를 기른다 말은
　너는 언어를 머금고 있는 연습이다

　세계를 머금는다는 거……

　네트는 별빛처럼 광대하지만 고독하다
　멀리 있는 행성일수록
　우주와는 가까워지듯이
　시 쓰기는 거주지를 잊는 경험이다

내가 희생시킨 몇 마리의 사슴들

시 쓰기의 평균율, 불쑥,
자신도 모르는 시간으로 기습하는 거

하야의 이미지들

백야엔 뱀파이어들이
모닥불을 피워놓고 희미한 빛을 마신다.
그 빛은 뱀파이어의 피가 된다

몸을 숨긴 언어들이 백야가 되어갈 때
시는 피붙이를 찾는다 빛에 피가 닿듯이

국적 없는 바람
어미 없는 꽃잎
빗소리가 가득 쌓여 있던 하늘

백야에 나는 언어 속으로 사라진다.

– 김경주, 「백야의 타이핑」(《유심》, 2015년 5월) 전문

비슷한 고뇌를 통과해 새 길을 밝힌 시를 옮겼다. 시인이 적어낸 시 쓰는 법이다. 대놓고 시론이 된 시는 가끔 지루하다. 다만 시론을 시의 몸체로 보여주는 시는 경이롭다. 한 시인이 문득 언어 속에서 백야를 발견한다. 백야라 쓰였으나 겸허라 불리기도 한다. 그것을 입 안에도 옮겨놓기 위해 시인은 무려 한 세월 품었던 제 언어들을 날려 보낸다. 놓침이 아니라 놓아줌이다. 지난 날 그에게 시어는, 새떼같이 구구절절 소란했다.

그렇게 비워진 입속에 백야가 자리 잡는다. 언어를 오래 머금기 위한 것이다. 수다스러운 언어들로부터 멀어진 시가 외려 본령에 닿길 기대해본다. 나와 거리를 둔 행성이 실은 우주에 가깝듯 말이다. 이것은 수많은 네트 위에서도 진실을 말하기 어려운 시대, 차라리 고독으로 걸어가려는 시인의 혼신이다.

다만 백야를 문다는 것이 침묵을 뜻하지는 않는다. "거주지를 잊는 경험" 이후 이 시는 앞의 행들과 전혀 다른 새로운 시가 된다. 새로운 "시 쓰기의 평균율"로 만들어져 있어서이다. 이 시에서 가장 아름다운 부분이기도 하다. 내내 하얀 여름 밤, 줄곧 검을 뱀파이어, 붉은 피, 하얀 빛, 방향 없는 바람, 흩날리는 꽃잎, 어둑한 하늘. "하야의 이미지들"이 폭발하는 감각으로 빚어져 있다. 읽으려 할 때 닿아오지 않지만 닿으려 하면 읽힌다. 지시적인 언어들 대신 포에지가 최대한 끌어올려져 있어서이다. 이것이야 말로 시가 찾은 새로운 "피붙이", 대상의 설명서가 아니라 감각의 그릇이 된 언어일 터. 시인이 언어를 지독하게 갈아 시는 감각으로 지극하게 피었다.

감각이라는 권능

누구나 가져서 누구도 아끼지 않지만 감각에는 권능이 있다. 그것은
말 할 수 없는 순간들이 오면 다감한 괴력을 발휘한다. 그런 풍경을
읊은 시가 있더랬다.

쌀 옆에는 운동화가 있다
생리대 옆에는 오렌지가 있다
과도 옆에는 상비약이 있다
팬티 옆에는 서류 봉투가 있다

가방을 열어 변기를 꺼낸다
손수건을 열어 욕조를 꺼낸다
발바닥을 열어 슬리퍼를 꺼낸다

땡볕을 궁리하며
나날이 시커매진다
빨래를 궁리하며
나날이 더러워진다

솥을 들고
내 나라를 삶아

새로운 친분을 도모한다

불법 체류자와 함께 나누어 먹는 두부조림

발톱에 매니큐어를 칠하는 레바논 여자와 함께 나누어 먹는

생수

- 김소연, 「가방 같은 방」, (《현대시》, 2014.8.) 부분

눈앞에 그려야 할 것은 이국을 떠도는 누군가의 가방. 그이의 가방이라면 사실 거의 방이다. 방에 있어야 할 것들이 다만 어지러이 담겨있는 것이다. 쌀 옆의 운동화, 생리대 옆 오렌지, 과도 옆의 상비약, 팬티 옆 서류봉투. 가방 안의 연상법이다. 여행의 일이 다 그렇다. 손수건이 자주 욕조의 역할을 하고, 빨래를 궁리해도 나날이 때가 쌓인다. 그 곤궁함이, 곤궁함이라 말해지는 대신 짧은 행의 나열로 감각된다. 이런 시는 감각이 지닌 권능에 대해 잘 아는 시인으로부터밖에 나올 수 없는 것이다. 시의 절반 이후를 읽고 그것을 절절히 짐작했다.

여행자가 딱 한 가지를 버려야만 한다면 그것은 말이어야 할 것이다. 용도 폐기 된 내 나라 말도, 접근 불가한 그 나라 말도 그에게는 별무소용이다. 그러나 덕분에 다시 되새긴다. 그보다 더 오랜, 다른 소통 수단이 있었음을 말이다. 새로운 친분을 위해 솥에 제 나라를 삶는다고 했다. 불법체류자와 두부조림을 먹거나 레바논 여인과 생수를 마신다고 했다. 덜 유려하지만 더 익숙한 몸의 언어, 여기서는 미각이다.

서울역의 시끌벅적한 푸드코트 한쪽에

젊은 부부가 음식을 먹고 있다

밥 한 숟갈 뜨고 눈 한 번 맞추고

반찬 한 젓가락 집고 눈 한 번 맞추며

늦은 점심을 먹는다

그러다 뭐라 뭐라 열심히 수화를 하고

미소를 끄덕인다

– 배한봉, 「가을이 지구를 방문하는 이유」,《문학사상》, 2014.12.) 부분

미각은 힘이 세다. 보는 것보다 듣는 것보다 먹는 것이 강력하다. 끼니의 힘이라 해도 좋겠다. 끼니는 무장해제 시키는 힘이 있다. 때로 선악미추의 판단보다도 앞서, 순식간에 감정의 빗장을 열어버린다. 그렇게 해서 식사는 나와 당신을 아주 사소하게 가장 강력하게 우리로 만든다. 수화를 쓰는 부부는 밥을 먹고 눈을 맞추는 것만으로 더 깊어진다. 고독한 여행자의 가방은 누군가와 함께 무엇을 함께 먹는 순간 모국의 방이 되어버린다. 그래서일 것이다. 맛의 감각을 사람과 사람의 매듭으로 그려낸 시가 요새, 시에 관한 시 만큼이나 많다.

모든 얼음을 만져볼 수 없지만 나의 사전에는 자주 냉기가 다녀간다 나의 오감이 실패한 단어를 나의 사전이 대신 닿는다 그러니까 나무 안에 흐르는 꽃이 내 사전의 일이다

나의 모국어를 읽을 수 있는 대륙까지가 이 사전의 가능성이
겠지만 멀리, 반도를 버린 무덤들도 무간으로 사전에 드나든다
문장도 사전에 정박할 수 있는 이유이다

(…)

사전을 수첩이라 부르는 여자의 눈에서 다친 물고기를 건지
는 일도 있다 어떤 날은 사전만 바라봐도 몸이 흐리다 나의 사
전은 나의 신체를 흐르는 것이다 사전을 잃어버릴 때마다 악천
후가 신체로 드나들었지만 나의 죄 없는 부주의는 그때마다 다
른 기후로 이주했다

이 사전이 끝날 때 모든 말들이 일어나 나의 한때를 버릴 것
을 안다 폐허에서 무너진 자신의 시간을 바라보는 눈, 그 눈이
나의 사전의 이름이다

— 박진성, 「나의 아름다운 사전」(『식물의 밤』, 문학과지성사, 2014.) 전문

이쯤에서 처음의 물음을 돌이켜야겠다. 아무 말이나 휘휘 쓸 수
없는 요즘이라 했다. 그럼에도 언어는 시의 처음이자 최소한이라 끝
내 버릴 수 없다고 했다. 어떻게 하면 좋을지 궁리하는 것은 각자의
몫이겠으나, 조언을 구하고자 한다면 이 시인에게 하는 것이 좋겠
다. 그는 조금 별스러운 사전을 지녔다.
만져보지 못한 얼음의 냉기를 상상하게 해야 한다. 모국어의 영토

바깥까지도 미쳐야 한다. 이것이 저것이다, 알려주는 대신 이것을 느껴라, 교감해야한다. 사전에게 맡겨진 것 치고는 임무가 과도하다. 그냥 사전이라면 그럴 것이다. 그러나 시인의 사전이다. 사전만 보아도 '몸'이 흐려지고, 사전이 '신체'를 흐르며, 사전을 잃어버릴 때는 '신체'에 악천후가 드는, 그런 시인의 것. 이 사전은 으레 머리로부터 뽑아낸 언어가 아니라 처절히 몸이 뱉어낸 언어를 갈무리한다. 그래서 진심이 의심되는 무람없는 말들 앞에서 속수무책인 이즈음, 이런 사전에서 비롯된 시는 기꺼이 세상과 맞서 줄 것 같다. 아니, 맞서 달라. 그래야 우리도 산다.

실패하는 꽃과 시인의 운명

커튼을 연 피핑 톰의 마지막은 어땠을까. 그에 대해서라면 알려진 이야기가 별로 없다. 벌을 받아 추방을 당했다거나 장님이 되었다는 후일담만이 별로 믿음직스럽지 않은 마침표로 남아있을 뿐이다. 세비가 낮아졌고 고다이버의 공덕은 높아졌다. 행복한 결말이다. 그리고 불행한 시작이었다. 봉건 질서는 그 후로도 오래 건재했고 작인들의 고단한 삶은 크게 달라지지 않았다.

　에둘러 말 할 것도 없이, 우리의 삶은 고다이버의 날들 보다 절망적일지도 모른다. 어둡고 부정不正한 일이 체적을 넓혀가는 동안 정正한 일은 별빛만큼이나 찾기 어려워졌다. 밤이 깊을 때 할 수 있는 일이란 두 가지 정도이다. 암흑에 눈이 익길 기다리거나 불 밝혀 나아가는 것. 나는 모른 척 하고 있지만 시인들이 어느 쪽을 택할지 진작부터 알고 있었다. 하여 마지막으로 이 시를 적는다.

신바닥에 진흙이 달라붙는 아직 덜 마른 농촌 길에 홈이 뚜렷한 경운기 바퀴자국이 찍혀 있다. 그 바퀴 자국은 갠 날은 사라지고 비가 내리는 날만 일을 하는 이상한 흔적이다.

자국만 있고 실체가 보이지 않는 현장 한쪽으로 달맞이꽃 한 송이 비켜서 피어있다. 사람들은 딸딸이가 죽었다고 했다. 그러나 그 사체는 발견되지 않았다.

— 허만하, 「경운기 바퀴 자국」,(《현대시》, 2015년 7월) 전문

비 내리는 날만 나타나는 것이다. 그냥 비도 아니고 누군가의 신발 바닥에 진흙을 남길 만큼 세찬 비다. 그런 궂은 날만 일을 하고 갠 날엔 생색도 안낸다. 이 존재의 습성이다. 죽었다고 했지만 시체는 발견되지 않았다. 이 존재의 현실이다. 시가 일러주는 대로 경운이라고만 생각하기에는 이 습성과 현실이 어쩐지 낯익다. 그래서 이렇게 다시 쓴다.

궂은 날만은 아무도 알아주지 않아도 나서는 이가 시인이다. 문학의 죽음이 말해진지 오래이지만 시신詩身이 아직 시신屍身으로 발견되지 않은 것은 그 고되고 갸륵한 노고 덕이다. 그런 시인의 자취

라면 진흙길 위에도 남아 시가 될 것이다. 곁에 피었다는 꽃이 가슴을 찌른다. 달맞이꽃은 그리움과 기다림을 품고 있다 했던가. 시절에 속절없고 희망이 가뭇없어도, 기다리고 그리워하는 마음으로 시인들은 계속 쓸 것이다.

　꽃으로 시절을 이길 수는 없을 것이다. 그러나 반복될 패배에 이 시절 우리가 기대할 수 있는 최선의 아름다움이 있다. 많이 쓴다는 사실만으로 진정성을 논할 수는 없다 해도 거듭 쓰려는 마음만은 진심인 것이다. 어둠이 언제 걷힐지 모른다지만 시인들은 다시 꽃을 피워 달라. 그래야 우리가 달빛을 꿈꾼다.

제2부

슬픔의 공명, 결국 사랑의 발명

모모제인을 위하여, '누구'와 '우리' 사이의 발명

출구 없는 방

아무래도 문이 열리지 않을 것 같다. 비밀스러운 죄를 지닌 망자亡者 셋은 누가 먼저랄 것도 없이 망연자실하였다. 유황불에 추락하거나 운 좋으면 가족을 만나리라 여겼는데 그저 방, 그것도 폐쇄된 방에 도착하다니. 기대치 않은 사후 공간에 우두커니 서서 웃어야 할지, 울어야 할지 그들은 알 수가 없었다. 창문도 거울도 없다. 단 한 줌의 어둠도 용인하지 않는 불빛 아래서, 언제까지 지속될지 모르는 시간 안에 갇혀 무엇을 할 수 있을까. 더군다나 셋은 삶이 끝나 살 수도 없었고 이미 죽어 죽을 수도 없었다.

이 어정쩡한 방에서 셋은 서로의 시선에도 감금되어 있다. 각기 자신을 원하지 않는 자에게 욕망을 느꼈고 상대를 지켜보거나 상대에게 주시당해야 했다. 서로에게 죄수이며 또한 간수인 셈이었다. 어떤 구원의 희망도 없이 상대를 증오하고 사랑하고 두려워하고 또다시 사랑하는 일을 반복하였다. 무기력과 불안, 불쾌감이 방 안의 공기를 한껏 팽창시켜 나갔다. 누군가 끝내 비명을 터뜨렸다.

"나를 잡아먹는 이 모든 시선을 (…) 그러니까 이런 게 지옥인 거군. 정말 이럴 줄은 몰랐는데…. 당신들도 생각나지, 유황불, 장작불, 석쇠…. 아! 정말 웃기는군. 석쇠도 필요 없어, 지옥은 바로 타인들이야."[14]

사르트르가 희곡으로 써낸 이 기이한 지옥의 풍경은 낯설되 어딘가 익숙하다. 나와 타인, 시선의 오감과 부딪힘, 그에 대한 저항과 복종. 요약해놓고 보면 이것은 사실 아주 평범한 우리의 일상과 닮아 있지 않던가. 사람은 출생 신고서에 기재되는 즉시 자유를 선물 받지만, 그와 동시에 타인에 눈과 말에 담기며 자유를 박탈당할 운명에도 놓인다. 살아가며 타인으로 인해 행복하고 타인으로 인해 불행해지는 순간들을 피할 수 있는 이는 거의 없는 것이다. 그 딜레마에 관해 다음의 시가 말해준다.

사과를 자른다 반쪽이 또 반쪽이 되고
사과였던 부분에 아무것도 남지 않을 때까지 누군가 손톱을
깎다 말고 이곳이 아마
사과였을 겁니다 하면 아무런 대꾸도 못 하고

---

14) 장 폴 사르트르, 『닫힌 방/악마와 선한 신』, 지영래 역, 민음사, 2013, 82면.

혀 밑에 침이 고이거나 마른침을 삼키거나

사과를 생각하지 않아도 사과를 느끼는 사람처럼 네 그렇겠지요 하고

사과가 아닌 이야기를 할 것이다

매 맞고 도망친 미숙이 이모 얘기를 할 것이다

나는 국경을 넘을 것이다 알아들을 수 없는 언어가 사는 곳으로

사과가 사과를 닮아 동그랗게 자라지 않는 곳으로

사과는 포크에 찍히지 않고

사과는 토끼를 닮지도 않아서

어느 저녁 문밖에서 개 짖는 소리 누구세요 물어보면 누구도 대답하지 않는 저녁 별다른 것 없이도 현관에 잠금장치 채우는 저녁

할 줄 아는 것은 다만

사과를 깎는 일이라

사과를 자른다 껍질은 사과를 잃고

오랫동안 다른 곳으로 썩어가고 있다

– 최인호, 「과일 좀 드세요」(『현대문학』, 2019.4.) 전문

'나'는 사과를 깎는 자이다. 과일이 무엇인지가 중요한 것은 아니라 과일을 왜 깎는지가 중요할 것이다. 제목에 단서가 있다. "과일

좀 드세요."라고 말하기 위해. 다시 옮기자면, '나'는 보이(지 않)는 타인의 존재를 의식하고 그와 모종의 교류를 하며 살아가려는 사람이다. 그런 '나'가 타인의 시선과 말에 속박당하는 것은 어쩌면 불가항력적인 일일 것이다. 가령 '나'는 누군가로부터 어떤 말을 들으면 내 판단과 무관하게 "아무런 대꾸도 못 하고", "네 그렇겠지요." 해버리기도 한다. 자기의 승인보다 타인의 승인이 더 중요한 사람처럼.

물론 그 삶이 전적으로 편치는 않을 것이다. '나'를 판단하고 규정하고 흠집을 낼 수 있는 타인은 피로와 공포를 자아내는 대상이기도 해서 '나'는 때로 문밖을 향해 괜스레 "누구세요" 묻거나 "별다른 것 없이도 현관에 잠금장치"를 채운다. 하지만 이 빗장이 오래 갈 리 없다. 철저히 고립된 사람을 제외하면 누구도 타인과의 관계망 안에서 영원히 벗어날 수 없는 까닭이다. 하여 '나'는 또 사과를 깎는다. 타인에게 다가가고 타인을 막는 이율배반적 행위를 숙명처럼 거듭해야만 한다.

다만 이즈음의 삶은 후자 쪽으로 더 가파르게 기울어져 가는 것도 같다. 타인, 관심, 돌봄, 나아가 '우리' 같은 말들이 이제는 얼마나 유령 같은가. 생활이 유동적이고 불안정해져 자신의 생존과 안위가 무엇보다 중요해지면, 사위의 향해 고개 돌리는 일이란 피로할 뿐이다. 끈끈하여 떼어내기 힘든 '관계'를 포스트잇처럼 잘 붙고 잘 떨어지는 '접속' 내지 '연결'이 대체하는 것, '각자도생'이 당위가 된 이 시대의 표정이 이와 같다. 그렇다면 이곳은 지옥인가, 천국인가.

비로소 사랑하는 자들의 노래가 깨어나면

'누군가'와 '그 사람' 사이의 행간

나와 타인에 관한 문제에 접근하는 목하 시들의 미덕은, '우리'의 구성을 종용하지 않는다는 점에 있다. 도리어 '우리'라는 말에 대한 피로를 알고 또 통감하기라도 한다는 듯, 시들은 아주 사려 깊게 독자를 자기 삶 외부로 끌어낸다. 이를테면 이런 것이다.

해운대 원양호 횟집에서 나와

미포 선착장 쪽으로 걸어갈 때,

웅성이며 몰려드는 사람들

중년의 남자가 작은 배에서 들것으로 옮겨졌다

심폐소생술,

바다의 숨이 안개를 피워 올린다

축축한 바람이 불어온다

유람선 2층 난간에서 바다로 추락한 사연이

실족한 바람에 흩어진다

부풀어 오른 배

검푸른 잿빛으로 굳어가는 얼굴

눈을 떴는지 감았는지

맥없는 불빛 어른거린다

그러고선 움직임도 없이

인파의 그늘 속에 조용히 잠겼다

구급대원들이 들것을 차에 힘껏 밀어올린다

구급차 문이 닫힌다

사이렌 소리

겨울 밤바다에 터지는 폭죽

– 문혜진, 「미포」(『시작』, 2019년 봄.) 전문

한 사람에 관한 기록이 있다. 유람선 2층 난간에서 추락한 그의 삶은 어느 겨울의 밤바다에서 끝이 나버렸다. 길다고 하기도 짧다고 하기도 서러운 중년의 생이 갑자기 끊어진 비극. 뉴스는 그것을 단 한 줄로 요약한다. '어제저녁 7시 반쯤, 부산 해운대 미포 선착장으로 들어오던 유람선에서 40대 승객 한 사람이 바다에 빠진 채 발견됐습니다.' 이 문장의 40대 승객은 아무도 아닌 '누군가', 즉 의미 없는 타인이어서 모두의 일상을 그저 스쳐 지나갈 뿐이다.

그런데 옮긴 시는, 시의 운명이 그 '스쳐 가는 이들'의 찰나를 붙들어 영원으로 만드는 일이라고 말하기라도 하려는 듯, '누군가'의 비극을 최대한 느리고 무겁게 시 읽는 이 앞에 다시 펼쳐놓는다. 시가 지닌 행간의 깊이와 부피가 그것을 말해준다.

화자인 '나'는 사건이 있던 날 거기 있었다. 해운대 원양호 횟집을 나와 (첫 번째 행간에 담긴 시간만큼) 천천히 미포 선착장으로 걸었다. 그런 그의 앞에 사람들이 (두 번째와 세 번째 행간만큼 충분히) 웅성거리며 모여들었고 사고를 당한 사람이 들것으로 옮겨졌다. 심폐소생술이 길게 이어졌다. 바다가 날숨으로 안개를 만들고 안개로 바람이 축축해질 정도의 오랜 시간이었다. 그 사이 그가 유람선에서 실족하게 된 경위는 바람에 흩어져 알 길이 없어진다.

'나'는 그를 힘주어 응시한다. (열 번째에서 열네 번째 행간의 길이만큼 긴 숨을 들이쉬고 내쉬며 본다.) 그러자 보인다. 배가 부풀어 오르고 얼굴이 검푸른 잿빛으로 변해가는 과정이. 뜬 것처럼도 감은 것처럼도 보이는 눈에 맥없는 불빛이 어른거리는 것이. 그러다 미동조차 사라지고 그의 일생이 살아있는 자들의 그림자 속으로 내려앉는 순간이. 그것을 아랑곳하지 않고 터지는 무정한 폭죽이.

이 시는 이렇듯 실족한 '누군가'의 모습을 한 줄 기사에서 꺼내어, 행간에 이를 때마다 깊은숨을 들이쉬고 내쉬어야만 읽을 수 있는 이야기 속 '그 사람'으로 만들었다. '누군가'에 무관심한 사람들을 타박하려는 의도도, '누군가'와 빨리 '우리'가 되자는 종용도 없다. 모르는 타인을 알 만한 사람으로 바꾸어 시 읽는 이의 지척에 데려다 놓았을 뿐이다. 그저 그뿐이나. 올해 2월 초 생을 마감한 그의 이름과 사연을 여전히 몰라도 우리는 그와 더는 무관하지 않다. 때론 그로써 충분한 것이다.

신이 구태여 눈, 코, 입을 주었다면

우리에게는 '누군가'를 '그 사람'으로 만드는 일이 왜 어려울까. 그 어려움을 이겨낼 방법이 있을까. 이와 같은 질문이 생긴다면 다음의 시에 갈피끈을 끼우는 것도 좋겠다.

> 천국에서 허탕 친 사람들이 부엌으로 돌아와
> 식은 국을 다시 데울 때
> 나는 친구를 사귀고 싶었다
> 두리번거리는 일을 잊지 않기 위해

식빵과 가스 밸브와 환기구의 구도를 완성하는

불개미의 촘촘한 행렬은

시차 없이 모든 시간에 불쑥 관여하였다

들끓는 것들 중 가장 말수가 적다는 것을 배울 무렵

누가 올 거야, 얌전히 있어

나는 그런 말에 눈동자가 묶여 있었다

방 안에 들어가 바늘로 눈알을 긁어놓은

사진 속 사람들을 세어보았다

긴 밤이 나를 지루해할 때까지

얼굴이 얽은 곰보 청년은

우리 집 담에 기대어 담배를 피웠다

창공엔 표정 없이 새파랗게 멍든 얼굴

신은 자신이 떨어뜨린 눈, 코, 입이

어디에 붙어서 사는지 그런 구경이나 해보려고

날씨를 준 것은 아닐까

거울 앞에서 앞머리만 자르다 가버린 여름이 있어

보풀만 떼다 끝나버린 겨울도 있어

그렇게 말하는 사람과는 어울리는 게 어렵지 않았다

그렇게 우리는 서로 다른 얼굴로 만나서

같은 표정으로 헤어지는 사이가 된다

집에 누군가가 떠날 때까지
바깥을 서성거렸다
재재한 아이들이 줄지어 밖에 나와 있었다
잠깐만 나가 있어, 그 말에 풀려나서는
불개미들처럼 천적이 없다는 듯
빨개진 볼로 어둠을 데우는

나의 불쏘시개
나의 친구들

— 서윤후, 「모모제인某某諸人」(『창작과 비평』, 2019년 봄호) 전문

   "천국에서 허탕 친 사람들"의 세계라니까 이곳은 최소한 천국은
아닐 터이다. 그들이 일상에 복귀하기로 했을 때, 그 무리에 섞여 있
었을 '나'는 조금 다른 것을 하고 싶어진다. 그것은 "친구를 사귀"는
일, "두리번거리는 일을 잊지 않"는 일이다. 그럼 '나'는 지금까지는
왜 그것을 잊었을까.

   지상 혹은 지옥일 이곳의 삶은, 생존을 위해 쉼 없는 노동의 행렬
을 만드는 불개미의 그것과 흡사하다. 개미들이 식량, "식빵"으로 난
직선 경로를 이탈할 수 없듯 사람도 먹고사는 문제에 붙들려 있다
보면 시야각이 좁아진다. 그런 생활이 "시차 없이 모든 시간에" 관여

하여 두리번거리며 주변을 돌아보는 여유가 시간 안에서 삭제된 지 오래였던 것.

'행렬과 시간에서 이탈하지 말 것'이라는 보이지 않는 명령이 증거다. '나'를 속박시켰던 그 말은, 다시 옮기자면 "얌전히 있어." 그 말들에 "눈동자가 묶"인 '나'는 시키는 대로 제 외부에, 타인에게 한눈을 팔지 않는다. 그런데 그런 이는 아무래도 '나'만이 아닌 것 같다. 눈이 있어도 타인을 돌아보지 못하는 흡사 "바늘로 눈알을 긁어놓은 듯"한 사람들이 수없이 많아 그들의 숫자를 전부 헤아리려면 긴 밤의 시간도 모자라겠다.

그러나 천국에서 아무것도 얻지 못하고 돌아와서일까. '나'는 이제 지상을 만든 신의 의도에 대해 생각한다. 가령 신이 인간에게 구태여 얼굴이라는 것을—눈, 코, 입과 표정과 감각을 마련해둔 이유가 있을 것이다. 그러고 보면 사람은, 다른 사람이 제 마음을 직접 발설하지 않아도 그의 말과 표정으로 그의 기분에 가닿는 능력을 지녔다. 어떤 이가 '거울 앞에서 앞머리만 자르다가 여름을 다 보냈다'고 할 때, 또 다른 이가 '보풀만 떼다 겨울이 끝나버렸다'고 할 때, 그가 지었을 표정을, 표정이 담보한 피곤함과 허무함을, 다른 이도 어렵지 않게 짐작할 수가 있는 것이다. 해서 사람들은 종종 "다른 얼굴"을 짓고 태어나지만 "만나서 같은 표정으로 헤어지는 사이"가 되곤 한다.

그에 관해 알아차린 나는 생활에 얽매인 일상으로 돌아가는 대신, '나'는 바깥을 서성거리기로 한다. 운 좋게 개미 같은 삶에서 잠시나

마 이탈한 다른 존재들도 보이는데, 그들은 정답게 서로와 어울리고 재잘대는 아이들이다. 매한가지로 "빨개진 볼들"을 지닌 그들. 한때 '아무아무 여러 사람(某某諸人)'이었다가 같은 볼을 지니고 '친구들'이 되었을 아이들을 바라보며 '나'는 마음속 어딘가에 불이 지펴지는 느낌을 받는다. 때론 그로써 충분한 것이다.

말랑말랑한 살을 지닌 다행

나는 날개를 펼 수 없는 죽은 천사 이야기를 좋아했다 해질녘이면 난로 위에서 기름이 끓었다 나는 한 페이지가 넘어갈 때마다 물을 삼켰지 언니는 도마를 두르리다 말고 젖은 손으로 내 이마를 짚었다 언니는 식당을 폐업했다 창고 안에서 남은 고기들이 천천히 녹아가고 있을지도 몰라 언니는 가끔 훌쩍거렸다 시간은 창고 안에서 깊어지겠지 언니는 열심히 고기를 썰었다 다른 생물의 살을 만지고 썰다 보면 나이를 빨리 먹는 느낌은 뭘까 손이 큰 언니는 무엇이든 잘 만들어냈는데 이 살은 왜 이렇게 익숙하고 부드러울까 언니는 따뜻한 물로 내 손을 씻겨주는 것을 좋아했다 약하고 약한 살이 이렇게…… 언니가 중얼거리며 대야의 물을 버릴 때마다 핏물이 흘러내렸다 따뜻해라 나도 모르게 긴 숨을 뱉는 한낮 오래전 공장 사람들이 폐업한 식당으로 모여들었다 창고 안에서 깊어지다 보면 우리는 말랑말랑해져서 서로를 더듬었다 단단한 뼈는 어디에 있을까 우리는

서로의 살만 확인하다 알 수 없는 시간으로 들어갔다 죽은 후에도
녹으면서 흐르는 것이 있다는데 날개가 부러진 언니는 식당을 폐업
하고도 계속

– 이영주, 「육식을 하면」(『현대시』 2019.4.) 전문

　그러니까 작금의 현실이란 '천국에서 허탕을 친 사람들'(「모모제
인」)이나 "날개를 펼 수 없는 죽은 천사"들의 군락인가 보다. '나'
는 "날개를 펼 수 없는 죽은 천사 이야기를 좋아했"는데, 마지막 행
에 따르면 그 천사란 "날개가 부러진 언니"이기도 하다. 언니의 날개
는 왜 부러졌는가. 식당 운영이 중단되면서 그녀의 생존도 폐업 위기
에 놓였기 때문이다. 팔지 못한 고기를 처분하려 열심히 썰면서, 아직
창고에 남은 고기들이 자신의 생활처럼 녹아내리겠거니 생각하며 언
니는 가끔 훌쩍거린다.

　언니가 '나'의 이마를 짚고 손을 씻겨준다. 언니의 살갗과 고기의
살과 나의 살갗이 얹어지고 겹쳐지고 비벼지는 이 풍경은 억척스럽되
가련하고 슬프나 온기가 있다. 살아가기 위해 "다른 생물의 살을 만
지고 썰"어내는 일, 그러니까 살아남기 위해 다른 존재의 죽음을 파
는 일은 "나이를 빨리 먹는 느낌"을 줄 만큼 고약한 경험이다. 큰 손
으로 이것저것 잘하는 것처럼 보이는 언니도 사실은 "부드럽고" 약
한 살을 지닌 사람일 뿐이어서 그것을 힘들어했다.

　다만 언니는 죽은 존재의 살을 다룰 때 느끼는 슬픔을, 살아있
는 '나'—언니의 억척스러움 덕분에 삶을 지속해나가는 동생—의 약

하디 약한 살을 만져주는 기쁨으로 지워왔다. 언니의 손에 피가 묻어 자매의 삶에 슬프고 따뜻한 피돌기가 이루어졌으므로. 그저 살과 살이 맞닿은 것만으로 '나'는 언니와 말 한마디 없이 이 복잡한 감정을 나누었다. 신이 인간에게 눈, 코, 입, 또는 살갗을 부여한 이유를 이렇게 또 한 번 찾았다.

　미래가 없는 고깃집처럼 자매의 생활도 속절없이 몰락할 것인가. 그렇지만은 않을 것이다. "말랑해져서 서로를 더듬고" 비참한 "서로의 살만 확인"할 수 있는 상대가 있다면, 그와 공유하는 슬픔을 동력 삼아 다시 하루를 살아갈 위로를 얻는 일도 있는 것이다. 시의 마지막 행이 다시 첫 행으로 이어지는 이유를 알겠다. 때론 그로써 충분한 것이다.

출구는 없을지라도

다시 사르트르가 그려낸 저 방의 지옥 풍경. 고장 난 것 같았던 문이 별안간 열렸을 때, 그토록 탈출을 원했던 세 사람은 정작 문밖으로 나가기를 망설인다. 어쩌면 그들 모두 그 방에서 나갈 수 없다는 사실을 일찌감치 깨달았을지도 모른다. 이를테면 그들 중 한 명이 자신의 얼굴을 보기 위해 다른 이의 눈동자를 거울삼았을 때. 사람의 눈은 유일하게 제 얼굴만은 매개 없이 볼 수 없어, 자신의 존재에 대한 증명을 타인으로부터 얻을 수밖에 없다고 사르트르는 비밀스럽게 속삭인다. 그와 같은 삶을 지옥으로 여길지 천국으로 여길지 정하는 것은 각자의 몫일 것이다. 다만 '누군가'(모모제인)와 '우리'(친구들) 사이의 살가운 어떤 지대를 발명하려는 옮긴 시들에 따르면, 이 세계는 얼마든지 다감해질 수 있는 지옥이다.

사랑, 둘이 서는 무대

사랑에 관한 오해

공교롭다. 내가 곧잘 찾는 커피의 맛을 당신도 즐긴다 한다. 내가 아끼는 책이 당신의 서가에 꽂혀있고 당신이 흥얼거리는 노래를 나 또한 온종일 듣는다. 우리는 어쩐지 처음부터 하나였던 것만 같다. 다정한 긴장이 나와 당신을 사랑의 감정 안에 속절없이 밀어 넣는다. 그러다 시간이 흘러 참담한 앎이 도착한다. 나는 당신이 거절하는 음식을 좋아한다. 당신은 내가 입지 않는 색깔의 옷을 선호하고 내가 보는 채널에 관심이 없다. 우리는 처음부터 달랐던 것이다. 실망이 마음 깊은 곳에서부터 곪는다. 종내 사랑이 가뭇없이 저문다.

이 모든 과정은, 사실 사랑에 관한 가장 흔한 오해로부터 비롯된다. 사랑이 자주 '하나가 되는 것'으로 여겨지는 까닭이다. 태어나 가장 처음으로 경험하는 사랑의 형태가 자기애인 탓도 있을 것이다. 자신과 같은 존재를 찾기 위해 사력을 다하고 그런 이를 발견한 후에도 그와 닮아지려 애쓴다. 다만 애초에 동일한 사람이란 없으니 이 노력은 얼마나 헛된가. 그래서이다. 사랑은 '하나 됨'이 아니라 다른 것을 용인하는 '둘 됨'을 의미하는 것이어야 한다(Alain Badiu).

이것은 불행일까. 아마도 그럴 것이다. 사랑하는 이는 당신의 외부에 줄곧 머무르므로 당신이 그를 소유할 수 없다. 끝까지 미지의 존재여서 당신은 그를 온전히 이해하지 못 할 것이다. 다행한 사실은, 그럼에도 당신이 사랑하는 대상과의 고통스러운 마주 섬을 감당한다면 그의 '다름'이 당신의 일상과 사유를 새로움 쪽으로 견인해 주리라는 사실이다. 온당한 의미의 사랑은, 타자와의 힘겨운 조우를 통한 삶의 발명으로 결실을 맺는다.

이 조우와 발명의 의지를 시로 감당하려는 두 시인에 대해 이야기하려 서설의 올을 길게 풀었다. 오래 제련한 탁월한 비유를 사유의 통로 삼는 그들을, 그저 사랑의 시인이라 불러도 좋을 것이다.

거리에 관한 단상: 나는 당신을 모르고

'모른다', '막막하다'는 말은 '무능하다'라는 말의 이음동의어처럼 들려 기피되지만 때론 그보다 더 명민하고 진정성 있는 술어가 없는 것 같다. 이를테면 팽팽한 결기로 타자 앞에 서기로 한 '나'에게 있어서라면 말이다.

먹통이야 먹통, 먹통이라고 되뇌일 때마다 깊어지는 동굴, 비밀번호를 잃어버린 문 앞에서 갈등이 풍문처럼 번지는 순간을 막막함이라 하자

(…)

통점의 자리는 낯선 감정이 만들어 낸 벽
벽을 밀면 동굴 속 우리가 보이니까

먹통이야 먹통이라고 말하는 너는 네가 풍문처럼 번졌던 것을 모른다 한 감정이 다른 감정으로 뒤집어쓰듯

먹통 속에서 너의 부재가 만져진다

멀어지는 너를 뚜렷하게 감지하기 위해 귀가 더 예민해진다
　　　　　　　　　　　　　 - 최영랑,「자물쇠를 열다」부분

벽 너머의 소리와 소리들이 뭉쳤다 흩어질 때
골목을 확장 시키던 길고양이 울음 따라 당신에게
드나들던 나는 그저 나였을 뿐

나는 제 자리에서 길을 헤매다가 몇 번의 계절을 잃어버렸지

보이지 않는 문을 계속 두드린 벽 앞에서
표류하던 내 발자국들은 어제의 군락지가 되어버렸어

눈을 떼고 바라본 것들
보이지 않아도 보이는 것들이 있어
그건 숲에서 나와 숲에 내리는 빗소리를 만지는 기분이지

두드릴 때마다 물비린내 묻어나던 손
그 손으로 당신의 침묵과 악수하기로 했어

어색한 악수가 낯선 침묵 속으로 스밀 때까지
햇빛 속에 그림자 하나 심을 때까지
손자국 가득한 벽, 그 벽을 보듬어 보기로 했어

지금 내 앞에는 안개가 있어
금세 투명해질 것 같은 모호한 표정으로
그러나 쉽게 허물어지지 않는 벽 앞에서 나는 매번
먼 곳의 소리들로 채워지고 있지

여전히 두드려도 대답이 들려오지 않는 벽인거야

– 최영랑, 「두드린다」 전문

"벽"이고 "먹통"인 것이다. 타자란 "쉽게 허물어지지 않는" 벽 너머나 깊이를 헤아리기 어려운 동굴 안 어디쯤에 머무르는 존재와 같다. '벽'과 '먹통'은 나와 그 사이에 노정된 필연적 불가해성, 혹은 어떤 간격의 다른 이름이다. 닫힌 벽 앞에서 나는 오래, 발자국들이 군락지가 될 만큼 표류했지만 아무래도 당신을 영영 이해할 수 없을 듯 싶다. 그러나 뒤 이어 진 것은 체념의 말들이 아니다. 결과를 알면서도 나는 "당신의 침묵과 악수"하기로 한다. 벽 만큼의 거리를 두고 당신과 함께 서서 "손자국 가득한 벽"을 계속 두드릴 것이다. 현재형으로 적힌 '두드린다'는 제목이 그 사실을 넌지시 알려준다.

옮긴 두 편의 시는 어디에도 사랑이라는 단어를 품고 있지 않지만 어쩌면 가장 온당한 사랑 시에 가까울 것이다. '나는 당신을 안다'는 단언은 종종 '나는 내가 알고 싶은 당신의 부분만 본다'거나 '내가 원하는 모습에 당신을 맞추려 한다'는 말로 번역된다. 여기에는 사려 깊음을 가장한 동일성의 폭력이 가장해 잠복해있다.

그러나 옮긴 시들의 '나'는 기어이 '당신을 모른다'고 썼다. '너', 혹은 '당신'에 관해 그 어떤 정의도 섣불리 내리지 않되 "멀어지는 너를 뚜렷하게 감지하기 위해 귀가 더 예민해진다"고 했을 뿐이다. 나와 같지 않은 당신을 그대로 인정하며, '둘'로서의 우리를 한 데 세우려는 다감한 노고라 해도 좋을 것이다.

말라 간다
안아주기엔 너무 따갑고

바라보기엔 한없이 황량해

창틀에 놓아둔

너의 외로움에 가시가 있어 안아줄 수가 없어 언제쯤이면 웃
음꽃 필까 태생이 사막인 너

당신의 마지막 선물이

내 안에서 말라 간다

찌든 기다림에 엉켜버린 가시

꽃을 피울 수 없었던

처음부터 사랑받을 수 없었던

너의 외로움

익숙한 가시 하나 가슴에 와 박힌다

― 백명희, 「선인장」 전문

    그리하여 가없이 불가해한 당신과 나 사이에는 좁혀지지 않는 '거
리'가 생겨난다. 우리가 서로를 해하지 않는 사랑의 거리가 있다면
이 같은 것이겠다. 꼭 선인장 가시만큼의 길이다. "안아주기엔 너무
따갑고 / 바라보기엔 한없이 황량"할 간격. 그 밖에서 나는 끝내 당
신과 겹쳐지지 못 할 것이나 영원히 당신을 바라볼 수 있을 것이다.
하나가 될 수 없는 사람의 본질적인 고독이 여기에서 발원된다. 허나
나도, 당신도 매한가지로 외롭다는 것을 우리는 안다. 그 앎에 공감

이라는 이름이 덧대어질 수 있을 것이다.

불가항력적 시차증: 부재하는 것들의 존재론

이 거리는 때로 극복 불가능한 시차증을 사람에게 안긴다. 그 참혹한 다행을, 아름답게 갈무리한 시들을 마지막으로 펼친다.

> 아무 날도 아닌 아무 날에 아무런 생각 없이 당신을 생각한다. 첫사랑도 같고 풋사랑이었던 것도 같은 희미한 기억 속에 당신이 불쑥 떠오르는 아무 날은 아무것도 아닌 기억 하나에 아무것도 할 수 없다. 아무것도 아닌 기억은 아무렇지도 않게 오래된 추억의 철로를 복원시키고 수천 일 속의 어제들을 정렬시켜 나는 아무렇지도 않게 과거 행 열차표를 끊는다. 십 수 년 전 무방비의 마음을 태워 달리다가 경적도 없이 떠나버린 당신에게 이미 나는 아무개일 텐데 번번이 아무렇지도 않게 기억에 자리를 내준다. 아무. 날에나
>
> — 백명희, 「아무,」 전문

지나간 사랑에 대한 소박한 그리움으로 자욱하다. 부재와 이해에 관한 하나의 명민한 아이러니이기도 하다. 어떤 이해는 유효기간이 지나고 나서야 무람없이 도착한다. "아무 날도 아닌 아무 날", 말하

자면 "떠나버린 당신에게 이미 나는 아무개"가 되어버린 날에 이르러서야 내게는 "오래된 추억의 철로를 복원시"켜 당신을 제대로 복기할 마음이 생겨나는 것이다. 누군가가, 무언가가 부재한 곳에서 그 존재가 더 강렬하게 나를 장악하는 것—이것은 저마다가 예외없이 겪는 가장 가혹한 시차증이다. 그것이 유독 서럽고 절실하게 경험되는 순간이 있다.

빈집엔 봄이 오지 않고 여름도 오지 않고 빈집의 계절만이 서성거린다

빈집은 쉽게 들어갈 수 없고 대문 안에 들어서도 속이 잘 보이지 않는다 그곳은 시끄럽고 어스름한 저녁 누구라도 거부하는 빈집만의 습관이 있다

그림자 없는 대문에서 빈집의 툇마루를 바라보면 그곳은 포근했던 무릎, 포근한 미소가 떠올라 헐렁한 하루가 부풀었다 사라진다 눈을 감고 나는 경직된 다리를 뻗는다

— 최영랑, 「어머니의 계절」[15] 부분

---

15) 최영랑 시인의 등단작. 2015년 문화일보 신춘문예 당선작.

바지 밑단을 자르려고 수평선을 긋는다

섬에 태어나 바다를 넘지 못 한 삶

수술하듯 잘라내는 한 뼘의 세상에는

도시의 꿈이 포말로 부서지던 유년과

수평선에 눌려 산 삼십 년이 박제되어 있다

엄마는 열무 단을 등에 지고

나는 헌 책가방을 등에 지고

첫 차는 가난한 새벽을 태우고

덜컹거리다 어른이 된 세상에서

눈높이가 같았던 당신과 나

본전 생각에 바지 밑단을 늘어뜨리면
바닥에 끌려 금세 구멍이 나고

키 높이 구두를 벗으면 바닥을 들키고 말아

운명이 유전이 되는 섬

미련을 잘라내고 수평선 안으로 박음질 한다

– 백명희, 「섬을 수선하다」 전문

　가족은, 그 안에서도 어머니는 살면서 만나는 첫 타인이다. 지나칠 정도로 친밀하여 타인임을 잊는 타인인 것이다. 타인에게 필요한 사랑의 거리가 어머니에게만은 잘 적용이 되지 않아 우리는 어머니와 함께할 때 그 삶을, 거리 바깥에 두고 자세히 들여다보려 하지 않는다. 그것이 가능해질 때는 기회를 놓친 후다. 어머니가 나를, 내가 어머니를 떠났을 때 어머니에 관한 이해는 슬픔을 동행한 채 불시착한다.

　첫 시가 그렇게 말 해준다. 내가 멀찍이서 그녀의 일생을 조감하게 된 것은 어머니가 모든 것을 내어 주고 바람만이 호젓하게 통과하는 빈집이 되었을 때다. 신음 하나 없이 가열하게 닳아온 어머니의 빈집을 이제야 회한 속에 더듬지만 "내가 바라보는 집이 자꾸만 멀어져 간다." 이 같은 시차증을 앓아야 하는 것은 두 번째 시에 적혔듯, 부모와 끝내 같은 궤도의 삶을 걸을 수밖에 없는 모든 자녀의 운명일 것이다. "운명이 유전"된다고 했다. 특별한 치료제도 없는 시차병처럼, 그런 날은 문득 온다. 이를테면 섬 같이 생긴 바지 밑단을 수선하다가 가난한 섬의 유배자였던 어머니의 그 옛날 설움에 가닿는 것이다.

이쯤에서 두 시인의 시심(詩心)이 지닌 공통의 무늬에 관해 이야기해야겠다. 이들은 사람 사이 거리와 시차를 절박하게 노래하는 시인들이다. 저와 같은 자들만을 집단을 구획하고 그 밖의 존재들에게 손쉽게 배타적이 되는 이즈음의 제스처를, 목하 퇴색된 사랑의 의미를 다시 들여다보게 하려 오롯이 '당신'을 두드린다.

이 시도가 유달리 아름다운 까닭은, '당신'에 대한 향한 '나'의 조심스러운 향함이 시적 형식으로 발현되는 까닭이다. 끈질기게 연마된 비유가, 당신을 나의 기준으로 섣불리 재단하지 않으며 미지 안에 그대로 보존하려는 결심의 빛나는 보존액이다. 이토록 다정한 사랑 노래들을 내내 사랑하는 마음으로 들었다.

당신에게 도착한 두 가지 안부

──────────

시인의 진짜 몫

이따금씩 이렇게 합니다. 시인의 '진짜 몫'을 헤아려봅니다. 이를테면 묵직하되 섬세한 구절들로 읽는 이의 마음 섶을 헤집으며 '당신은 안녕한가'라고 물어오는 시들을 만날 때, 그 날은 이와 같이 여기게 되는 것입니다. 시인의 본 모습은 '안부 묻는 자'라고.

소설과 시의 효용을 비교하는 것은 사실 꽤 무람없는 행동이라고 생각합니다. 그런데도 가끔은 양자의 이로움을 돋을새김 하기 위해 부러 그렇게 할 때가 있습니다. 실은 지금도 그래 볼 요량입니다. 소설을 읽는 일에는 시간의 도움이 필요합니다. 서사는 독자를 느릿느릿 걷게 하고 꼭 그 시간 동안 특정한 삶의 양상을 비판적으로 그들 뇌리에 영사합니다. 그러면 읽는 이는 하릴 없이 이성을 도구 삼아 과거를 들춰보거나 미래를 더듬어 볼 것입니다.

반면 시는, 순간을 파고듭니다. 갑자기 명치를 파고드는 통증처럼 짧고 강력하게. 논리가 아니라 감정의 영역을 공격 대상으로 삼는 서정은 종종 좀처럼 열리지 않는 어떤 마음에마저 부지불식간에 침범 할 수 있습니다. 잘 있냐고, 괜찮은 것이냐고, 잃어버린 것은 없냐고 '마음의 안부'를 물어보는 것입니다. 이것은 따가우나 따스한 인사입니다. 이제 옮길 두 시인들로부터 그런 안부를 건네받았습니다.

교감의 실물 −이병국의 시

자, 여기 한 사람이 창 앞에 서있습니다. 차경(借景), 경치를 빌려와 즐기기 위해서입니다. '경치를 빌린다', 곧 창이나 문 같은 것들을 액자처럼 써서 바깥세상을 감상하는 것을 말 합니다. 이런 식입니다. 당신의 눈앞에 열린 큰 창이 있어 그 너머로 숲이 보이는 것입니다. 외부의 풍경이 꼭 그림처럼 걸린 셈이지요. 나름의 방식으로 풍경과 대화가 가능할 것입니다. 새와 대놓고 눈을 맞추거나 은밀하게 꽃을 훔쳐볼 수도 있을 것입니다. 비 젖은 이파리를 색 대신 향기로 느끼거나 쏟아지는 햇빛에 눈 대신 손을 대어보기도 하겠지요. 감각과 감성이 소통을 위해 충분히 동원됩니다. '교감'의 실물이 이러하겠습니다.

　　피라칸타 눈꽃 만개한
　　창 앞에 선다

그러니까
원룸 담벼락이 나의 일이라서

망설이고 있는 거다

모내기를 마친 논과
몇 해 전 불에 탄 민둥산은
없어진 지 오래고
마루를 잊은 지 오래고

스마트폰 창을 만지작대는
손이 자꾸만 말린다

눈동자는
열 뼘쯤 떨어진
소실점이라서

트로이의 목마에서 내린 돈키호테와 런던아이를 맴돌던 앨리
스가 히베이라 광장 벤치에 앉아 구절폭포에서 불어오는 바람
을 맞는다 톤레탑 호수가 소금사막에 번진다 사란스크 구장의
잔디를 밟으며 도톤보리는 도통 알 수 없는 간판으로 휘황찬란
하다고 생각한다 부석사 기둥에 기대서서 저녁놀을 보며

창을 넘기는 손이 분주해도

나는 남이고
피라칸타의 눈꽃이고
옆 건물의 옆 건물이다

— 「차경(借景)」 전문

창가의 사람에게 돌아보겠습니다. 그는 "피라칸타 눈꽃 만개한 / 창 앞에 선" 자입니다. 차경을 하려 그렇게 섰다고 합니다. 그런데 어딘가 석연치가 않습니다. 그의 창문 건너편엔 어쩐 일인지 피라칸타 눈꽃이 아니라 원룸 담벼락이 있으니까요. 이쯤 되니 그가 바라보는 창이 무엇인지 알겠습니다. 창이긴 창이지만 가짜 창, 쇼윈도우처럼 일방향의 시선만을 허락하는 창. 이즈음을 살아가는 이들에게라면 벽면의 창보다 더 가까워진 스마트폰의 창인 것입니다.

그 창에 자주 담기는 것이 모내기를 마친 논이나 불 탄 민둥산 같은 풍경은 아닐 것입니다. 마루가 있는 집에서 진짜 창으로 그런 풍경 보는 적요한 일을 우리는 잊었습니다. 스마트한 창은 옛 창보다 더 변화무쌍한 공간으로 트로이 목마, 돈키호테, 런던아이, 앨리스, 히베이라 광장, 구절폭포, 톤레탑 호수, 소금사막 같이 다른 시공간이나 존재들도 제 안에 손쉽게 갈무리하는 능력을 가졌습니다. 정말이지 "휘황찬란"은 합니다. 합니다만.

아무리 "창을 넘기는 손이 분주해도" "나는 남이고 / 피라칸타의 눈꽃이고 / 옆 건물의 옆 건물"일 따름입니다. 창이 가짜이듯 창에 담기는 풍경들도 실은 가짜인 것이지요. '나'는 아무리 많은 창을 넘겨도 거기 담긴 시공간과 존재들과 교감할 수 없습니다. 무릇 스마트폰으로 하는 경험이라는 것이 그런 것입니다. 그것을 통로 삼아 당신이 부석사 저녁놀을 본다 한들, 떠나가는 해가 토해놓은 붉은 구름, 어딘지 모르게 시린 빛의 촉감, 땅거미의 냄새로 감성을 채울 수 있겠습니까. 이 창 앞에서 감각은 별무소용입니다.

그런데도 이 창이 세상과 통하는 유일한 창이 되고 있으니 위험한 일이 아닙니까―그러고보면 우리는 실제로 어떤 감각들을 상실하고 있는 중이 아닙니까. 이 시인이 따갑게 물어오는 첫 번째 안부는 이것입니다. '당신의 감각은 안녕한가.' 단, 이렇게 물어보기만 하고 끝내는 것은 적어도 이 따스한 시인의 일은 아닙니다.

욕조가 없는 집에 살아 모텔 욕조에 누워 있곤 해요 사탕을
입에 물고 잠이 들 때도 있어요 나는 금세 녹아들어요 물컹한
다리는 내 것이 아니라는데 욕조 가득한 나에게로 사탕 막대가
둥실둥실 흘러와요 앙상한 몸은

돌이킬 수 없는 맛이라고 들었죠
내 몫은 한낮의 여기라고
다를 게 없어요

까탈스럽기는 어지간하죠 구멍으로 빨려 들어가는 머리카락을 바라보며 허우적대요 엊그제 심정지한 탈이 나래요 탈, 탈, 탈 돌아가는 중이에요 입술을 쥐고 주먹을 물어요 내준 것 없이 단 맛이 사라졌다는데 오역된 사탕 때문에 찢어진 욕조에 두둥실 피가 배어요

피는 사탕처럼
사탕은 욕조처럼
욕조는 마지막 날처럼

눌어붙은 사탕 봉지에 매달린 나는 포기하기로 했어요 끈적대지 않으려면 그래야만 해요 한 번에 한꺼번씩 아니 한꺼번에 한 번씩 깨물어요 그러다 깨어나면 한 귀퉁이가 무너질지도 몰라요 욕조가 내 것이 아니듯 사탕의 설계란 그런 것이라 웅크린 나의 일은

달콤해지는 것이에요
한낮의 이별처럼 달달해지는 것
녹아 흘러 눈물이 되는 것

— 「사탕과 욕조의 상관관계에 대한 감각 연구」

그는 다시 이와 같이 초대합니다. 대놓고 '감각 연구'라 이름 붙여

놓은 '나'의 세계로 말입니다. '나'는 막 "한낮의 이별"처럼 어떤 "돌이킬 수 없는" 순간을 맞닥뜨린 모양입니다. 욕조에 몸 담근 제 기분, 아니 입 안에서 녹는 사탕의 기분을 헤아려보라고 그게 저의 심정이라고 합니다. 이 덜 친절한 요청을 기꺼이 들어주다 보면 알게 되는데, 사실 이것은 절묘한 유비입니다. 사랑 잃은 사람의 일이 과연 그러하기 때문입니다. 슬픔은 자주 제 주인을 녹아가는 사탕처럼 만듭니다. 마음이 물컹해질 대로 물컹해지다가 끝내 사탕의 막대처럼 앙상해져버립니다. 미련은 또 어떻습니까. 눌어붙은 사탕 봉지보다 더 끈적거리지요. 별반 "다를 게 없어요."

　다만 시는 그가 처한 정황과 감정에 대해 직접 발설하지 않았습니다. 시 읽는 이가 '녹아가는 사탕의 기분'을 상상하며 '온몸으로 눈물 흘리는 나'의 심문을 가늠해보았을 뿐이지요. 모르긴 몰라도 그 가늠이 가능한 것은 저마다가, 녹는 사탕처럼 마음이 흘러내렸던 이별 장면을 떠올렸기 때문일 것입니다. 이것을 교감 내지 공감이라 부르기도 하지 않던가요. 앞선 시가 문제 제기였다면 이 시는 대안입니다. 교감의 과정을 한번 경험해보라고 시인이 자리를 마련해 준 것이지요. 이렇게 말해도 되겠습니다. 연구 수행자는 그러니까 시의 '나'도 시인도 아니고 시 읽는 우리였습니다.

삶 (인사) 죽음 —박호은의 시

여기 또 한 사람이 있습니다. '안부 묻는 일' 그 자체에 대해 말 하는 자이기도 합니다. 그에 따르면 '안녕한가'라는 인사는 삶과 죽음의 사이 같은 경계에 놓여있습니다. 예컨대 더없이 가혹한 날들을 견디는 이들이 있다고 칩시다. 서로를 가까스로 다시 만나 인사를 건넨 것입니다. 오가는 '안녕'이 무엇이겠습니까. 삶에 잘 발붙이고 있는가, 죽음을 무사히 밀쳐내고 있는가, 그런 의미가 담긴 슬프고 다감한 안부 묻기. 그래서 인사는 생사를 가로지르며 존재하기도 합니다. 다음의 시로부터 그 사실을 새삼 깨달았습니다.

낮의 반대편
빛의 그림자를 밟고 어둠이 걸어온다

도시로부터 내몰린 그에게 귀농은
막차의 종점처럼 모두가 돌아간 자리에
홀로 남겨짐 같은 것

모든 안부는 부재중이다
그의 아내와 아이들에게 버림받은
월평리 아버지 집은 싸리꽃이 만발하다

냄새와 소리와 바람이 어둡다

그가 스스로 빛의 스위치를 내렸는지

빛으로부터 버려졌는지 알 수 없지만

그가 걷던 도시의 막다른 길은 언제나 어두웠으므로

빛은 원래 그의 것이 아니었으리라

전속력으로 차선을 바꾸던 찢어진 타이어를 입은 체

정지선에 선 위태로운 브레이크가

초록의 부활을 기다리던 일은

생의 동맥을 긋듯 새삼 어려운 일은 아니었다

상처로 욱신거리는 고독에게 살해를 훔친 후

묵은 적요의 시간 속으로 죽음의 먹이가 되어 가는 일처럼

사나흘 전 홀로 마신 술은 아직 살아있어

요양원에 있는 어머니의 술국을 기억한다

심장을 파먹고 두근거리는 하얀 꽃들이

무럭무럭 살을 찢으며 돋아나므로

어두운 방은 점점 환해지고 있다

밤새 사랑하고 아침에 버려지는 농담처럼

쓰다가 싫증 난 허접한 육신에 꽃이 핀다

빈 술병이 절을 올리는 삼복三伏의 어느날
고아를 화장花葬중인 아버지의 자궁이 환하다

-「화장花葬」

　어둠을 밟고 도착하는 빛, 그것은 강력하고 아름다워 사람의 눈길을 자주 독점합니다. 다만 빛에 포획된 시선 때문에 간혹 실수가 생깁니다. 빛의 반대급부에 놓인 어둠을 놓치기도 하는 것이지요. 이 시가 좋은 시인 까닭이 일단 여기에 있습니다. 그 간과의 함정으로부터 읽는 이들을 비켜서게 하니까요. 빛에 가려진 어둠 같은 사내를 데려다 놓으면서 말입니다.

　어둠 같은 사내라 했습니다. 생의 양지가 아니라 음지에 놓인 자, 고독하고 고단한 존재라 그렇습니다. 그는 귀농을 했는데 도시를 자발적으로 등져서가 아니라 도시에서 쫓겨나서입니다. 게다가 이 추방으로 그는 가족에게도 버림을 받았습니다. "모든 안부는 부재중이다"라는 구절이 그의 상태를 방증합니다. 버림 받는일이 그런 것입니다. 누구도 그에게 마음의 소식을 물어오지 않는 것, 인사를 주고받는 일이 사라져 "막차의 종점처럼 모두가 돌아간 자리에 / 홀로 남겨"지는 것.

　첫 행에 "빛의 그림자를 밟고 어둠이 걸어온다"고 쓰였는데 '생의 그림자를 밟고 죽음이 걸어온다'고 다시 적어도 되겠습니다. 안부의

오고감 바깥에 있는 그는 종내 찢어진 타이어, 위태로운 브레이크,
수의 같은 하얀 꽃들이 피어나는 몸, 삶보다 죽음에 가까워진 존재
처럼 보입니다. 생사 가운데 놓인 안녕의 위력과 효력에 대해 이렇게
듣습니다.

구부러진 노숙자의 잠 같은 초봄날
겨울을 베고 누웠던 마음이 배낭을 꾸렸다

문을 닫는 순간부터 안녕을 묻지 않기로 한다
집 밖은 언제나 위험하다고 문 안쪽이 걱정 하였으나
벼랑을 붙잡은 소나무 가지마다
겁 없이 피워내는 송화 향이 마음을 잘라 간 후였으므로

(…)

다시 벗어놓은 허물 속으로 들어가는 폭력
우울의 점성이 이끼처럼 붙어있는 발은
날름거리는 혀를 신발 속에 꾸겨 넣었다
폭력의 문을 여는 순간, 다시 안녕을 묻는다
모두 안녕?

– 「모두 안녕?」 중에서

물론 이 '안녕'의 수신자는 타자만이 아닙니다. 그것은 나를 돌보는 가장 근본적인 말이기도 합니다. 마음의 움직임에 관한 이 시를 들여다보다 문득 알았습니다. 어느 초봄, 겨우내 잠들어있던 마음이 유랑을 떠나기로 합니다. 계절이 바뀔 무렵 마음이 자못 부산스러워지는 일, 그러다 밖으로 풀어져버리는 일이야 심상한 것입니다. 그런데 '안녕'이라는 두 글자 인사가 이 시들을 심상치 않아 보이게 만듭니다.

시가 말합니다. '안녕한가'라는 인사가 실은 마음 들고 나는 출입문이라고. 마음이 막다른 골목에 부딪혀 집으로 돌아오기로 했을 때 마음의 주인은 제일 먼저 그렇게 물어야 하는 것이라고. 그러고 보면 사람은 자주 경솔해서 달뜬 마음을 어떤 채비도 없이 어딘가에 주고 다치고 닳은 그것을 무방비로 회수하지 않던가요. 통제 불가능해질 때가 많은 그 마음을 위한 최소한의 방패, 그것이 '스스로에게 건네는 안부 인사'라는 진실을 이 시는 발랄하고 사려 깊은 "모두 안녕?"에 고스란히 담아 두었습니다.

안부 묻지 않는 시대의 안부

물론입니다. 별 것 아닙니다. 안부를 묻는다는 것. 보이는 이들이나 보이지 않는 이들의 삶이 편안한지 돌아보는 것, 어디 아픈 데는 없는지 곤란한 일은 없는지 염려하는 것, 그러다 인사로 소식을 전하거나 알아보는 것. 다만 이것이 안부를 묻지 않는 시대에 물어진 안부라면 이야기가 좀 달라집니다. 슬픈 일입니다. 작금의 세상이란, "천만 근 젖은 네 마음을 내 마음에 두고 간 것이 아닌가"(박호은, 「마음아 너를 보낸 적이 없다」) 염려하여 "마음에 물이" 괴는 이가 드문 세계이지요. 타자에 대한 돌봄이란 유물 같아져버린 시대라 해도 될까요. 안부 인사는 그 발신자도 수신자도 점차 잃어가고 있습니다. 하다못해 스스로가 안녕한지 모르는 일도 적지 않지요. 그래서일 것입니다. 별 것 아닌 '안부 묻는 일'을 별 것으로 보이게 하는 이 시인들의 인사를 정말이지 기껍게 들었습니다. 오늘 같은 날은 힘주어 이와 같이 여기게 되는 것입니다. 진짜 시인의 본 모습은 '안부 묻는 자'라고.

슬픔의 점염력, 끝나지 않는 우기

시간의 감옥

연필을 부러뜨린다. 사내의 눈빛이 완강한 체념과 가느다란 희망 사이 어디쯤에서 갈팡질팡 한다. 연필이 조각난 채로라면 내일이 온 것이다. 온전하다면 또, 오늘이 시작된다. 초조가 그를 억지 선잠 속으로 몰아넣는다. 야박한 시간이 다시 새벽 여섯시 일분에 데려다놓을 때까지. 가까스로 떠진 눈앞 연필엔 실금 하나 없다. 망연자실함은 언제나 공기보다 무겁다. 아득함이 가슴을 내리누른다. 벌써 몇 번째 '오늘'이던가. 노랫말을 외워버린 음악이 라디오에서 흘러나올 시간이다. 문 밖을 나서면 예의 한 신사가 안부를 물어오겠고 로비 식당에서라면 여인과 커피에 관해 이야기 하게 될 것이다. 구걸하는 노인, 기억나지 않는 동창, 그 밖의 수도 없이 지나친 사람들을 사내는 다시 마주쳐야 할 것이다. 그는 시간이 무람없이 제 몸에 새긴 도돌이표에 갇혔다.[16]

---

16) 타임 루프 영화의 대표격이라 할 수 있는 〈Groundhog Day〉(1993)의 한 대목을 빌

이른바 타임 루프(time loop)라 불리는, 특정한 기간을 계속해서 살아내는 자의 서사가 이와 같다. 그 안에서 인물은 대개 제 의지와 상관없이 반복되는 날에 갇히고 그 날을 좀 더 나은 방식으로 밀고 나가기 위해 분투한다. 무심결에 흘려보내고 마는 현재의 가치, 붙잡을 수 없는 순간을 좀 더 현명한 선택으로 소모하라는 생의 조언―정해진 날의 감옥에 유폐된 그들이 전하는 공동의 메시지라면 대체로 그와 같다. 그런데 만일 누군가 이 시간의 무한 루프에 스스로 걸어 들어갔다면, 그 결심의 배후엔 어떤 마음이 자리 잡고 있을까. 이 물음을 갈피끈 삼아 여름 시들을 넘겨보아도 좋겠다.

건기에 맞서며

최근 시들에 돋을새김 된 '시기(時期)'의 이미지에 물음을 끼워야 할 것 같다. 시기란 정지도 후진도 없는 시간의 한 지점을 기억하려 사람이 새겨둔 괄호. 특정한 '-기'에는 특징적인 이름이나 의미가 붙고 암묵적인 약속 하에 우리가 그것을 공유하기도 한다. 이를테면 감당치 못할 마음의 동요를 꾹 다문 입술로 표현하는 어린 나날을 사춘기라 부르는 것처럼. 문턱[17]을 넘어온 여름의 시들은, 그러나 새로운 좌표를 가리키는 대신 나름대로의 '시기'를 만들어 '나'를 거기 머

___

렸다. 우리나라에서는 〈사랑의 블랙홀〉이라고 제목이 번역되었다.

17) 여름 계간평에서 시(인)들이 흡사 문턱 같은 새로운 출발점, 내지 사이 공간에 서 있다고 썼다.

물게 한다. 먼저 '건기(乾期)'다.

내가 전선을 찾기 위해 책을 뒤적거리는 동안 마지막 남은 웅덩이에 잠을 자던 물소의 숨이 끊어집니다

들끓는 파리떼, 어디서든 입 벌리고 있는 죽음의 아가리 너의 실체는 부패뿐이라는 듯이 독을 품고 한 번의 상처 입힘으로

상대를 쓰러뜨리는, 건기입니다

내 몸을 마비시키는 독은 어디서 왔는가 문장이 되지 못한 진흙이 뚝뚝 흘러내리는 엉망이 된 페이지 앞입니다 닦을수록 모호해지는 언어의 풍경, 창문 밖 세계

내가 나의 썩음을 담보로 전선을 찾기 위해 나의 교실을 가족을 국가를 나의 지대를 멱살 잡는 동안 셀 수 없이 쪼개지는 얼굴, 바스라지는 눈동자, 어둠을 휘젓던 손은

몽타주 한 장 들고 나오지 못하고

급류입니다 한 방울의 물방울만으로 익사할 수 있는 생명이 휩쓸려 갑니다 언제나 가장 여린 살갗이 먼저입니다 들끓는 물

기포, 각막이 터집니다

전선이 형성되지 않는 건기입니다

페이지마다 칼금을 내리꽂는 이 건기는 어디서 온 것입니까 내 손등에 닿는 이 미세한 폭력과 구분되지 않는 이 몸은 무엇입니까 유골들이 모래처럼 쏟아져 내리는, 한 포기의 푸름도 허락되지 않는 건기입니다

나는 물소의 숨이 끊어진 마지막 웅덩이에 누워 대기를 뚫고 내게 거대한 주먹을 내밀고 있는 한 손을 봅니다

다음 날도 그다음 날도 봅니다

대기의 장막 뒤에서 나에게 손을 내밀고 있는 저 거대한 주먹, 그 뒤에서 빛을 내리꽂고 있는 저 가짜 전선은 무엇입니까 실체가 있으면서도 실체가 없는 저 전선은 무엇입니까 강렬한 빛으로 내 눈을 멀게 하면서도 잡히지 않는 저 빛은 무엇입니까 나는 얼마나 오랫동안 눈먼 사람이었습니까

나는 눈에 보이지 않는 전선을, 있다고 있다고 부서지는 진흙으로 씁니다 부수어지는 손목으로, 흘러내리는 문장으로 씁니

다 안개로도 설명되지 않는 저 빛을 씁니다 작렬하는 빛을 온몸
으로 밀어내며 끊임없이 반사하여 싸워냅니다 형태를 알 수 없
는 전선이 그물망처럼 온몸을 묶어내고 있습니다 계절을 마음
대로 바꾸고 사람들을 포획하고 있습니다 나는 일 초에 한 번
씩 전사했다 일어납니다 무릎을 세우고 내가 죽어서도 사라지
지 않을 저 거대한 주먹을, 봅니다 씁니다 나는 일 초에 한 번씩
살아내고 있습니다 다시 나타나고 있습니다 빛에 무감각해진
나의 두 눈을 버리고, 나의 작은 두 주먹을 쥐고

ー 정다연, 「대기 뒤 장막」,(『현대문학』 2017.7.) 전문

때로 가장 경계해야 할 순간은 모든 것이 끝났다고 여겨지는 시점
이다. 맞섰던 대상을 잃어 가열했던 감정들이 정처를 잃은 채 희미해
지면 우리의 삶은 안도와, 그것이 자주 동반하는 방심에 쉽게 내맡
겨진다. 이즈음의 일이 그럴지 모른다. 사회적 격변 속에서 견뎌낸 겨
울ー부정의 한 것들이 자취를 감춘 (듯 보인) 봄ー그 끝의 여름. 광장
을 떠나 일상으로 돌아온 저마다의 하루가, 이제 다 괜찮아지리라
는 기대와 익숙한 생활의 피로에 무감각 쪽으로 밀려가고 있는 중
일 수도 있는 것이다. 그런 시기라면 옮긴 시의 말, '전선[18]'이 형성되
지 않는 건기'가 잘 아울리지 않는가. 싸울 상대가 사라져 들끓던 감
정이 건조된 어떤 나날들. "마비"되다가 자칫 "부패"할 위험에 처한
마음의 상태들. 이 시가 첫 행부터 범상하지 않게 보이는 것은, '나'의

---

18) 戰線이어도 前線이어도 큰 상관은 없다.

행동이 그에 대한 위기의식으로부터 시작된 까닭이다.

'나'는 건기에 굴하지 않기 위해, "전선을 찾기 위해 책을 뒤적거"린다. 전선을 찾아내는 것은 물론 오래전부터 문학 또는 예술의 몫이었다. 일부러도 평평한 삶의 가장자리에 서서 경직된 권력이나 관습을 위반하는 것이 문학(인)의 생리인 것이다. 그러나 이어지는 행에 따르면 그 '전선 찾기'는 번지수가 틀렸다.

'나'가 "책을 뒤적거리는 동안" "마지막 남은 웅덩이에 잠을 자던 물소의 숨이 끊어"진다. 건기가 두려운 진짜 까닭이 여기에 있다. 방심은 망각의 다른 얼굴이다. 설사 어둠이 사그라들었다 해도 어둠에 고통 받았던 이들의 슬픔이 지워지는 것은 아니다. 시작된 슬픔이 온전히 종결되는 일이란 없으니 차라리 모든 고통에는 시효가 없다. 그럼에도 모든 게 끝났다는 단정이 그것들마저 끝의 자리로 밀어내는 것이다.

하여 '나'는 "전선을 찾기 위해 나의 교실을 가족을 국가를 나의 지대를 멱살 잡"으며 건기를 소모하는 대신 "한 방울의 물방울만으로 익사할 수 있는 생명", "여린 살갗"을 떠올리는 쪽으로 의지의 방향을 돌린다. "물소의 숨이 끊어진 마지막 웅덩이에 누워" 죽은 그를 거듭 생각한다. 그에게 내질러졌던 "거대한 주먹"을 보고 또 본다. 그런 그만이 알아차린다. 부정과 폭력의 기미들은 영영 소멸한 것이 아니라 잠시 숨어든 것이어서 우리가 그것이 세상에 남긴 상처들을 잊을 때, 참혹했던 시간도 사건도 반복될 수밖에 없다는 사실을.

마침내 '나'는 다시 전선에 섰다. 이것은 "실체 없는 전선", 건기에 눈이 멀었다면 보이지 않는 전선. 어쩌면 전보다 더 고될 것이다. 보이는 적과 맞서는 것은 그나마 쉬운 일이나 보이지 않는 적이라면 보려하는 것부터가 싸움의 시작이다. 전선이 "있다고 있다고" 거듭하며 걷기를 나는 시인이 주먹 쥔 채 시를 쓴다. 우리의 싸움도 다시 시작될 것이다.

우기를 불러들이는

　　걷는다.
　　폭우 속을.

　　나무젓가락처럼 부러질 듯 휘청이는 깡마른 두 다리로, 번번이 미끄러지는 젖은 지구를 밤새 집어 올리려는 듯.

　　날 불렀던 목소리들 모두 모이면
　　빗소리.
　　빗소리 속을 걷는다.

　　(…)

　　잠결에 빗소리를 들었다.

그날 등 뒤에서 나를 부르던 소리.

돌아본다.

우산 하나만 눈앞에 떠 있다.

내가 가진 적 있는 목소리들이 동시에 들려온다.

바람 소리.

떠난 사람들의 목소리가 모두 뒤섞여 밀려온다.

내 발등에서 엎어지는 파도 소리.

바다에 비가 온다.

날 부르고, 그리고 꾹 다문 창백한 입술처럼 바다와 하늘이
달라붙어 있다.

바다보다 더 큰 바다가, 하늘과 땅 사이에 흐르고 있다.

그 바다에서 날 불렀던 목소리들이 동시에 울리면

구름이 흔들리는 소리.

돌아가는 차창을 구름이 통과한다.

　　　　　　　　　　　　　　　　－ 김중일, 「목소리들」(《시인동네》, 2017.8.) 부분

오늘 비는 아무에게나 슬픔을 나눠 준다 우기에는 네 슬픔이
옳았다 오래오래 젖다가 수채화 같은 슬픔이 온다는 말, 몹쓸

흉터에서 잎사귀 같은 불행이 생겨난다는 말 하루 종일 비가 내
렸다 사과나무 가지 끝 풋사과 옆이 무너졌다 나도 저렇게 슬
픈 데를 셋다가 무너졌다 슬픔이 없다면 슬픈 게 여럿이던 나도
없을 것이다 내가 없다면 줄곧 믿어왔던 이 많은 책들과 수없
이 눌렀던 어두운 버튼들, 맘에 내내 서 있던 사람 서랍 속의 흉
터들 모두 혼자일 것이다 온힘을 다해 저렇게 흠뻑 슬플 것이다
죽을 것처럼 들고 온 것들, 저렇게 말할 수 없어서 짧게 말 할 수
없어서 슬픔은 머리카락이 길고 형용사처럼 영롱하다 우기에는
슬픈 게 슬픈 걸 찾아낸다 슬픔을 그만둘 수 없는 자들이 맹렬
하게 기쁨을 잃는다 점 하나 없는 슬픔 언제 그칠까? 주인 곁을
개처럼 지키고 있다

— 최문자, 「우기」(『시인수첩』, 2017년 여름) 전문

메마름에 꺾이지 않기 위해 어떤 시인들은 '우기(雨期)'를 만든다.
비 내리는 일은 이 같은 우기는 필연이다. 스스로를 빗속에 계속 내
버려두려는 누군가가 있어서다. 첫 시의 '나'에게 먼저 향한다. 그에
게 빗소리는 목소리다. 정확히는 "날 불렀던 목소리들", "내가 가진
적 있는 목소리들"이다. '불렀다'고, '가진 적 있다'고 썼다. 목소리
가 기억 속의 것, 늘 곁에 있지 않아 애쓰지 않으면 들을 수 없는 것
이라는 이야기도 된다. 목소리의 주인이라면 우산을 든 투명 인간
같아 기척을 느낄 수는 있지만 좀처럼 보이지 않는다. (생략된 부분에)
목소리가 "모조리 찍히고 꺾이고 부러"져 있다고 적혔으니 아픈 예

감을 해볼 뿐이다. 그런데 그쯤에서 '나'는 목소리가 실은 "그 바다에서 날 불렀던" 것이라고 보탠다.

이제 우기를 불러온 나의 마음을 짐작하고도 남겠다. "날 불렀던 목소리"라 했으나 내가 불리고자 했던 것이다. 목소리들을 듣고자 '나'는 유독 폭우 안에 자신을 세웠다. 비오는 날이란 땅도 하늘도 바다가 되는 날. 하늘의 물과 땅의 물이 만나 수면의 경계가 흐릿해지고 "바다보다 더 큰 바다가, 하늘과 땅 사이에 흐르"는 날. 마모되지 않아야 할 참사의 기억, 바래지 않아야 할 슬픔, 밝혀져야 할 진실을 심해에서 지상으로 불러들이려는 샤먼처럼 그는 비를 불렀을 것이다. 아니 바다가 사람들을 삼켰을 때, 지상도 실은 삼켜진 것이나 다름이 없겠으나 그 사실을 외면하거나 탄압하려는 '건기'의 태도에 대항해 '나'는 비로 바다를 펼쳤다.

시인은 시에서 '우기'라는 단어를 한 번도 말 하지 않았지만 그것을 이 시의 부제 삼아도 좋을 것 같다. 이 시는 이상하게도 읽는 이를 끝 행에서 다시 첫 행으로 돌아오게 만드는 능력이 있는데 '걷는다', '온다', '있다'처럼 진행형의 어미만으로 짜여서일 것이다. '나'의 폭우 속 걸음은 멈출 기미가 없고 우리의 우기도 내내 끝나지 않을 것이다.[19]

'우기'의 시인들이 소중히 간직하고 있는 또 하나의 공통점은 슬

---

19) 첨언하자면 김중일 시인은 이와 닮은 색깔의 시들을 공회전 없이 발표하는 중이다. 여름의 시들 안에서 다른 그의 시들도 자주 눈에 띄었으나 모두에 관한 언급은 추후로 미룬다.

품의 파급력, 말하자면 나와 너를 우리로 만드는 전염 능력을 신뢰한다는 점에 있다. 그에 관해서라면 전부터 많은 시들이 이야기 해왔지만 두 번째 시의 정의만큼 아름다운 것을 본 일이 없다. "슬픔은 머리카락이 길고 형용사처럼 영롱하다." 가끔 오해되지만 슬픔은 시작점과 끝점이 명확한 감정이 아니라 양쪽 모두 명확히 알 수 없는 어떤 상태다. 그래서 그것은 별 수 없는 형용사이고, 머리카락처럼 얼마든지 자랄 수 있다. "우기에는 슬픈 게 슬픈 걸 찾아낸다." 말하자면 슬픔은 저마다의 마음에 언제까지고 잠복해있는 것이어서 또 한편 능력이 되기도 한다. 우리는 가끔 스스로가 지닌 슬픔을 꺼내보다 그와 닮은 타인의 슬픔을 발견하기도 한다. "슬픔을 그만둘 수 없는 자들이 맹렬하게 기쁨을 잃는다." 슬픔을 그만둘 수 없는 자가 우기의 시인인 것이다. 슬픔이 가진 힘을 믿어 자신의 슬픔으로 타자의 슬픔을 보듬기 위해 기쁨을 '맹렬하게' 버릴 수도 있다. 이 부사 하나가 시를 단단하고 영롱하게 한다. 타인의 감정에 민감해지는 것을 윤리적이라고 표현할 수 있다면 우리는 "온힘을 다해 저렇게 흠뻑 슬"퍼하는 것만으로도 최소한의 윤리를 지켜낼 수 있을 것이다.

빛나는 재앙, 자기 유폐의 결말

가시가 많은 섬이었다. 가시가 많은 섬을 보며 가시가 많은 섬이구나, 생각했다. 네가 말했다. 가시가 많은 섬이네. 응. 가시가 많은 섬이다. 내가 대답했다.

가시가 너무 많아 발을 뗄 수 없다. 우리는 꼼짝없이 어깨를 붙이고 서서 파도가 밀려왔다 부서지는 걸 본다.

이제 어떻게 하면 좋지. 너는 옛날 얘기를 한다. 있잖아, 이렇게 가시가 많은 섬을 표시할 때 지도 위에 화빈禍彬이라고 쓰곤 했대. 할머니가 가르쳐준 적 있어. 잘못 알고 그 섬에 들어가지 않도록 말야.

이 가시들은 다 어디서 왔을까, 이것들은 끝없이 무성생식하는 세포들 같다. 그치? 저길 좀 봐. 저쪽에서 누군가 걸어오고 있어. 온몸이 가시에 찔린 채 피를 철철 흘리며. 그는 무어라고 말하려는 듯 손을 들어올렸다. 손바닥에서 피가 흘러내렸다.

참, 가시가 많은 섬이죠. 그가 쥐어짜듯 말했다. 네, 참 가시가 많네요. 우리가 동시에 대답했다. 사방을 둘러보아도 가시뿐이다. 미지근한 땀이 팔을 타고 흘러내려 손바닥에 고인다. 만약

우리가 새라면 날아갈텐데. 상공에서 내려다본 섬은 작은 밤송
이 같을까?

화빈. 그건 빛나는 재앙이라는 뜻이고 그건 경고.

나는 화빈, 하고 입속으로 발음해본다. 이상한 말이다. 가시
가 많은 섬. 가시가 많은 섬. 가시를 위해 바다 아래서 솟은 땅
같은 섬.

　　　　　　　　　　　　　　　　－ 백은선, 「禍彬」(『시와 사상』, 2017년 여름)

　가시섬에서 이 글의 결말을 맺는 것이 좋겠다. 가시로 무성한 섬
에 '나'와 '너'가 있다. 떨어져 지켜보는 줄 알았는데 거기 갇혔다 한
다. 가시가 지나치게 많아 움직이기 쉽지 않다. 그런 줄 알면서 '나'와
'너'는 왜 발을 들였는가. 경고를 무시한 것인가. 지도를 간과한 것인
가. 도처에 화빈이어서, 가 가장 적합한 답이 되어줄 것 같다. 가시들
은 "끝없이 무성생식하는 세포들"처럼 삶에 번졌다. 이 가시의 상징
을 풀 수 있는 열쇠는 여러 개인데, 그 중 하나를 기억이라 해도 좋을
것이다. 기억은 적당한 온도와 습도만 마련되면 대체로 무성생식하
며 포자를 퍼뜨리곤 하니까.
　수년간의 가혹했던 시간이 뼈아픈 기억을 가시처럼 키웠다. 사람
이 사람에게 남긴 자상이고, 사람이 지고 살아야 할 죄책감이기도
하다. 그래서일 것이다. 가시섬의 이름 화빈, "빛나는 재앙"은 풀어쓰

면 이런 뜻도 된다. 뚜렷한(彬) 신(示)의 문책(崗). 떠올리면 반드시 베일 기억들이니, 그것은 나와 무관하다 손 사레 치며 살 수도 있을 것이다. 다만 언제나 불행한 과거는, 우리가 통각을 잃어버린 시점에서 예전과 똑같은 모습으로 반복되곤 했다. 그러니 구태여 가시에 찔려가며 십자가를 품을 수도 있을 것이다. 손바닥에서 피 흘리며 속죄양 예수 그리스도를 환기 시키는 시의 '그'처럼.

'나'의 끝은 어느 쪽일까. 시의 마지막 말이 그 결정을 조심스레 짐작해보게 한다. "가시를 위해 바다 아래서 솟은 땅 같은 섬." '나'는 아마 가시를 '위해' '바다'로부터 올라온 거기 따갑게 유폐되기로 한 것 같다. '나'의 선택은 이와 같고 남은 것은 '너', 혹은 시 바깥 존재들. 돌이켜보면 이 시인은 이와 유사한 방식으로 구경꾼처럼 머물러 있는 읽는 이를 시 안으로 끌어들이곤 했다.

정말이지 우리 차례다.

제3부

거리와 시차,
당신을 두드리는 시인들의 일

태풍의 눈으로부터 한 발자국 - 강성은론

*

  그러니까 그 날 강둑 위에서 소녀는 '무료하다'는 말의 실물과 독대를 하고 있었다. 관성의 아귀힘은 꽤 억세다. 거기 붙들린 일상을 더없이 지루한 것으로 만들어버릴 만큼. 소녀는 노는 일마저 지겨워졌고 무더운 날씨에 심신이 몽롱해지는 중이었다. 그런데 일순 고요가 깨졌던 것이다. 토끼 때문이었다. 사람 말을 하고 사람 옷을 입은 흰 토끼. 그가 저를 스쳐갔을 때 소녀는 일어섰다. 그리고 달렸다. 일상이고 관성이고 뿌리치고 커다란 토끼 굴속으로.

  잘 알려진 루이스 캐럴의 소설 『이상한 나라의 앨리스』는 이와 같은 묘사로 시작된다. 작가는 앨리스가 토끼와 처음 만나 그 뒤를 쫓게 되는 과정을 이처럼 얼마 안 되는 분량으로 그려두었지만, 사실 이 시작 부분은 그렇게 간단하게 볼 것이 아니다. 토끼가 시선에 담겼을 때 몸을 일으킨 앨리스에게는 분명 선택지가 있었다. 헛것을 본

셈 치고 다시 주저앉을 수도 있었을 것이다. 그랬다면 별 탈 없지만 별 일도 없는 일상 안에서 소녀는 '안전'했으리라. 하지만 소녀는 '이상했다.' 이상한 것들에 의문을 품고 답을 구하려 일상의 경계를 넘었다. 공고한 삶의 벽이 무너져 내리는 순간이었다.

강성은 시인이 새로이 건넨 시들은, 이 일상―경계 넘기의 (불)가능성에 관한 이야기들을 갈무리하고 있다. 사실 별스러운 일은 아니다. 그는 『단지 조금 이상한』(2013)에서부터 잘 연마된 환상으로 지극히 일상적인 풍경에 '사소하고 이상한' 스크래치를 내온 시인이 아니었던가. 『Lo-fi』(2018)에 이르러서는, 안락해 보이는 삶을 불안하고 불가해한 어떤 것으로 옮겨내는 일이야 말로 시의 몫임을 가만가만 읊조려 두기도 했다. 이제 펼쳐낼 시들 역시 이 시집들의 연장선상에서 읽어낼 수 있을 것이다. 혹은 삶의 많은 경계들 앞에서 그것을 넘거나 넘지 못 했던 어떤 순간들을 떠올려도 좋겠다.

*

문 닫기 직전의 술집에서
우리는 나가기 싫어 미적거리고 있었다
폭설과 한파가 도시를 집어삼키는 밤
위스키 병을 든 반팔 차림의 남자가 들어왔다
열이 많아서 겨울에도 늘 반팔 차림이라는 남자의 말에
주인장은 끄덕이며 웃었지

가게 안의 공기가 그의 열로 조용히 데워지는 기분이었다

잠바를 벗고 코트를 벗고

목에 두른 머플러를 내려놓고

몸에 땀이 나는 것 같아

우리는 더욱 더 미적거리고

밖은 마티 펠론파와 스티브 부세미가

오들오들 떨면서 담배 피울 것 같은 날씨

음악이 꺼지고

셔터문을 내리고

우리는 미적거림을 멈추어야 했는데

불 꺼진 어두운 거리에

북풍이 휩쓸고 간 폐허에 서 있었다

어디로 건너가시나

주인장이 묻자

1999년으로 갑니다

알 수 없는 말을 하며

남자가 손을 흔들며 저편 골목으로 사라지는 걸 보았다

그의 겨드랑이에 낀 술병에는

술이 줄지 않고

1999년의 겨울을 떠올려보아도

기억이 나지 않아

영영 도달하지 못할 미래처럼

우리는 미적거리며

불 꺼진 오래된 거리에 서 있었다

– 「과거가 없는 사람들」 전문

앨리스는 없다. 엄밀히 말하자면 앨리스를 잃었다. 이런 생각을 하게 하는 '우리'가 여기에 있다. "미적거리는" 마음에 움직임이 붙들린 어떤 존재들이다. 폭설과 한파가 장악한 문 밖으로 좀처럼 나가고 싶어 하지 않는다. '우리' 앞에 문득 한 '남자'가 나타난다. 열기라곤 없는 '우리'와 달리, 그는 가게 안의 냉기를 데워놓을 정도로 "열이 많"다. 음악이 꺼지고 셔터가 닫혀 가게를 떠나야 하는 시간이 되어서도 '우리'는 여전히 미적거리며 밖으로 나서지 못 하는데, 남자만이 폐허 같은 그곳을 떠난다. 목적지는 1999년이라 한다. 그곳은 분명 과거다. 그런데 "기억이 나지 않아" 차라리 "영영 도달하지 못할 미래" 같다.

그는 누구였을까. 어쩌면 지난날의 '우리' 중 누구였거나 '우리' 모두였을 것이다. 그보다 중요한 것은 '우리'가 그 시절을 잃었다는 것이다. 가열했던 과거가 전혀 생각나지 않을 정도로 미적지근하고 미적거리는 일상에 갇혀있다는 사실이다. 이것은 흡사 '태풍의 눈' 가운데에 안주하는 일과 같다고 또 다른 시가 말해준다.

그것은 고양이가 아니었는지도 몰라

잠이 오지 않던 밤 k는

바람 소리에 귀를 기울이다 생각했다

그는 매일 오후 사료와 물을 마당에 두었다
아침에 일어나 보면 그릇은 말끔히 비워져 있었다

이웃의 류가 죽고 난 후
집 나간 고양이 때문에 한 일이었다

고양이의 수명은 기껏해야 십여 년이라는데
류가 죽은 지 십 년도 넘었는데
매일 밤 그릇을 비우는 건 누굴까

k는 주섬주섬 옷을 입고 마당으로 나가 보았다
어둠 속에서 누가 그릇 앞에 도사리고 있었다
고양이라고 하기엔 크고 사람이라고 하기엔 작아 보이는 형체

k는 살금살금 뒤돌았다.
다시 이불 속으로 들어가 눈을 감았다

아무러면 어떠한가
누군가는 먹고 있는 것이다

k가 얼마 남지 않은

자신의 인생에서 빠트린 것을 헤아리는 사이

태풍이 지나갔다.

너무 고요해서

잠든 k는 눈치채지 못했다

–「태풍의 눈」 전문

사람은 한 생애를 보내며 수다한 태풍을 만나지만 그것을 직면하려 구태여 애쓰는 경우는 많지 않다. 이 시의 k도 마찬가지 인데 시의 첫 부분에서 그는 자신이 지금 태풍의 한복판에 있다는 사실 조차도 잘 모르고 있다. k의 생활이 관성에 의해 정박되어 있었던 까닭이다. 이웃의 류가 죽은 후 십여 년이 흘렀다. 집을 나간 그의 고양이를 위해 k는 사료와 물을 그릇에 채워두었는데 아침이면 그릇은 매번 비워져있었다. 그저 그러려니 했다.

그런 일상에 갑자기 '이상한' 기미가 도착한 것이다. 어느 잠이 오지 않던 날 밤, k의 뇌리에서 하나의 의문이 비어져 나왔다. 고양이의 수명은 십 여 년 정도라는데, 십년 도 넘게 사료와 물을 비우고 있는 그는 누구인가. 토끼를 따라 몸을 일으킨 앨리스처럼, 그는 밤중에 마당으로 나가본다. 무언가가 있었다. 고양이라고 하기도, 사람이라고 하기도 애매한 무언가. 이때 k 앞에 놓인 선택지는 두 개였으리라. 그것을 좇아 태풍 속으로 나아갈 것인가, 그것을 등진 채 지금까지 그랬듯 '태풍의 눈' 안에 머무를 것인가. 결국 "k는 살금살금

뒤돌았다. / 다시 이불 속으로 들어가 눈을 감았다."

다섯 번째 연과 여섯 번째 연 사이의 행간이 길고 깊다. 마치 '태풍의 눈'과 그 바깥의 경계, 혹은 생의 향방을 결정하는 갈림길처럼도 보인다. 만일 k가 '의문'을 등불 삼아 어둠 속으로 발을 옮겼다면 관성에서 벗어나 '지금-여기'와 다른 새로운 곳에 진입할 수 있었을 것이다. 설사 그곳이 류와 류의 고양이, 또 다른 누군가의 삶에 개입하는 격렬한 바람과 어지러운 빗줄기의 시공간일지라도. 그러나 k들은, K가 아닌 k — 작은 보통의 존재들은, "아무려면 어떠한가 / 누군가는 먹고 있는 것이다."라고 자기 위안을 하며 돌아서고 만다. 그러고는 "자신의 인생에서 빠트린 것을 헤아리"며 안전한 시간을 보낸다. 그러나 그 '태풍의 눈'은 정말이지 안전한가.

*

마술사의 보자기 속에서 흰 새가 날아오를 줄 알았는데 흉측하게 생긴 두꺼비가 천천히 기어나왔다 보는 순간 멈칫했지만 하나둘 박수를 치기 시작했다 마술사가 두꺼비를 들어올려 입속에 넣었다 흡족한 표정으로 씹어 삼키더니 다시 뱉었다 두꺼비는 펄쩍펄쩍 뛰어 무대 뒤편으로 사라졌다 눈살을 찌푸리며 박수를 쳤다 마술사는 검은 모자 속에서 장미꽃을 꺼내 관객석을 돌아다니며 한 송이씩 나눠줬다 마술사는 길고 예리한 칼로 무대 위의 상자를 잘랐다 상자는 쉽게 두 동강이 났다 새로운 상자와 여자 하나가 무대 위로 올라왔다 여자가 상자 안으로 들어가 누웠다 나는 끔찍한 생각이 들었는데 옆에 앉은 누군가는 이미 흐느끼고 있었다 마술사가 칼로 가로 세 번, 세로 세 번을 찔러 넣었다 상자는 고요했다 마술사는 모자를 벗고 예의 바르게 인사했다 그리고 그는 활짝 웃으며 서서히 공중으로 올라가기 시작했다 환호가 터져 나왔다 연기가 피어오르고 공연장은 온통 기대와 흥분으로 휩싸였다 관객들은 일제히 리듬에 맞춰 박수를 쳤다 연기가 걷히고 마술사가 사라진 자리에 상자는 말이 없었다 피가 새어나와 흥건해지도록 박수 소리는 멈추지 않았다 누군가 울고 있었다 나는 관중석에 앉아 있었다 내내 보고 있었다 박수를 치지 않았지만 박수를 치는 무리 속에 있었다 장미를 쥔 손을 타고 가시덩굴이 빠르게 자라나 우리들을 감았다

— 「우리들의 마술적 리얼리즘」 전문

여기에서 '나'는 k의 변주다. 마술을 보러 온 '나'는 객석—'태풍의 눈' 안에 있다. 여느 때처럼 마술을 보는데 마술사가 예상을 끔찍한 방식으로 뛰어넘는다. 그의 보자기에서는 흰 새 대신 두꺼비가 튀어나온다. 그는 심지어 두꺼비를 씹어 삼켰다가 뱉는다. 가혹한 퍼포먼스가 사뭇 의심스럽다. 하지만 '나'도 관객들도, 그러려니 하며 박수를 친다. 박수 친 관객들에게 마술사가 장미꽃을 나눠준다. 꽃을 거부하는 이는 아무도 없다. 하이라이트인 상자 마술이 이어진다. 여

인이 상자 안에 눕고 마술사가 상자를 칼로 찌른다. 누군가는 흐느끼고 누군가는 울기도 했지만 박수와 환호가 터져 나온다. 마술사가 사라지고 고요한 상자에서 피가 새어나와 흥건해져도.

단단하게 굳어져버린 일상의 주박에서 풀려나는 일은 간단치 않다. 박수는 마술의 관행이다. 잔혹한 마술사는 k의 고양이처럼 '이상하다.' 몇몇은 의심하고 몇몇은 눈물을 흘렸지만 정작 누구도 마술사가 사라질 때까지 객석의 경계를 넘어선 이는 없다. 무대로 난입해 사라지는 마술사를 붙잡아 비난하거나 상자 속 여인의 생사를 확인하지 않는다. '태풍의 눈' 안에 돌아가 잠이 드는 사람처럼 그저 자리에 머물며 안전하게 박수를 칠뿐이다. 이쯤에서 다시 물어야겠다. '태풍의 눈' 또는 '객석'은 안전한가. 마지막 행이 가만히 답을 건넨다. 객석에 남겨진 사람들은 마술사가 나눠 준 장미 덩굴에, 말하자면 날카로운 가시에 포박 당한다. 이유는 자명하다. 고양이를, 두꺼비를, 상자 속 여인을 간과한 까닭이다.

오늘 밤 물속은 차갑지도 무섭지도 않아요 바다를 수영하기에 적당한 수온, 바다를 건너기에 적당한 파도입니다 검은 밤 망망대해에 나 혼자 떠 있어요 이상하리만치 고요한 바다와 물결을 비추는 달빛 낯설지 않아요 바닷물은 편안하게 일렁이고 부드럽게 나를 감쌉니다 그런데 왜 나는 두렵습니까 무더운 여름 등줄기를 타고 내려가는 차가운 땀처럼 밤새 수영을 해야만 아침에 닿을 수 있다니 매일 밤 나는 건너가고 있어요 매일 밤

바다를 기어코 건너고야 맙니다 햇빛 아래서도 내가 저체온인
이유를 아무도 모를 거예요

– 「저체온」 전문

위 시의 '나'와 앞선 시의 '나'는 그 어조나 분위기 면에서 이질감을
보이는데 서로 다른 위치에 놓여있기 때문이다. 이 '나'는 오히려 고
양이, 두꺼비, 여인과 가깝다. 어두운 밤, 망망대해에 홀로 떠 있다고
했다. 그럼에도 그가 편안함을 느끼는 것은 바다의 온도에 체온이
맞춰져버릴 만큼 거기 오래 머물렀기 때문이리라. 하물며 햇빛 아래
에서도 체온이 오르지 않는 그는 육지/낮의 사람과 대비되는 살아
있지 않은 존재처럼 보인다. 망각의 밤바다에 잠든 누군가, 그의 슬
픔, 외로움. 그런데 어쩐 일인지 그가 자꾸 두려운 마음이 되어 매일
밤 "기어코" 바다를 건넌다고 했다. 육지의 사람이 바다로 가지 않아
서 바다의 사람이 육지로 와야만 하는 이 상황은 가없이 서글프다.

빨래더미에서 손이 나왔다 놀랄 만한 일은 아니었다 빨래더
미 속에는 옷이 많고 주머니가 많고 계절이 바뀔 때마다 주머니
속에 있던 지폐나 돌멩이를 발견하기도 하는 것이다 지난 겨울
내내 외투 주머니 깊숙이 찔러넣었던 얼어붙은 손 꺼내는 것을
잊었을 뿐이다 낯선 생물을 보듯 물끄러미 쳐다보다가 손을 집
어 대야에 담가 두었다 손은 아직도 얼어있었다 겨울 빨래를 세
탁기에 넣고 돌렸다 한동안 옷장 속에 있었던 두꺼운 옷들 주머

니 속에 더 나올 만한 것들이 있을지 모르지만 뒤져보지 않았다
손이 물속에서 더 차가워지고 쭈글쭈글해지고 있었다 내 몸에
붙어있던 것이라고는 믿을 수 없이 처음 보는 생물처럼 나는 물
속의 손을 꺼내 지문이 희미해질 때까지 비누로 빡빡 씻어 햇볕
에 말렸다

― 「세탁실」 전문

추위를 경험했던 사람도 계절이 지나면 그것을 잊는다. 이제 춥지
않은 '나'는 지난 시절의 "얼어붙은 손"을 찾아내도 큰 감흥 없이 추
위의 기억을 지우고 현실의 따뜻함에 몸을 말린다. 그러나 그런다고
해서 한때 가열했으나 지금은 그보다 못 한 마음을 지닌 '나'에게 온
기가 돌아오는 것은 아닐 것이다.

그러나 시인이 안전해 보이는 일상의 이 잔인함에 대해, 멀리서 바
라보거나 위에서 내려다보며 일침을 가하려는 것은 아니다. 소시집
의 거의 모든 시에서 시인은 '우리'라는 무리 중 한 명으로 스스로를
소속시키고 있지 않던가. 이를테면 「우리들의 마술적 리얼리즘」에 이
렇게 적혔다. "나는 관중석에 앉아 있었다." 주변 사람들처럼 일어나
지 않았다. "내내 보고 있었다." 볼 뿐 행동을 취하지 않았다. "박수
를 치지 않았지만 박수를 치는 무리 속에 있었다."

시인은 그저 시 바깥의 우리를 자신의 곁으로 끌어들여 아픈 마
음으로 곱씹게 한다. "아무려면 어떠한가."라는 시의 말이 위안이 아
니라 사실 합리화일 뿐이라는 것, 장미를 쥔 우리의 손에 감긴 것이

"가시덩굴"이라는 것, 사위를 돌아보지 않은 채로 안온해질 수 있는 일상이란 사실 없다는 것. 강성은 시인이 마술사처럼 아주 오랫동안, 기이한 환상으로 현실을 흔들어 온 이유를 이제야 알겠다.

*

그러니까 시인에 따르면, '우리'는 꽤나 자주 '무료하다'는 말의 실물과 독대를 하는 것이다. 관성의 아귀힘은 꽤 억세다. 거기 붙들린 일상은 많은 것을 잊게 한다. 생각하는 일이 종종 지겨워지기도 하고 무더운 날씨에 심신마저 몽롱해지곤 한다. 그런데 그 적막을 깨뜨리며, 사람 말 하는 흰 토끼처럼 '이상한 것'들이 삶에 침입하는 순간이 있다. 그럴 때 저마다는 자신의 일상에서 잠깐 몸을 일으키겠지만 곧 선택을 하게 된다. 헛것을 본 셈 치고 자리에 다시 주저앉아도 무방할 것이다. 하지만 무언가 '이상하다'고 느낀다면, 무감한 마음이 쳐놓은 경계를 넘어보겠다고 기꺼이 생각하기도 하는 것이다. 그 사소한 마음의 선회를 위해 필사적이 되고야 마는 시인의 시를 이렇게 읽었다.

부서져 열리는 마음들의 밤 - 김안론

밤이 옵니다

괜찮아요. 밤이 옵니다. 세상이 본래 자리로 돌아갈 채비를 합니다. 하루가 흩뿌려두었던 빛을 천천히 거둬가면 소음도 고요 속에서 몸을 낮출 것입니다. 웅크린 어깨의 사람들은 어둠에 정박하는 그림자처럼 저마다의 집으로 스며들겠습니다. 그러니 괜찮아요. 낮 동안 수척해져 흐려진 마음을 꺼내어 닦아도 좋습니다. 가둬두었던 표정을 내어놓고 감정의 수문도 열어볼까 합니다. 뒤척이던 진실을 깨워 피돌게 하는 밤이, 지금 오고 있습니다.

　대체로 시가 낮보다는 밤의 소유로 여겨지는 이유가 여기에 있을 것입니다. 빛에 쉽게 드러나는 사실이 아니라 어둠 속에서 보이기 시작하는 진실과 가까워지려는 것, 그것이 시 쓰는 이의 마음이지 않을까 넘겨짚어 봅니다. 실은 지금 이야기할 김안 시인의 시집을 그렇게 읽었습니다. 암흑에서 눈이 더 밝아지는 사람이 쓴 밤의 시. 다만 모두가 치유를 바라는 밤에 홀로 치유되지 않기를 바라, 날 선 금속성의 시어들로 자기 자신부터 겨누는 시인의 시. 왜 그렇게 해야만 했을까. 문득 묻고 싶어져 시인이 지나온 길로 시선을 돌려 보았습니다.

단 한 편의 시만을 쓰는 시인들이 있습니다. 그렇게 쓰고자 해서가 아니라 그렇게밖에 쓸 수 없는. 그의 시들은, 그가 단 하나에 대해 지극하게 말해왔음을 보여주는 증거이자 그 과정에서 한정 없이 흔들리고 부딪히고 슬퍼했던 자취들이기도 합니다. 김안 시인 시들도 그러합니다. 시인은 세계가 휘청거리기 시작한 2000년대의 한복판에서 시인이 되었고, 몰락이라는 말이 일상이 된 2010년대까지 가열하게 시를 써냈습니다. 그 노정을 굳이 한 문장으로 줄이자면, '사람의 조건'에 대한 진심 어린 탐구라고 할 수 있을 것입니다.

이 오래 이어진 사력을 다한 탐구가 고맙게 여겨지는 까닭은, 시인이 참담한 시대와 시로써 맞부딪히는 고단한 일을 자처해주었기 때문입니다. 생명이 방기 된 날들. 권력은 인간 보호의 의무를 버렸고 목숨에는 값이 매겨졌으며 인간이 인간에 대한 한 줌의 관심을 잃어버린 시대. 수많은 사건과 사건에서 말미암은 고통과 고통에 무감해지려는 일상. 이 시공간을 살아오며 시인은 안전한 낭만이 아니라 투박하고 거친 현실로 서정을 빚으면서 '사람'이 무엇을 잃었는가, 잃었으나 잊고 있는가를 물어왔습니다. 하여 이 시인의 시집은 매번 "내 방과 당신의 방 사이"(「버려진 말의 입」, 『오빠 생각』, 문학동네, 2011.)를 오가는 이의 방황과 "우리는 여전히 사람입니까."(「우리의 물이 가까스로 투명에 가까워졌을 때」, 문예중앙, 2014.)라는 절규 위에 누벼졌습니다.

그리고 그 탐구의 다음 장에서 우리는 『아무는 밤』(민음사, 2019.)을 만납니다. 이번에는 다른 누구도 아닌 자신의 사소하고 내밀한 생활에서 시작하여 "인간이란 단어와 사람이란 단어의 간극"(「우리들의 서정」)에 대해, 인간의 허울만을 뒤집어쓴 명목상의 인간이 아니라 정말 인간이라 불릴 수 있는 자격을 갖춘 사람이 되는 법에 대해 날카롭게 묻습니다. 이것은 여전히 답을 구하지 못한 채 배회하는 시인의 자책과 분노와 슬픔의 소산입니다. 하지만 괜찮아요. 진정 되지 않는 영혼에 더 기꺼이 품을 내어주는 밤이 옵니다. 밤으로 시를 엽니다.

마음 조각들의 지층

어떤 순간이 영원처럼 도착한다고 느낀다면 그가 지극한 기쁨이나 아픔을 느끼고 있기 때문일 것입니다. 그런 이유로 밤의 문턱에 멈춰 선 사람이 있습니다. 이어질 내일을 위해 모두가 마음을 풀어놓는 오늘의 뒤안길에서, 그의 마음만은 풀릴 길을 찾지 못해 묶이고 또 묶입니다.

마음에 생활이 넘쳐흐를 때면, 딸은

더 많은 말을 배운다.

말이 넘쳐 말이 넘쳐

나란히 베란다에 앉아 있으면 해가 지고

내 문장은 점점 눈 어두워져

헤매고 전위 따위야 혁명 따위야

말만큼 생활이 넘쳐도

생활이 내 아랫입술 밑에서 짜고 차갑게 찰랑거려도

이 물로는 내 죄가 씻기지 않는구나

마음의 올가미를 던져

억지로 끌어모은 이 상앗빛 면발로

저녁이 달그락달그락 흐르고

귀가 남아 있으니 듣고 마음이 남아 있으니 손잡은 채

딸의 말들로 짠 그림자로

이 조잘거리는 저녁 속으로 가정이 안온히 가라앉을 때

나는 여전히 그곳으로 가고 있다고 생각했는데

눈먼 내 문장들은 제 집도 없이 천지 사방

헤매고 속죄 따위야, 치욕 따위야

그저 내 말들을 방생시킬 뿐

—「방생되는 저녁」(20면)

잠든 아내와 딸을 바라본다. 이전에는 생각할 수 없었던 것
들이 떠오르는, 두려움을 바라본다. 낡은 책을 펼쳐놓고 피정

과 방관을 구분하기 위하여 애쓴다. 모든 당대는 그 구분 따위를 무의미하게 만든다. 시선 속으로 들어오는, 우리의 이름을 부르는 모든 비극과 비참의 각도는, 좁은 방 안에서 잠든 아내의 굽은 등보다 예리하다. 하지만 이 극적인 굽은 등보다도 굽은 등의 흐느낌보다도 침묵은 쉽다. 평화와 증오로 가득한 현실과 생활의 두께. 손에 밴 낡은 책의 냄새. 펼치는 책장 속마다 기어 나오는 회색 벌레들. 응답 없이 의미는 만들어지지 않는다. 하지만 비참을 피해 비굴하게 넘쳐흐르는 말들, 그 잔해들, 잉여의 몸들아, 기어이 죽어서도 몸을 벗지 못하는 것들아, 이 모든 것이 민주적이었다는 비극에도 불구하고 우리의 희망은 여전히 고전적일 뿐. 우리는 일상의 바깥에서 밀어들로만 응답할 뿐. 밤이 두터워지면 방은 더욱 좁아질 테고, 우리는 영영 한 몸이 될 수 없고.

– 「가정의 행복」(21면)

황혼과 밤의 시간을 담은 두 시입니다. 이어 읽는 것이 좋겠습니다. 저무는 해를 딸과 함께 배웅하는 평화, 잠든 가족을 가만히 바라볼 수 있는 밤의 행복. 하지만 '나'는 그 평화와 행복을 온전히 누리지 못합니다. 가장으로서의 여장을 푸는 밤의 진입로에서, 망각에 저당 잡혀두었던 많은 생각을 돌려받은 까닭입니다. 돌려받은 생각이라면 다음의 시행들에 응축되어 있습니다. "마음에 생활이 넘쳐흐를 때면", "내 문장은 점점 눈 어두워져/ 헤매고 전위 따위야 혁명 따위야/ 말만큼 생활이 넘쳐도/ 생활이 내 아랫입술 밑에서 짜고 차갑게 찰랑거려도/ 이 물로는 내 죄가 씻기지 않는구나.”

물질적 풍요 외에 다른 가치들을 녹슬게 하는 소비자본주의가 위세를 떨친 후, 생계를 위해 노동에 몰두해야 하는 것이 인간의 생활이 되었습니다. 그러나 오로지 생존만을 위해 평준화된 노동에 모두가 마찬가지로 사로잡히면서 사람은 노동 외에, 사람을 사람답게 해주는 여러 능력을 상실해갑니다.

‘나’는 가장의 여장을 벗는 저녁, 그 딜레마에 대해 성찰합니다. “더 많은 말을 배”우는 딸을 위해서라도 더 철저히 생활인이 되어야만 하는 자신의 몫을 생각합니다. 또 한편 일상에 붙들릴수록 맹시(盲視)가 된다는 사실을 생각합니다. 가령 “좁은 방안에서 잠든 아내의 굽은 등” 만큼 “우리의 이름을 부르는 모든 비극과 비참”이 예리하다는 것을 간과하거나 자기 삶의 누추함에 관해서만 주장할 뿐 주변의 통증에 관해서는 침묵하는 것입니다.

그래서 이렇게도 말했습니다. “비겁하게 거룩하구나, 우리들의 잘 길들여진 분노와 행복처럼, 간만(干滿)처럼, 강박처럼. 그러니 삶, 저녁이면 딸꾹딸꾹, 세탁기 돌고, 보일러 돌고, 밥통 울고 살고 잘 뿐.” (「딸꾹이는 삶」, 97면) 처음에야 정말로 여력이 없어 문제를 보지 못하다가도 후엔 무엇이고 보려 들지 않을 것입니다. 그러다 분노라든가 행복 같은 삶을 이롭게 움직여가게 하는 감정조차 생활에 “길들여”지면, 그제야 생활의 무자비한 관성 안에서 감각이 마비되었음을 알아차립니다. 인간이 자진해서 동물로 퇴화해 간다(한나 아렌트)고 해도 될 것입니다.

그리하여 한때 전위와 혁명을 담았던 자신의 문장이 어느새 "비참을 피해 비굴하게 넘쳐흐르는 말들, 그 잔해들"이 되었음을 발견했을 때 당위와 현실, 양쪽의 인력에 붙들린 마음은 부서져 산산조각이 납니다. 시집 전반에 점점이 박힌, 병렬된 모순의 단어들이 그 부서진 마음의 파편들처럼도 보입니다.

　　평화와 증오로 가득 – 「가정의 행복」

　　　　　　　　비겁하게 거룩 – 「딸꾹이는 삶」

　　　　　　생활로 인한 비겁과 생활로 인한 긍휼 사이에서
머뭇 – 「秋崖飛瀑」

이렇게 적고 다시 보니 첫 시의 첫머리, "잠든 아내와 딸을 바라본다. 이전에는 생각할 수 없었던 것들이 떠오르는, 두려움을 바라본다." 이 두 시행 사이의 행간이 새삼 아득해 보입니다. 소중한 가족의 잠든 모습을 바라보며 안온함을 느끼기는커녕, 현실과 희망 사이에서 끝내 마음이 부서질 때 차오르는 괴로움의 파고가 끝없이 거세어지는 여백입니다.

끝나지 않는 고해의 흑야

'나'는 말했습니다. "생활이 내 아랫입술 밑에서 짜고 차갑게 찰랑거려도 / 이 물로는 내 죄가 씻기지 않는"다고, 생활에 잠식될수록 죄를 씻을 길이 없어진다고. 맹시가 되었기 때문이라 하였습니다. 그럼 눈 어두워진 그가 보지 못했거나 보려고 하지 않은 존재는 누구인가. 다음의 시들이 단서를 줍니다. 먼저 시집의 많은 '나'가 아버지임을, 자라나는 딸을 사랑으로 바라보고 있음을 기억해볼 필요가 있겠습니다.

　　잠든 딸의 손가락을 매만지는 동안 여름이 끝났다. 여름이 끝나는 동안 몇 사람이나 살아남고 몇 사람이 죽어 나갔나. 이 둥근 세계 속에서 이 둥근 세계의 색깔 바깥으로— 순진한 역사와 함께, 그 시간의 웅덩이에 얼굴을 파묻고 지난 시절의 표정을 지우며. 나는, 어린 시절 책에서 본 누이와 상간한 아이처럼, 부끄러움도 없는 순진무구한 지옥에 흘러들어 구월이다. 구월의 꽃잎 사이로 시간은 덧없어 떨어져 썩고, 신(神)은 쓸모없어진다. 공포는 더 아름답게 반짝거린다. 반짝거리며 투명해진다. 사람들은 그 아름답고 투명한 공포 속으로 달려간다. 잠든 딸의 손가락 끝에 지느러미를 달아 볼까. 내 부끄러움은 이렇게 자라났구나. 면피와 은일 사이에서, 산문과 시 사이에서 주저앉아 구월의 규칙들을 되뇐다. 돌아오지 않는 몸들. 두꺼워지는

바다. 멀어지는 하늘. 바다와 하늘, 그 어느 사이에 누워서 잠든
딸의 손가락을 매만지는 구월이다. 딸은 자라나고, 내 부끄러움
도 자라날 것이다. 그리고 어느 날엔가는 구월도 끝날 것이다.

— 「구월의 규칙」(71면)

어떤 아름다움은 다른 참혹함을 전제 삼아 건재할 수 있는 것입
니다. 옮긴 시에서 "잠든 딸의 손가락을 매만지는" 평온한 세계에 머
물러있는 동안, '나'는 몇 사람이 살았는지 죽었는지 알지 못하는 채
또 하나의 계절을 보냈습니다. 그 사람 중에는 '나'의 딸과 같은 어
린아이들도 있었을 것입니다. 때문에 '나'는 건강하게 잘 자라는 딸
의 모습에서 행복을 얻는 한편 건강하게 자라지 못한 아이들을 잊었
다는 죄책감을 느낍니다.

"온몸으로 물을 껴안고 쓸쓸한 천국을 바라보고 있는 아이들(「불
가촉천민」, 26면)"과 "문방구 창문 앞에 발 없이 서서 물고기로 변해 가
는 제 몸을 비춰 보는 아이들"(「불가촉천민」, 90면), 혹은 "너와 똑같은
아이들이 죽어"(「우리들의 가족」, 60면)있는 것이 보이고 "오래전에 죽은
아이들이 뛰노는 소리."(「미타찰」, 16면)가 들리는 듯도 합니다. 딸처럼
온기를 지니고 오랫동안 지상에서 빛나야 했을 생명들입니다.

우아하게 소멸하는 국가의 배 속에 고여 썩어 가는 물들.
그 물속으로 우리의 꿈이 눈먼 아이들을 밀어 넣는다.

— 「우리들의 공동체」(94면) 중에서

시집 안에서 주로 물이나 물고기의 이미지와 인접해있는 아이들의 모습은 지나온 절망의 세월을 떠올리게 하기에 덜 함이 없어 보입니다. 수다한 참사들과 참사로 삶을 빼앗긴 무고한 생명들. 그에 관한 기억은, 국가와 권력이 생명을 지키는 테두리의 역할을 소홀히 할 때, "정치라는 것이 모든 사람을 위한 연민과 정의의 직물을 짜는 것이라는 점을 잊어버릴 때, 우리 가운데 가장 취약한 이들이 맨 먼저 고통을"[20] 받는다는 사실을 우리에게 잔인하게 각인시켰습니다.

그럼에도 사람들이 "조금 더 생활로"(「가정의 행복」, 49면) 기울어져 "시간의 웅덩이에 얼굴을 파묻고" 타인의 고통과 슬픔을 빨리 잊고자 하면서 "부끄러움도 없"을 때 공공의 삶은 기어이 파괴가 되는 것입니다. 이것이 다른 시에는 이렇게도 적혔습니다. "아무도 사랑하지 않으니 아무도 죽지 않고 아무도 슬퍼하지 않게 되고, 국가의 건강에 필요한 게 이 말고 또 무엇이 있단 말인가."(「우리들의 무기」, 92면)

아무도 자기 이외의 존재들을 사랑하지 않으면 누군가 죽어도 그 사실이 알려질 리 없습니다. 그러니 아무도 죽지 않을 것이고 종내 타인을 위해 슬퍼하는 능력 자체도 사라질 것입니다. 허나 내가 타인을 잊을 때, 나 역시 잊히는 것입니다. 유대와 돌봄이 사라진 사회, 함께 목소리 낼 누군가를 찾을 수 없는 사회는 결국 그릇된 권력을 살찌게 할 뿐입니다.

안녕하십니까, 여기서부터가 지옥입니다. 창문 밖에 있는 가

---

20) 파커 J. 파머, 『비통한 자들을 위한 정치학』, 김찬호 역, 글항아리, 2018, 5면.

비로소 사랑하는 자들의 노래가 깨어나면

죽은 누구의 기억일까. 창문 속 죽은 물고기는 어떻게 해야 할까, 이 유리창은, 돌아오지 못하는 아이들은.

- 「우리들의 유리」(96면) 중에서

그리하여 '나'는 "비참과 비겁", "면피와 안일이" 만연한 세계가 신도 쓸모없어지는 "순진무구한 지옥"이라고 단언하기에 이릅니다. 다만 이 세계를 지옥이라 부르는 서슬 퍼런 시의 말들이 따가우되 따뜻하게 들리는 이유는, 이것이 선언이 아니라 고백인 까닭입니다. 자기의 삶부터 돌아보고 자기의 부끄러움을 먼저 내보일 수 있는 사람. 내가 잊은 사람들의 삶이 지옥이라면 내 삶도 감히 천국이 될 수 없다고 여기는 사람. 바로 그가 신이 아니라 사람을 향해, 나의 행복 뒤에 가려진 보이지 않는 불행을 향해 보내는 사죄입니다. 끝나지 않을 흑야의 고해성사입니다.

나의 입에는 어떤 자격이 있습니까,

이 손에는,

이 눈에는.

- 「파산된 노래」(13면) 중에서

모든 고백이 유령이 되고 / 모든 고백이 내 목을 조르다 사라지는 곳, / 웅얼거림으로만 가득한 세계여,

- 「불가촉천민」(61면) 중에서

파산된 마음의 연루를 위하여

그렇다고 이 시집이 사방이 막힌 고해소에서 비밀스럽게 오가는 고백의 시들로만 채워져 있는 것은 아닙니다. 시집의 많은 다른 시들이 '우리'라는 복수의 주체를 가정하여 시 안팎의 청자를 끌어들이고 있기 때문입니다.

우리는 정직하게 말해도 되겠지만,

종국엔 비겁하게 말을 고르겠지.

누군가는 시체를 숭배하며

시체뿐인 기억을 기념하고 기록하고

누군가는 기억 속에서

스스로를 지워 나가며 투쟁하듯,

누군가는 증언 앞에서 포악하게 침묵하고,

또 누군가는

겸손해지듯,

— 「파산된 노래」(35면) 중에서

'파산될 노래'가 아니라 '파산된 노래'라 합니다. 노래가 파산될지 안 될지 두고 봐야 하는 것이 아니라, 이미 파산된 노래입니다. 그것을 '나'가 구태여 부르고 있는 것입니다. 이 시집에는 이처럼 '파산된 노래'라는 제목을 지닌 시들이 여러 편 있는데, 여기에서 파산이란 매한가지로 '우리'의 문제와 관련이 있어 보입니다.

여러 시의 화자들이 강력하게 말합니다. '우리'는 실패했다고. '우리'가 자신의 안위를 위해서라면 생명이 아니라 시체를 숭배하며 증언보다는 침묵을 택했기 때문입니다, 그렇게 만들어진 '우리'를 이렇게도 정의합니다. "살기 위해 악마가 되어 가는 우리라는 겹의 구조"(「겹」, 84면) 적어도 우리는 '우리'는 사람의 공동체가 아닐 것입니다.

생존을 위해 형성되는 동물의 무리를 집단이라 한다면, 자신의 안녕만을 바라는 사람들이 설사 '우리'를 만든다 한들 그것은 사람다운 공동체라 하기 어려운 까닭입니다. 어쩌면 이제 "우린 공동체와 집단을 구분할 수"(「가정의 행복」, 76면) 없게 되었을지 모릅니다. 그러니 모순적입니다. '우리'가 파산했는데 '우리'를 청자 삼아 노래를 부른다니요.

사실이 모순에는, '나' 혹은 시인이 '우리'를 영영 포기한 것이 아니라는 사실이 담보되어 있습니다. 또 다른 시에 '우리'는 "우리라 불리는 이 남루한 성소"(「불가촉천민」, 91면)라 적혔습니다. 성소(聖召)란 성스러운 목적의 도구가 될 수 있는 것을 의미합니다. 그것이 잠시 남루해졌다고 해서 그 가능성마저 소멸하는 것은 아닙니다. 그렇다고 할 때 시집에서 거듭거듭 '우리'를 호명하는 '나'의 노래에는, 사람다운 사람들만이 만들 수 있는 성소로서의 '우리'에 대한 바람과 그것이 파산된 현실에 대한 비통함이 동시에 접혀 넣어져 있다고도 할 수 있겠습니다. 그리하여 시인은 파산된 '우리'를 질타하는 시 속에, 성소로서의 '우리'를 가능하게 하는 희미한 희망을 남겨두었습니다.

다음 시가 그것을 비밀스럽게 건네줍니다.

　　무력으로 만든 기억이 거리에 내걸린다. 우리는 건강하고 우
리는 행복하다. 나는 이 땅에서 가족을 이루었다. 창문은 차가
울까 뜨거울까. 창문에서 어떤 물고기를 길어 올릴까. 창문에서
물고기 한 마리 건져 올려 굽는 저녁. 거리에는 반 동강 난 호랑
이들이 어슬렁거린다는 소문이다. 오늘 밤 가족 중 누군가는 돌
아오지 못할 것 같다. 창문 속에 누워있는 물고기에게는 바다가
없다. 그 옆에 누워있는 아이들에게는? 나는 이 땅에서 그저 가
족을 이루었을 뿐이다. 조국은 거리에만 있다. 창문 밖은 검을
까 흴까, 우리가 낳은 자식은 한민족일까. 공포는 창문 밖에서
만 출렁일 뿐이다. 나는 이 땅에서 선생이 되었고, 시인이 되었
고, (나는 죽어서도 읽히고 싶었던 것일까) 가족을 만들었다. 기억
을 만들려는 공포들이 창문을 두텁게 한다. 창문 속에서 숨을
쉴 수 있을까. 안녕하십니까, 여기서부터가 지옥입니다. 창문 밖
에 있는 가족은 누구의 기억일까. 창문 속 죽은 물고기는 어떻
게 해야 할까, 이 유리창은, 돌아오지 못하는 아이들은.

– 「우리들의 유리」(96면)

　‘나’는 “이 땅에서 가족을” 이룬 생활인입니다. 선생님이자 시인이
며 스스로 건강하고 행복하다 여기고 있습니다. 하지만 그런 그의
곁엔 창문이 있습니다. 실재한다기보다 그가 그렇게 느끼는 것입니

다. 그 창문의 외부에는 아무래도 또 다른 사람들이 있는 것 같습니다. 창문은 문입니다. 그 내부와 외부를 격리하는 것이어서, 설령 문 외부에서 어떤 가족이 있고 그들이 공포에 사로잡혀있다 한들 그 일이 나에게 큰 영향을 미치지 않을 것입니다. 하지만 창문은 또한 창인 것입니다. 겹겹이 커튼을 치고 블라인드를 내려도 바깥의 빛과 소리로부터 '나'를 완전히 격리할 수는 없을 것입니다. 이것은 성소로서의 '우리'가 지닌 가능성과 불가능성을 타진하는 차갑고 또 아름다운 비유입니다.

거듭 말해왔듯 '나'는 자신의 생활에만 닻을 내리고 건강하고 행복하게 살아갈 수 있습니다. 그런데 자꾸 창이 그려지는 것입니다. 창이라 해도 되고 마음이 영사한 스크린이라 해도 되겠습니다. 창에는 흡사 바다를 잃은 물고기처럼 국가와 공동체를 잃은 아이들이 누워있습니다. 그들에게 눈길을 주니 창 바깥의 또 다른 사람들이 물밀 듯 시선에 들어옵니다. 이 창의 여부가 바로 '우리'의 유무와 직결되는 것입니다.

'우리'란 거창한 노력으로 이루어질 수 있는 숭고한 공동체가 아니라고 시가 말합니다. '우리'를 만드는 매듭은, 나와 무관해 보이는 이들의 삶도 나와 연루되어 있다고 여길 수 있는 최소의 상상적 실천. 이를테면 "여전히 이 따뜻하고 푸른 지구의 한쪽에선 / 가난한 아이들이 굶어 죽어 제물"(「파산된 노래」, 13면) 됨을 상상하고, "우리 바깥에서 우리를 바라보고 있을 / 삶이 없는 생자(生者)들"(「파산된 노래」, 35면)을 상상하는 일.

우리는 고통을 상상하기 위하여 서로의 눈〔目〕을 파냈던 것이 아니라, 그저 눈감기 위해서였을까, 우리는, 우리라는 말〔言〕은. 그러니 우리 안의 괴물을 버린들 기록된 악행이 사라질까, 우리의 괴물들은, 우리라는 말의 괴물들은 기록을 딛고 또다시 쓰이며 되살아나고, 행복과 야만의 국경을 지우며 부단히 포복하고, 썩어 부서진 늑골 안에 눌어붙어 포자처럼 번지고, 우리의 말에는 눈이 없어, 귀도 없고 마음이 없고, 우리라는 말은 서정과 실험 속에서 서로의 바벨이 되어 몰락해 가고. 그럼에도 우리가 쓰는 이 말이 움직이는 유물이 되길 우리가 바라 마지않듯, 견고해지겠지. 견고하게 우리 바깥의 고통은 더 이상 상상되지 않는 스스로에게만 비극일 뿐인 그것.

− 「파산된 노래」(32면) 중에서

결국 '우리'의 무지와 무능은, "고통을 상상"하는 그 능력의 상실과 연관되어있는 것입니다. 우리의 눈이 타인의 슬픔을 상상하기 위해서가 아니라 무시하기 위해 감겨서, "눈이 없어, 귀도 없고 마음이 없"는 "우리 안의 괴물"이 태어난 것입니다. '나'는 그래서 닿지도 않을 노래를 쉼 없이 불렀는지도 모릅니다. 선량한 '우리'를 만들어야 한다고 맥락 없는 윤리를 강요하기 위해서가 아니라 이 무지와 무능, 반성과 속죄 없는 집단의 모습 안에서 우리가 우리 자신을 단 한 번만 발견하기를 바라며. 또 그래서 '나'는 망가진 '우리'의 한가운데 자기를 두고 가장 날카로운 말들로 자신의 마음에 먼저 상처를 낸 것이 아니었을까 생각해보았습니다.

>   우리를 만든 것은
>
>   불행과 슬픔이고
>
>   빛과 소음을 떠나 무능한 밤이고
>
>   무능하여 속죄가 불가능했던 밤이고
>
>   때문에 집은 달아나고 심장만 너덜너덜 자라나는 밤이고
>
>   그러기에 이 밤은
>
>   우리가 아물기도 전에
>
>   빛으로 소음으로 끝날 테지만
>
> ─「파산된 노래」(17면) 중에서

이쯤에서 시집의 제목에 관해 이야기를 해야겠습니다. 이름이 '아무는 밤'인데 들여다보면 결코 아물 수 없는 밤의 노래들이 들리는 시집입니다. '우리'를 "무능하여 속죄가 불가능했던 밤", "차갑고 희뿌연 유리창에 갇힌 채 비루한 겁을 베끼는 밤"에 초대하기 위해 부서지고 부서지는 사람의 노래. 이렇게 말해도 될 것입니다. 실은 모든 시들이 조각난 마음의 퇴적물로 만들어졌다고. 한 편 한 편 편안하게 건너가기 어려운 이유를 이렇게 짐작해봅니다.

아물지 못하는 밤

밤이 가네요. 한 줌의 빛이 낮에 숨겨야 할 것들의 목록을 알려줍니다. 먼동은 별을 숨기고 적막도 소리 뒤편으로 물러나는 중입니다. 잠시 허리를 폈던 사람들은 품 안에서 낮의 표정과 감정을 주섬주섬 꺼내며 각자의 일터에 도착할 것입니다. 이렇게 우리는 생활인이 되고 생활 안에서 건강과 행복을 가장할지도 모릅니다.

하지만 괜찮아요. 닫아건 가슴 안쪽에서 어젯밤 미처 아물지 못한 깨진 마음들이 조금씩 파열음을 내도 됩니다. 다시금 해가 질테니까. 해가 지면 어둠 속에서 눈 밝아지는 시인의 시들이, 아무리 애써도 아물지 못하는 우리를 기다리고 있을 것입니다. 부서진 마음이야말로 부서진 사람들을 향해 열릴 수 있는 마음이라고, 자신의 마음 조각들을 보여주며 고백할 것입니다. 그러니 괜찮아요. 또 밤이 옵니다.

'자리'의 몫 – 차성환론

뒤로 걷는 자의 일

이것은 아주 오래된 위로다. 시간을 선으로 된 길이라 여기는 것이다. 과거를 등진 채 미래를 향하고 있다고 믿는 것이다. 그 마음에 의지해 살아가는 편이 안온한 까닭이다. 설사 어제가 여하한 후회와 미련을 슬하에 남겼다 하더라도 돌아가 바꿀 수 없는 것이 사람의 운명이므로. 다만 이 합의된 위안을 마다하고 구태여 이렇게 말할 수도 있겠다. 미래야말로 우리가 볼 수 없어서 등 뒤에 있고 과거는 얼마든지 돌이켜지니 시야 앞쪽에 있다고. 그렇게 말 하는 이 역시 시간 위를 한 방향으로 걷는 사람이라면 그는 분명 거꾸로 걷는 자일 것이다. 과거에 사로잡혀서가 아니라 과거를 아껴서, 이를테면 저를 포함하여 무수한 존재들이 살아가며 남긴 발걸음을 보기 위해서 그는 종종 고된 뒷걸음질을 자임하기도 한다. 차성환 시인이 일들이 그렇다. 그 처음이 이러하였다.

걸음은 걸으면서 걸음마다 피는 꽃들과 녹아내리는 얼음을 생각하고 방향이 없이 방황하는 걸음은 구두 뒤축처럼 딱딱하게 굳어 잠시 걸음을 멈추고 다른 걸음이 올 것 같은 골목에 서서 걸음 속에 걸음이 왼발과 오른발이 번갈아 움직이면서 엉덩이와 어깨가 춤추듯이 흔들리는 길을 따라 흘러가는 걸음의 리듬을 기다리는데 나는 걸음을 가두는 걸음에 갇힌 채 걷지도 못하고 바다로도 가고 싶은 걸음이 산에도 못가고 집에도 못 가고 걸음을 포기하고 걸음으로 남아 어디에도 가지 못하는 걸음을 자책하며 눈물을 흘리고 걸음이 흘러내리고 녹아내리고 바닥에 스며 새로운 걸음을 완성할 때까지 또 다른 걸음을 꿈꾸는데

계단을 오르고 횡단보도를 건너고 걸음을 따라 걸으면 죽은 걸음이 온통 가득 넘쳐 출렁이는 걸음의 파도 걸음의 슬픔 걸음의 얼음 걸음의 덧없음 걸음의 넘어짐 움직이지 못하는 걸음 그대로 압정으로 벽에 꽂아 걸음을 걸어놓고 걸음걸이를 감상하고 그리고 보면 걸음은 걸음을 멈출 때 가장 걸음에 가깝고 걸음은 내 시의 거름이 되어 치사하게 머릿속에 얼어붙은 걸음으로 시를 쓰고 나를 여기서 저기로 옮겨주는 걸음은 문이 없는 걸음으로 걸음을 끝내려고 뛰어내린 사람들의 걸음은 죽음 주검 무덤 까마득한 바다의 정지 꽃 검은 얼음 나는 나를 죽음에 걸음 정지 멈춤 고 스톱 차렷 멈추고 스톱 영원히 지속하는 걸

음 찰나의 시간과 무한한 시간의 깊은 울음 감금 설움 시름 걸
으면서 노래하고 걸으면서 춤을 추고 걸으면서 속삭이고 걸으
면서 같이 걷고 걸음 속에 꽃이 피고 걸으면서 진짜 걸음이 되
고 나는 가장 화려하고 소박하고 아름다운 걸음이 되어 누구도
따라오지 못하는 지상의 걸음을 걸으며 그렇게 걸음마다 나를
심어놓는 걸음이 어떻게 스스로 무너뜨리는지 지켜보고

— 「걸음1」 전문

걸음을 바라보는 자의 시다. 걸음을 눈에 담으며 걷는 것, 일견 수
월해보이나 그렇지가 않다. 응시의 지극함에도 정도가 있다면 '나'의
것은 비교 불가능한 바라봄인 까닭이다. 뒤로 걷는 자만의 권능을
그는 십분 발휘하고 있다. 앞으로 걸을 때 사람은 고작해야 제 걸음
의 방향만을 가늠할 수 있을 뿐이다. 그러나 과거를 바라보며 미래로
나아가는 이라면, 그에게 삶을 투시하려는 의지까지 더해진다면, 삶
과 죽음을 넘나드는 수다한 걸음이 이렇게까지 헤아려지기도 한다.
 '나'에게 있어서는 이 세계를 지탱하는 것이 다름 아닌 "걸음"이다.
걸음은 종종 얼음을 녹여 꽃을 피워낸다. 한 걸음이 그 자체로 다른
존재의 걸음을 예비하는 '거름'이 될 수도 있는 것이다. 이때의 걸음
이란 비단 살아있는 자들의 것만은 아니다. 지상에 없는 누군가가
한때 남겼던 것이라면, 그의 몸이 사라졌어도, 걸음만은 땅에 쌓여
살아있는 자들을 위한 바닥으로 다져진다. 시에 이렇게 적혔다. "걸
음이 흘러내리고 녹아내리고 바닥에 스며 새로운 걸음을 완성"한다

고. 세상의 모든 걸음이 이렇게 거름으로 순환하는 것이어서 이 시에는 종결 어미도 마침표도 없다.

시의 '나'가 쉬이 제 걸음을 옮기지 못 하는 것은 그래서일 것이다. 세상을 떠난 이가 유언처럼 남겨둔 걸음들을 바라보는 섬세한 눈을 가졌기 때문이다. '나'는 까마득하게 정지해버린 걸음에서 그 주인의 죽음과 주검, 울음과 설움의 기척을 느낀다. 하여 그는 섣불리 발을 내딛는 대신 자신의 걸음을 멈춰놓고 벽에 걸어 점검한다. 누군가의 걸음 위에 올려 질 내 걸음이 "누구도 따라오지 못하는 지상의 걸음"이 될 수 있을지, "걸음마다 나를 심어놓는 걸음이 어떻게 스스로 무너뜨리는지", 말하자면 다시 내 걸음 위에 덮일 누군가의 걸음을 위한 거름이 될 수 있을지 묻고 또 묻는다. '나'의 우려와 다짐 덕에 이 시에서는 '걸음'이 행위의 객체가 아니라 주체의 자리를 점유하게 되었다. 문장의 주어 자리에 놓인 '걸음'들이, 제가 더 이상 지난날의 부스러기가 아니라 다른 존재를 위한 바탕이 될 수 있다는 사실을 증명하고 있는 것이다.

지금 살아있는 자의 걸음이 어떤 거름에 빚지고 있는지 헤아리는 것, 스스로가 타자의 새 걸음을 위한 어떤 거름이 될 수 있을지 숙고하는 것. 여기서 비롯된 시심이, 차성환 시인이 오래 벼려온 시들의 배후에 아름답게 고여 있다. 시간을 일 방향으로 걷는 존재들의 몫이라는 듯, 우리가 내내 마음에 봉인해야 할 좌표라는 듯. 그러니 이 시를 시집의 진입로 삼아도 될 것이다. 혹은 지독하게 아픈 얼굴이 되어 누군가의 걸음들 앞을 쉬이 떠나지 못 하는 시인의 얼굴을 떠올려도 좋겠다.

의지를 지닌 의자, 옷을 기르는 못

'세상의 걸음(거름) 사전'이라고 할까. 그래도 무방할 만큼 이 시집의 시들은, 뒤로 걷는 '나'들과 그들이 갈무리하는 어떤 '걸음'들의 변주로 이루어져있다. 예컨대 '의자'의 시들이 그렇고 '못'의 시들이 그렇다. 위에 앉히고 걸리는 사물들로 인해 정작 존재가 가려지기 일쑤지만 잘 들여다보면 이들은 누군가가 남긴 걸음, 한때 몸담았던 사려 깊은 거처다.

> 의자는 의자왕을 기다린다 의자는 의지로 앉아 있다 의자는 나무의 뼈를 끼워 맞춘 의지의 의자다 의자는 사각의 등판과 사각의 엉덩이와 각목의 네 다리의 의지로 앉아 있다 의자는 나무 책상과 어울릴 만한 짙은 갈색에 니스 칠을 한 의자다 의자는 아직 한 번도 일어서지 않았지만 일어선다면 의자는 더 이상 의자가 아니게 된다 의자는 의자로 있겠다는 일념으로 의자로 앉아 자신의 의지를 증명해줄 의자왕을 기다린다 의자는 의지의 의자로 앉아있고 의자에 앉을 의지의 의자왕을 기다리면서 무릎을 펴지 않는 의지의 의자다
>
> – 「의자2」 전문

옮긴 시에서도 "의자"는 기어코 행위의 주체 자리로 밀어 올려져
있다. '나'의 필요에 의해 의자가 준비되는 것이 아니라, 의자가 '나'
를 배려해주는 것이다. 예컨대 "의자는 의자왕을 기다"리려는 "의지"
를 지니고 있다. 의지를 가진 의자는 "비가 와도 한 번도 자세를 바
꾸지 않고 / 개천을 마주 보"기도 한다(「벤치」). 실상 이 시집 안의 시
들이 대부분 이렇게 쓰였다. 어떤 '자리'도 피동적인 목적어 자리에
놓이지 않으며, 대신 누군가를 향한 어떤 "일념"을 가진 존재로 그려
진다. 그 마음의 실력 행사를 시인은 다른 시에서 '삼라만상을 걸어
내는 못'의 이미지로 사로잡는다.

검은 옷을 입은 못이 옷을 걸기 위해 콘크리트 벽면에 몸을 박
았다면 못은 이미 박혀 있는데 못을 때리는 망치 소리의 한 점으
로 수렴해 들어간 방은 못에 걸려 헤어 나오지 못하고 한번 박은
못은 영원한 못이 되어 더 이상 무를 수 없는 죽은 점이 되고 모
든 옷이 못으로 달려 들어가 평생에 한 번쯤은 몸을 의탁해 잠들
수 있는 자리를 펼쳐 보이고 못이 박힌 소리는 잊히지 않고 못과
함께 단단히 쇠못에 붙들려 숭고하게 숭고한 못으로 차갑게 그
대로 있고 못은 사라지지 않는 흔적으로 벽이 무너질 때까지 방
이 사라질 때까지 집이 멸망할 때까지 못은 세계를 열심히 박아
넣어 우주보다 큰 구멍을 제 안에 품고 마치 구멍이 못을 꿈꾸었
던 것처럼 못은 구멍에서 자라난 못이고 점이고 흰 벽에 검은 못
은 절대 못갖춘마디로 어떤 흠집과 결점이 되어 못이 없는 벽면

의 깨끗함을 떠올리게 하지만 그렇다고 못 생긴 벽면의 아름다움 또한 몹쓸 것이라고도 할 수 없는 어떤 순수한 점을 불러일으켜 검은 못을 이빨로 뽑아내거나 물렁한 머리를 박아 넣는 식으로 나를 걸어 보기도 하는 검은 밤의 못은 숨 막히는 저수지의 깊은 못처럼 끝없이 육박해 들어가는 소리의 한 점

─「못」 전문

'못'을 주어 자리에 두는 사려 깊은 상상력의 전도가 이 시에서도 발견된다. 사람이든 사물이든 쓰임에 따라 운명이 결정되기 마련이라면 못의 숙명은 서글프다. 못이 된 그것은 죽은 점처럼 영원히 벽에 머무르며, 평생 자신에게 몸을 의탁해오는 옷의 거주지 노릇을 해야 한다. 적어도 제가 꽂힌 벽이, 방이, 집이 사라질 때까지 말이다. 그러나 화자에 따르면 못은 주어진 그 노역(勞役)에 원한을 품지 않는다.

사람이 못을 박는 것이 아니라 못이 기꺼이 박혀주는 것이다. 적어도 '나'에게는, 못이 제게 걸릴 무언가 들을 위해 혹독한 망치의 타격을 감내해주는 것처럼 보인다. 또 그저 옷뿐이겠는가. 그 옷들에 담긴 사연과 삶도 붙들어주고, 제가 담긴 구멍을 단단히 잡아주고, 저를 때리는 망치 소리마저 정박시키는 못이다. 그래서 가없이 "숭고"한 못이다. 사정이 이러하다면 '못에 무언가 거린다'는 말을 '못이 무언가 기른다'로 바꾸어 읽어도 괜찮을 것 같다.

이쯤에서 우리는 시인이 부지런히 갈무리하려는 '걸음' 내지 '자리'의 정체가 무엇인지 알아차릴 수 있게 된다. 제 필요에 의해 머물렀다 떠나는 존재들로 마모되면서도 기어이 그들을 길러내는 장소, 삼라만상을 보듬고 기르는 곳. 여기서 우리는 하릴없이 다시 앞선 시의 '의자'를 떠올리게 된다. "나무의 뼈를 끼워 맞춘 의지의 의자"라 했다. '나무의 뼈', 곧 나무가 지닌 본질이 의자에 고스란히 계승되었다는 뜻이다. 그런데 그 본성이라면 '기르는 일'이 아니던가.

한곳에 오래 있는 것을 두려워하는 나무가 움직일 수 없는 몸으로 새를 길러 낸다면 독한 나무임에 틀림없는 그 고독한 나무는 떠날 수 없어서 새들을 항상 떠나보내고 다시 찾아오는 새들을 열렬히 환송하기 위해 매번 자리를 내어주고 벌레들이 나무의 길을 내면서 열심히 떠나는 중일 때 나무는 더 큰 움직씨를 품어 풍성하게 열린 울다 때리다 빌다 찌르다 흐느끼다 펄럭이다 소리치다를 모두 떨어뜨리고 압도적으로 앙상한 나무만 남아 더 큰 바람을 상연하는 무대를 펼쳐 보이고 나무는 걸어갈 수 없고 사라질 수 없고 수직으로 누워 자기 그림자를 끌어당긴다

— 「겨울」 전문

움직일 수 없는 것이 나무의 습성이라 한들 그에게 하염없이 기꺼울 리 없다. 미동조차 하지 못하는 상황에서 혹한의 계절을 살갗으

로 맞는 일은 서럽다. 그러나 나무는 매해 어김없이 육박해오는 두려움을, 저에게 의지하는 다른 존재들을 품어내는 것으로 견딘다. 찾아오는 새들을 기르고 벌레들에게 기꺼이 제 몸을 길로 주는 것이다. 그들을 열렬히 맞고 떠나보내며 또 돌아올 곳을 마련해두는 것도 나무의 역할이다. '빌고 찌르고 흐느끼고 펄럭이고 소리치는' 것들을 힘겹게 품어 제 안에 움직씨(동사)들이 생겨나는 일을 차라리 소소한 위안으로 여기는 나무. 걸어갈 수도 없고 사라질 수도 없지만 "돌아올 거라고 믿는 사람의 마음의 구조"(「벤치」)를 지닌 나무. 이것이 결기인지 오기인지 모르겠다. 용기인지 무모함인지 모르겠다. '사랑'의 일이라는 것만 알겠다. 그리고 이 '사랑'이라면 우리에게도 더없이 익숙한 것이다.

자리의 몫

「겨울」을 이렇게 다시 읽는다. "한곳에 오래 있는 것을 두려워하는 나무가 움직일 수 없는 몸으로 새를 길러 낸다면 독한 나무임에 틀림없"다고 했다. 사람은 자녀를 낳을 때 '독한 나무'로 한 번 더 태어난다. 이를테면 "내 아버지는 나를 낳으면서 어떤 선택의 여지도 없이 아버지가 되"어 한군데 심겨 움직일 수 없는 나무처럼 남은 생의 닻을 내렸을 것이다. 부모—나무는 "새들을 항상 떠나보내고 다시 찾아오는 새들을 열렬히 환송하기 위해 매번 자리를 내어"준다. 자녀들은 새 같다. 예고 없이 나무의 품에 안겼다가 어느 맑은 날엔 주저하지 않고 훌훌 떠나버린다. "압도적으로 앙상한 나무만 남아 더 큰 바람을 상연하는 무대를 펼쳐 보이고 나무는 걸어갈 수 없고 사라질 수 없고 수직으로 누워 자기 그림자를 끌어당긴다." 자식의 자리가 비면 압도적으로 앙상해진 부모는 겨울의 나무처럼 칼바람에 살갗을 베일 것이다. 그럼에도 가슴을 비워두느라 부피 없는 자기 그림자 말고는 곁에 두지 않는다. 언제고 돌아올 자녀들을 위해서.

내 아버지는 아버지가 되기 전 아무것도 아닌 거시기였는데 나를 낳으면서 어떤 선택의 여지도 없이 아버지가 되었고 생전 처음 신생아를 안은 아버지는 라이터가 어디 갔더라 표정으로 나는 나대로 세상에 나온 게 억울해 막 우는 덕에 거시기 씨 총 각 때는 그만 잊어요 깔깔깔 웃으며 행복했던 한때를 어머니는 무시기를 잃은 홀쭉한 배를 쓰다듬으며 내게 말했다

– 「멜랑콜리」 전문

사람이 공유한 자비 없는 숙명 중 하나는, 자녀일 때는 내내 그 사실을 알지 못 한다는 것이다. 그러다 부모와 이별한 후, 불현듯 그들이 세상에 다시없을 자신의 '자리'이자 '걸음(거름)'이었음을 알아차리고 만다. 종종 오인되는 듯하지만 자녀가 부모와 진짜로 이별하는 시간은 죽음으로 삶을 등지는 순간이 아니다. 이별의 고통은 일상으로 돌아간 그들이, 심신을 의탁할 자리가 더 이상 없음을 알아

차릴 때 비로소 터져 나오기 시작한다. 이제 옮길 시로부터 그렇게
들었다.

　　오래전 죽은 아버지가 입술을 움직이지 않고 말을 한다 안방
　　으로 들고 간 밥상을 물끄러미 보고만 있으신다 아몬드 햇빛이
　　아이스크림 위에 아몬드처럼 부서진다 나는 놀이공원에 혼자
　　눅눅해진 콘에 담겨 흘러내린다 아몬드 육개장에 얼굴을 파묻
　　고 퍼먹는다 떨어지는 눈물에 국물이 줄지 않는다 아몬드 어머
　　니의 주름치마를 잡은 손 안에 계속 주름이 접혀 들어온다 나사
　　하나가 손에 들려 있다 아몬드 석가모니 그림자 서린 수자타
　　마을의 강을 건넌다 발목이 물에 흘려 떠내려간다 아몬드 숨을
　　참고 물속으로 들어간다 나는 항상 이불 속에서 질식사 직전에
　　빠져나온다 아몬드

- 「Ah! Monde」 중에서

　　생을 떠난 아버지의 흔적이 여기저기서 눈에 걸린다. 단 그것은
"죽은 아버지가 입술을 움직이지 않고" 하는 말, 나에게 닿을 리 없
어 온기가 사라진 기억의 조각이다. '나'는 놀이공원에서 아버지 손
을 놓쳐버린 아이처럼 우두커니 남겨져 슬픈 전전을 거듭할 뿐이다.
내 안에 시시각각 고이는 눈물이 때론 녹은 아이스크림처럼, 줄지 않
는 육개장 국물처럼 속수무책 범람한다. '나'는 끝내 꿈에서 석가의
깨달음이 서린 강물을 찾기까지 하지만, 새삼 알게 되는 것은 나를

이 삶에 단단히 고정시킬 발목—부모가 물에 떠내려갔다는 것, 그것을 다시 주울 수 없다는 것. 부서진 아몬드여, Ah! Monde(아, 삶이여.). 산다는 것은 그런 것이라.

부재하는 부모와 '자리' 잃은 자녀의 이 형상은 비릿한 통증을 유발하며 시집 곳곳에 점묘되어있다. 그런 시들의 화자는 유독 거칠고 원망 가득한 어조로 사연을 읊는데 꼭 우회된 자책처럼도 들리고 보인다. 그 마음이, 그로 하여금 삶의 '자리'를 탐사하게 했을 것이라고 넘겨 짚어도 괜찮을 것이다. 비약을 발판 삼아 다시 '의자'의 시로 돌아가자.

의자는 나보다 먼저 태어났다 형이라고 불러야 하지만 나는 무시하고 궁둥이로 깔아뭉갠다 수많은 의자 위에서 사춘기를 보냈고 나는 앉아 있기 위해 태어난 거 같기도 하다 의자는 계속 앉은 자세이고 늦게 태어난 나는 의자에 몸을 맞춘다 의자에 바퀴를 달고 앉은 채로 나는 어딘가로 간다 다시 태어나면 의자가 되어 너를 앉혀주고 싶다 다 의자에게 배운 말이다 의자는 신나고 즐겁고 지루하고 끔찍하고 슬프게 앉아 있다 의자는 책상과 상관없이 앉아 있다 의자는 앉아서 잠이 든다 다시는 일어날 수 없을 때까지 앉아 있다

— 「의자1」 전문

세상의 모든 자리가 순식간에 생겨나고 또 허물어진다고는 하나,

그 중에서도 너무 사소하여 자주 잊히는 것 중 하나가 '의자'일 것이다. 사람은 생애를 통과하며 스스로 헤아리기 어려울 만큼 오래 의자 위에 머무른다. 살아가는 것 자체를 의자에 몸 기대는 일이라 해도 좋을 정도다. 하여 의자는 때로 존재의 증거로 남기도 하는데, 사람이 생을 떠나도 그가 썼던 의자의 닳아진 표면만은 시간 안에 박제되어 제 주인이 보낸 생애의 무게와 굴곡을 짐작해보게 하지 않던가. 다만 의자는 늘 사람의 등 뒤에 있어서 이런 가치를 눈여겨보는 이는 많지 않은 것 같다. 그러나 이 시의 화자는 예외다.

그에게도 "마치 앉아 있기 위해 태어난 것만 같은" 고달픈 시절이 있었다. 그때엔 가장 가까운 존재가 의자였을 것이다. 의자는 그의 굽은 등을, 제가 꼭 뒷배라도 되어주겠다는 듯 세우고 받쳐주었다. 그러나 당시엔 그 역시 의자의 가치에 대해 그다지 깊이 생각하지 않았다. 여기까지라면 다른 이들과 다를 바 없다.

그런데 "다시 태어나면"이라는 구절과 그 앞 문장 사이에 가로놓인 좁지만 깊은 자간이 이 시를 더없이 다감한 것으로 만든다. '나'의 멈춤과 돌아섬, 바라봄이 거기 고스란히 담겨있는 까닭이다. 때가 되어 대개의 사람이 의자에서 일어나 망설임 없이 자리를 떠났을 때, 마찬가지로 의자에서 일어난 그는 뜻밖에도 멈춰 선다. 급기야는 의자를 향해 몸을 돌리고 저로 인해 허름해진 그를 공들여 바라본다.

한때 품에 안았던 누군가가 사라져도 "신나고 즐겁고 지루하고 끔찍하고 슬프게" 그를 기억할 존재, 내가 떠난 자리에서 종잡을 수 없이 늙어가고 그럼에도 다른 누가 아닌 나를 위해 "다시는 일어날 수 없을 때까지 앉아" 있을 그것. 마치 부모를 닮은 듯 한 의자를 향해 '나'는 이제 이렇게 말 한다. "다시 태어나면 의자가 되어 너를 앉혀주고 싶다." 거름이 되는 걸음이, 옷을 기르는 못이, 새가 혹독한 날을 나는 나무가 되겠다는 준엄한 선택이다. 진심을 다한 응시 끝에 내려놓은 결단이다. 이 한 행으로 이 시는 가장 아름다워졌다.

번져가는 말들의 전언

삶에는 우리가 놓친 수없는 자리가 있고 그 자리의 가치를 생각해야 한다는 말을, 그러나 시인은 결코 날것의 전언으로 우리에게 건네지 않는다. 대신 그가 택한 것은 말놀이다. 어떤 시인이 시에서 언어유희 쪽으로 길을 낼 때 그 목적은 흔히 두 가지 정도로 가늠해볼 수 있다. 한쪽에는 세계가 정해놓은 언어의 질서나 규칙을 파기하여 새로운 세상을 축조하려는 목표가 놓여있다. 이를 위해서는 진폭 큰 말놀이를 구사하고 형식을 전언에 앞세워야 한다.

그러나 시인의 지향점이, 이와 달리 우리가 종종 간과하는 이 세계의 그늘을 충실히 드러내려는데 있다면 유희의 형식은 진술을 보강하는 방향으로 나아간다. 이 시집의 시들에서 돌올해진 말놀이 방식은 뒤의 것에 가까워보인다. 세상에 존재하거나 부재하는 '자리'를 더듬어 밝히려는 마음의 구조적 발현인 것이다. 돌이켜보면 그 면면이 이와 같았다.

그러고 보면 걸음은 걸음을 멈출 때 가장 걸음에 가깝고 걸
음은 내 시의 거름이 되어 치사하게 머릿속에 얼어붙은 걸음으
로 시를 쓰고

― 「걸음1」 중에서

의자는 의지로 앉아 있다 의자는 나무의 뼈를 끼워 맞춘 의지
의 의자다

― 「의자2」 중에서

모든 옷이 못으로 달려 들어가 평생에 한 번쯤은 몸을 의탁해
잠들 수 있는 자리를 펼쳐 보이고

― 「못」 중에서

형태상으로, 발음상으로 인접해있는 시어들이 주제를 견인하는
시들이다. '걸음'의 곁에는 그로부터 번져 나올 수 있는 단어, '거름'
이 놓여 모든 걸음은 거름이 될 수 있다는 사실을 힘주어 전해준다.
'의자'에게는 '의지'가 따라붙었다. 의자의 주체적 성격을 강화시키기
위해서다. '못' 옆에 놓인 '옷'은 못이 지닌 '기르는' 속성을 돋을새김
한다. 인접어를 끌어와 우리에게 익숙해진 시어와 그것이 지닌 의미
의 주춧돌을 슬쩍 흔들어놓는 것이다. 전복적이지는 않지만 효과적
이다.

이 같은 시들을 통과할 때 우리는 시가 새삼스럽게 밝혀주는 진리

에 저 자신도 모르게 필연성을 부여하기 마련이다. 가령 '걸음'과 '거름'의 유사성을 증명하는 시의 묘사로 인해, 양자의 본질이 같다는 시인의 말에 시 읽는 이는 저항 없이 수긍할 수 있게 된다. 삶의 보이(지 않)는 '자리'들을 섬세하게 찾아내 읽는 이에게 다정하게 내미는 시인의 전언 전달 방식이란 이와 같은 것이다.

첫 문장이 시작할 때 이미 무언가 실패할 것을 강하게 직감하고 쓰기를 중단하려 하지만 어차피 실패할 것이라면 그냥 쓰는 것도 좋은 방법이라고 여겨지고 그동안 무수하게 중단되고 버려진 글들에 대한 묵념과 같은 글이 되어도 좋겠다는 생각에 유령과 같은 글자들이 불려 나와 형체도 없고 결말을 알 수 없는 글자들이 일렬횡대로 늘어서 어디론가 향해 가고 이제는 오직 무언가 실패할 것이란 느낌만 남아 스스로 움직이는 글자들은 관성에 의해 멈추지도 못하고 쫓기는 건지 쫓는 건지 알 수도 없는 실패는 손끝을 떠나 끝이 없는 첫이 되고 이미 달아난 실패를 쫓아 끝없이 달려 나갈 때 실패의 실은 계속 풀려나와 비로소 이 글은 달아나는 실패를 통해 실패를 완성한다

— 「첫이란 단어로 시작하는 이 글의」 전문

다시 오래된 위로에 대해 말해야겠다. 시간을 직선의 길로 상상하는 것이다. 과거를 등진 채 미래를 향해 가고 있다고 여길 수도 있는 것이다. 보통은 그렇게 산다. 도대체가 뜻대로 되지 않는 일이라면

등 뒤에 내버려 두는 것이 나을 테니까. 다만 이 위안을 마다하고 고단을 감내하려는 시인이 있어, 짐짓 이렇게 말하고 마는 것이다. 미래야말로 우리가 볼 수 없으니 등 뒤에 있고 과거는 얼마든지 돌이킬수 있어서 시야 앞쪽에 있다고. 존재들의 자리를 찾기 위해서라도 저자신은 계속 뒷걸음질을 칠 셈이라고. 이것은 사력을 다해 시인이려는 이의 어쩔 도리 없는 "관성"이라고. 이 시도는 성공할 것인가. 실은 답과 상관없이 우리는 알고 있다. 끈기 있는 실패는 어떤 성공보다도 언제나 더 믿을 만 했다는 것을.

밤이 길어질 계절 앞에서,
우리의 스웨터 – 임승유론

우리라는 스웨터

얼굴이 가려져 오히려 민낯을 들키는 이즈음의 어느 날엔가 나는, 계속 느슨해질 수밖에 없는 까닭에 점점 더 희미해져 가는 사람들의 관계에 대해 어떻게 이롭게 말할 수 있을지 한참 생각하고 있었다. 그러다 그에 관해 모자람 없이 이야기 해주는 시의 구절들에 닿았고 새삼 다정하고 쓸쓸한 앎을 받아 그날의 마음에 접어 넣었다. 이런 시였다.

어디 다른 곳에서 각자 살아가다가 무슨 일이 있어 보이게 된 이런 날에는 서로 얼굴도 보고 주변을 살피기도 하고 말을 건네게도 되잖아요. 셋이 한 테이블에 앉았을 때

둘 다 스웨터를 입었네요.

한 사람이 둘에게서 빠져나가듯 말했습니다. 그런가요. 스웨
터 입은 한 사람과 한 사람이 서로를 쳐다보며 스웨터 입은 둘
이 되어 갔지요. 스웨터 말고 다른 이야기도 오고 갔을 테지만

어느 날에는

길에서 만나게도 됩니다. 정류장까지 스웨터 입었던 둘이 되
어 걷습니다. 버스를 타고 가다가 목적지에 도착하면

정말 많은 사람이 모여 있겠지요.

— 「스웨터」

어떤 비유는 구태여 정교한 해석의 과정을 거치지 않아도, 어렴풋
한 느낌만으로 놓쳐왔던 진실을 일상 깊숙이 밀어주곤 한다. 옮긴
시의 스웨터가 그렇다. 그것의 올을 무심결에 잡아당겨 본 이는 알
것이다. 씨실과 날실이 단단히 얽혀 밀도 있게 짜인 것처럼 보이지만
한번 풀리기 시작하면 삽시간에, 걷잡을 수 없이 낱개의 실로 돌아
가 버리는 옷이 스웨터라는 것을.

시는 이 다정하고 쓸쓸한 스웨터의 속성을 '우리'라는 관계에 겹
쳐 올리며 사유를 두드린다. 나와 당신이 "어디 다른 곳에서 각자 살
아가다가 무슨 일이 있어 모이"며 만든 '우리'란 사실 치밀하고 강도
높은 집단의 이름 같지만 그렇지도 않은 것이다. 가령 셋이 한 테이

블에 앉았는데 그중 둘이 그저 스웨터를 입어서 갑작스럽게 "스웨터 입은 둘이 되"기도 하는 것처럼. '우리'는 그다지 끈끈하지 않은 이유로 만들어질 수 있고 그 테두리의 두께도 생각보다 얇아서 언제든 흐릿해질 수 있는 것이다.

다만 인간(人間)은 이름 안에 이미 관계에 관한 녹록지 않은 고민을 내장한 존재여서 나도 당신도 살아가는 내내, 지척의 누군가와 무수한 '우리'를 만들거나 그에 실패할 수밖에 없을 것이다. "어느 날에는 / 길에서도 만나게" 되겠고 때론 "정말 많은 사람들이 모여" 만든 관계 안에 설 수도 있겠다. 그럼 어떻게 해야 하나. 스웨터처럼 언젠가는 풀려버리고 말 성근 것이 '우리'이므로 '그래서' 함께하는 일에 더 치열해지지 않아도 좋다고 변명을 해도 될까. 또는 '그럼에도' 처음부터 다시 '우리'에 대해 생각해야 한다고 다짐해야 할까.

물 흐르듯이 흘러 손쉽게 당도할 수 있는 것이 '그래서'의 마음이라면, 좌표 잃은 후에도 길을 걸어가려 할 때에만 '그럼에도'의 마음에 도착할 수 있을 것이다. 앞의 여정이 수월하지만 뒤의 일을 외면할 수야 없지 않겠느냐고 시절이 넌지시 말한다. 타인과의 거리 유지가 불가피해진 와중에 밀착되어있다고 여겼던 사이도 손쉽게 멀어져가고, 의도와 상관없이 곁의 사람에게 내내 무해할 것이라고 장담할 수 없어진 생활. 얼굴을 가려야 해서, 가려진 얼굴로는 전보다 무람없이 행동해도 죄책감을 덜 느낄 수 밖에 없어서, 오히려 타인에게 각자의 민낯을 들키는 나날. 이 새로운 평범 안에서 스웨터는, '우리'는 이제 어떻게 짜이고 또 풀려나갈까.

비로소 사랑하는 자들의 노래가 깨어나면

'우리'는 이제 어떻게 짜이고 또 풀려나갈까

때론 가없이 무심한 것처럼도 보이고, 이따금씩 더없이 갑갑하게 느껴지는 '우리'라는 윤곽 안에서 한 사람은 다른 사람에게 어떤 존재로 남을 수 있는가. 이 질문이 무게를 가지기 시작했을 때 나는 문득 가족을 떠올렸는데 아마 '우리'의 가장 내밀한, 최소한의 단위가 가족이기 때문일 것이다. 종종 잊히는 것 같지만 사실 가족은, 내가 태어나 가장 처음 만난 타인이다. 분명히 타인이어서 그들과 내가 이루는 관계도 사실 아무 균열이 없는 무결의 유대가 될 수 없다. 그런 생각으로 이어지는 시들의 붉을 밝혀 본다.

작고 예뻐서 데려온 애가 남천이었어요. 어디서나 잘 자란다고 하고. 한 동네 살다가 이사 간 금천이라는 애도 생각나고. 그래서 잘 키워보고 싶었죠. 생각날 때마다 창문 열어주면서 물주면서

그랬는데 시들해요.

일조량이 부족했을까요. 금천이가 중학생이 되어 놀러왔을 때 엄마 뒤로 숨던 일이 생각납니다. 동네에 그 애가 있다 생각하면 신나면서도 그랬어요. 그런 날들은 어떻게 지나가는지도 모르게 지나가고

물건을 돌려주러 가는 길에

그 애가 자란다면 딱 이렇겠구나 싶게 엄청 크고 무성한 남
천을 봤어요. 이 집에서는 밖에 내놓고 기르는 모양이더라고요.
남천을 잘 키우면 이렇게 되는구나. 정신이 번쩍 드는 겁니다.

키우던 애가 커서

키우는 마음이 뭔지 아는 순간이 온다는 사실을 왜 자꾸 잊
을까요. 얼른 가서 남천을 봐야겠어요.

— 「중요한 역할」

동물은 어느 시점에 이르면 성장을 멈춘다. 반대로 식물은 생의
마지막 날까지 자랄 수 있다. 사람은 동물의 외피와 식물의 내면을
지녀서 육체가 언젠가 정지하더라도 내면에서만은 영원히 가지를 뻗
고 잎을 낼 것이다. 그렇다면 한 인간의 성장을 말할 때 좀 더 눈여겨
보아야 하는 것은 사실 그의 외면이 아니라 내면일지 모른다. 나의
마음이 나무처럼 푸르고 무성한 마음을 지니기를 바라며, 때론 누군
가를 그렇게 키울 방법을 알아가기 위해, 우리는 종종 나무로부터
배운다. '키우다'의 목적어 자리에 사람과 나무를 겹쳐놓은, 옮긴 시
로부터 그렇게 들었다.
　스웨터의 성질과 스웨터 입은 사람들의 무리와 무리가 이루는 관

계를 오버랩하면서 특별한 의미를 이끌어냈던 비유 방식이 다른 시들에서도 아름답게 빛을 낸다. 이 시에서도 시의 속삭임은 사려 깊게 포개진 사람과 나무의 이미지 사이에서 다정하게 비어져 나오고 있다. 그에 따르면 '나'는 작고 예쁜 남천을 데려와 키우는 중이다.

 그는 남천 나무이기도 하고 나무를 닮은 아이이기도 할 텐데 부모나, 부모 역할을 하는 누군가로 짐작이 되는 '나'는 남천을 크고 무성하게 자라나게 하고 싶었다. 하지만 어쩐지 역부족이었다. 햇빛도 물도 적절히 주었다고 생각했는데 무엇이 문제였을까. 그러다 '나'의 시선이 문득 밖에서 자라는 남천에 가닿았을 때, 그제야 내막이 밝혀진다. 자신이 만든 틀 안에서 '적절하게' 주었던 애정이 나무-사람의 성장을 도리어 방해했던 것이다. 저 자신도 한때 누군가가 "키우던 애"였던 '나'는 이렇게 슬프고 다행한 사실을 알아차리며 "키우는 마음이 뭔지 아는 순간"에 들어선다. 이 찰나는 다른 시에 이렇게 적히기도 했다.

 여름 되니까 화초가 미친 듯이 자라나요.

 엄마도 화초를 키우고 나도 키우니까 여름에 엄마랑 전화로
 주고받기에 적절한 말이지만 말하면서 생각났다.

 엄마가 그러는데 언니는 화초에 미쳐 있대.

며칠 전에 동생이 창문 열면서 나한테 한 말이다. 여름에 화초에 물주면 화초는 두 발로 걸어 나간 것처럼 화분을 넘어서고 뻗어나가고 감을 것이 있으면 친친 감고 감은 데서 더 자란다. 엄마는 나보다 키가 크다. 내가 동생보다 조금 더 크지만

지금은 멈췄고 여름 열매는 푸르고 길어서 토막 내 썰기에 좋다. 이르다 싶으면 비릿하지만

조금 더 두면

짙어지면서 단 맛이 난다. 말이 나온 김에 더해보자면 엄마만 나오면 잘 안 된다. 그 잘된다는 여름에도 그렇다. 여름이 지나가고 있어서 미칠 것 같다. 엄마 기다려요.

– 「그림 같은 아름다움」 부분

그림 같은 여름날, 어느덧 누군가/무언가를 기르는 일에 열정을 쏟게 된 '나'가 엄마와 '키우는 마음이 뭔지 아는 순간' 안에서 만나고 있다. 그는 강렬한 빛이 남긴 잔상처럼 서늘한 기쁘고 서늘한 진실을 알게 된 참이다. 화분에 심은 화초도 제 계절을 만나면 "두 발로 걸어나간 것처럼 화분을 넘어서고 뻗어나가고 감을 것이 있으면 친친 감고 감은 데서 더 자란다"는 것. 자신이 조급하게 판단하지 않고 "조금 더 두면" 적절히 "짙어지면서 단 맛이 난다"는 것. 이것은 양

육에 관한 이야기이지만 관계의 본질을 생각하게도 한다. 요컨대 거리가 필요한 것이다. 나를 나로, 당신을 당신으로 있게 하는 간격이라 해도 좋겠다.

먼 언젠가, 사람은 둘이 하나인 모습으로 살고 있었는데 그의 아름다움을 시기한 신이 둘인 하나를 억지로 갈라놓았다. 해서 오래전 누군가의 반쪽이었을 우리는, 분리의 상흔이 희미해진 지금까지도 자기로부터 떨어져 나간 이를 찾아 고된 배회를 계속할 수밖에 없다고 한다. 마치 양말이 한쪽으로만 존재할 수 없어 "부드럽고 따뜻"한 나머지 짝을, "지금은 없어진 양말을 / 다시 있게 하려" 애쓰는 것처럼 말이다(「그 정도의 양말」). 이것은 사람에 관한 신화이자 관계의 발생에 관한 이야기이기도 하다.

어쩌면 그래서일까. 우리는 애정을 핑계 삼아 종종 우리 사이를 좁히는 데에만 골몰해질 때가 있다. 나의 잣대에 타인이 맞춰지기를, 그래서 '내가 바라는 그'가 되어 주기를 손쉽게 열망하는 것이다. 그러나 이럴 때 한쪽은 어느 한쪽에 소유가 되어 자신을 잃어버릴 수도 있다. 내 기준에서 적당한 물과 빛을 준 나무가 어느 날부터 나의 희망과 달리 시들시들해지는 것처럼 말이다.

"너는 좋은 사람이야"보다는 "네가 좋아"라고 말 하는 태도가 더 윤리적이다. 네가 좋아"가 안 되는 관계이거나 "네가 좋아"의 상태에서 놓여났다면 그만이다. 뭘 더 어떻게 해보기 위해 '너'를 '좋은 사람'에 가두지 않아야 한다. '너'를 놓아주어야 한다. 그걸 잘 못해서 일상이 엉망진창이 된다. '엉망진창'은 문장과 불화한다. 나의 일상을 지키기 위해 '너'를 호명하는 일이 '너'의 일상을 뒤흔드는 일이 아니어야 한다.[21]

그러니 자기를 잃어버려야만 성립 가능한 관계를 원하는 것이 아니라면, 서로의 삶을 그 자체로 인정하며 함께 서고자 한다면 우리는, 이해를 가장한 성급한 편견에 서로를 훼손시키지 않을 수 있는 어떤 간격을 발명할 필요가 있을 것이다. 타인과의 거리 두기가 필수불가결하게 된 이 시절에 적당한 거리에 관해 생각하게 된 것은 어쩐지 이상하고 당연하고, 무엇보다 고마운 일이다.

이상하고 당연하고 무엇보다 고마운 일이다

사람과 사람의 만남을 주도했던 감각이 더이상 효력을 발휘하지 못한다는 사실은 낯설다. 바라보고 말을 섞고 어깨를 다독이던 지난날의 대화를 잃은 지금, 우리는 그간의 삶에서 크게 한 걸음 뒤로 물러서서 다른 교류와 교감의 방식을 찾아 당분간은 헤매게 될 것이다. 그 배회를 예비한 채로 마지막 시를 연다.

　　구름 위로 창백한 달이 떠올랐고

---

21) 임승유, 「뼈만 남았다」, 『그 밖의 어떤 것』, 현대문학, 2018, 68면.

동생은 이틀 전에 떠났다. 예정대로라면 나도 떠났어야 하는데

이러고 있다. 떠날 때는 하나의 이유로도 떠날 수 있지만 남은 이유는 뭐라고 설명해야 하나. 숙소로 올라가는 길목에서

동생이 손짓하는 동안
동생과 대화를 나누듯

시를 쓴다. 시 쓰려면 시도 생각해야 하고 동생도 생각해야 하고 나도 생각해야 한다. 이 시는 구름 위로 창백한 달이 떠오르는 데서부터 시작했으니까

달을 따라가기로 하고

내가 숙소에 도착하면
언니는 시를 다 썼겠지

언니가 시 쓴 거 인터넷에서 찾아보고 있어. 동생이 그 말을 하는데 이상하게 겁났다. 그런 이유 때문은 아니지만 시를 쓰면 동생한테 보낸다. 동생이 보고 있으면 내가 뭐라도 더 하겠지.

시가 길어지는 데는 이유가 있다.

동생이 있는 데도 이유가 있다.

뒤에서 동생이 따라오고 있을 때는 가다가 뒤를 돌아보기만
해도 됐는데 동생이 저만큼 가버리고 나면

크게 불러야 한다. 한두 번 불러서 안 되면 자다가도 소리를
치게 되고

언니 너는 참 옛날부터 그랬어

울창한 나무 뒤로 사라졌다가 나타나는 바람에
동생이 이쪽을 보고 씩 웃었을 때는

동생 말고는 아무것도 안 보였다.

이러다 어떻게 될지 모르겠다.

언니는 시를 쓰니까
언니가 쓰는 대로 될지 어떻게 알아

동생이 그렇게 말할까봐 겁은 나는데 또 그렇게 말해주면 좋
겠다는 생각도 들고

동생은 이제 숙소에 거의 도착했다. 들어가려다 말고 이쪽을 봐서 나도 그쪽을 보며 손 인사를 하려고 했는데

구름 위로 떠오른 창백한 달빛에 휩싸여서는 놓쳐버렸다.

언니가 그렇지 뭐

내일 아침에 동생이 창문을 열면서 뭐라고 하면 나도 손짓을 하며 뭐라고 할 것이다.

― 「언니가 봤을 수도 있는 풍경」

달의 흰 빛이 지상에 번져나가는 밤, '나'는 홀로 있다. 얼마 전까지는 동생과 함께였으나 이제는 그들 사이에 시차가 생겼다. 그런데 '나'는 그때부터 시를 쓴다. 부재하는 동생을 떠올리며 그와 대화를 나누기라도 하듯 써 내려간다. 마치 말 없는 담소가 시가 될 수 있다는 듯, 나와 동생의 거리에서 시가 흘러나온다는 듯.

그렇다면 이 시의 발원지는 동생과 함께 할 때라면 무심히 지나쳤을 감정들, 그리움이나 두려움 고마움 같은 것이라 해도 좋을 것이다. 둘이 떨어져, 둘이 다시금 알게 된 마음의 풍경으로 이 시는 온통 달빛처럼 아련하다. 언니가 말을 하는데 동생은 듣지 못하고 언니가 말을 하지 않아도 동생은 느낀다. 그런 둘의 관계 안에서 시가 빚어진다.

나는 이렇게 한결같이 사려 깊은 어조와 형식으로 우리의 삶을 어루만져온 임승유 시인의 시들을, 관계에 대한 물음과 믿음을 믿는 구석 삼아 읽었다. 이 작은 구석에 기댄 이는 사실 시인이 아니라 나 일지도 모르겠다. 하지만 친밀하다 여겼던 사이도 어느새 멀어지고 의지와 무관하게 곁의 사람에게 무해할 것이라고 장담할 수 없어진 올해, 밤이 깊어질 계절을 앞두고 나는 어쩐지 이렇게 생각할 도리밖에 없었다.

상실의 시, 기억의 의례 — 서효인론

1

기억한다는 것은 시간의 배후를 거슬러 밟아 어딘가에 접혀 넣어진 이름을 펼쳐내는 일이라고, 1990년의 크리스티앙 볼탕스키(Christian Boltanski)는 생각했을 지도 모른다. 그때 베를린 의회는 예술가들에게 기대어 통일 수도의 위용을 떨치려 애쓰는 중이었고, 그도 그 집단의 일원으로 거기 있었다. 다만 볼탕스키의 시선은 차라리 폐허 쪽으로 버려졌다. 이를테면 수도 동부, 2차 세계대전의 포화로 산산조각 난 집 같은 곳을 향해.

　사람은 자주, 시간의 비정함을 비난할 수 없을 만큼 한참 더 무정해지곤 한다. 가느다란 바람마저 발 딛기 어려울 정도로 전소되어버린 거기 남은 것이란 오랫동안 꼭 집터뿐이었다. 볼탕스키는 집채가 있었을 법한 곳을 더듬었다. 예전 집의 형태를 상상해 그대로 다시 지을 수 있었지만 그냥 두었다. 두 면에 플라스틱으로 가벽만을 세웠을 뿐이다. 집의 테두리 안에 언젠가 유대인이 살았고 또 죽어갔다는 것을 찾아냈다. 그들의 이름과 직업, 수용소로 끌려간 날, 폭격의 기록을 전부 적어 팻말로 달았다. '상실의 집'(The Missing House)이라 불렀다. 그 뿐이었으나 그것만으로 충분했다. '전쟁 희생자'라는 복수(複數)의 이름에 오래 유폐되었던 한때의 주민들은 이름을 지닌 단독의 현존이 되었다.[22]

그러니 이렇게 적어도 될 것이다. 기억하는 일은 시간의 후미진 곳에서 잊혀가는 존재들을 현재로 이끄는 것이다. 장소의 힘을 빌리는 것은, 흐릿한 집터가 한 줌의 기억만으로 부재하는 사람들의 초상을 그려낸 것처럼, 그 불러냄을 가장 잘 수행할 수 있는 방식이기도 하다. 장소와 기억의 이 애틋한 호혜를 절실히 담아 지극하게 쓰인 시들에 대해 말하려 진입로를 길게 닦았다. 서효인의 세 번째 시집 『여수』(문학과 지성사, 2017)의 일이 그와 같다.

2

때로 하나의 시를 떼어내어 그것을 말 하는 것만으로 충분히 이야기되지 않는 시집이 있다. 시집 자체가 흐트러짐 없이 단정한 행렬과 같을 때, 또는 시들이 거의 균질하게 밀도 있다고 여겨질 때가 그러한

---

22) 우크라이나계 유대인이었던 아버지와 코르시카인인 어머니 사이에서 나고 자란 크리스티앙 볼탕스키의 일화는 알라이다 아스만의 책 『기억의 공간』(변학수 외 역, 그린비, 2011, 514~517면)에서 빌려 재구성하였음을 밝혀둔다.

데 이 새 시집이라면 양쪽 모두에 해당될 것 같다. 혹여 누군가 시의 목차를 채운 익숙한 지명들에 안도하며 가벼운 여정 길 오르듯 시집을 펼친다면, 그것은 시인의 시력(詩歷)을 잠시 잊은 탓이겠다. 부정한 삶 앞에서 기꺼이 냉소적이되 가열한 파르티잔이 되었던 시인은, 이 모든 곳을 목적 없이 거닐어도 좋을 보편적 공간이 아니라 어떤 기억이 담지 된 특수한 장소로 의미화 해 두었다.

1호선이랑 4호선은 공기가 완전 달라요. 게임이 안 된다니까요. 아이는 참새처럼 말했다. 직전 역에서 선로에 뛰어든 중년 때문에 우리는 비둘기처럼 고개를 까닥거린다. 구구구 운다. 깨끗한 창에 머리를 박고 죽는 뚱뚱한 새들, 우리는 역에서 역으로 몰려다니며 찌꺼기를 찾는다. 아이는 깃털처럼 꽉 달라붙는 교복을 입고서도 조심성이 없다. 날지 않고 빠르게 땅바닥에 고개를 붙인다. 선생님 어디까지 가세요. 새가 물었을 때, 환승역에서 돌아올 참이야. 대답했다. 직전 역에서 죽은 사람이 간격 먼 전철 출입구를 조심스레 건너온다. 새 같은 아이가 가볍게 전철에 올라탄다. 나는 처음으로 아이에게 뭔가를 가르치려는 듯, 조심스레 공기를 살피다가, 구구, 구구구

―「안양」 전문

기억과 망각의 아귀다툼 속에서 잊히면 안 될 존재를 붙들어두려는 어떤 장소를 발굴하는 것이다. 시의 모든 장소는 시인 자신을 비

롯하여[23] 타인까지도 특정 기억에 동참할 수 있게 하기 위해 새롭게 축조된다. 옮긴 시에서라면 안양역이 그와 같다. 시 밖에서 그곳은 불특정 다수에게 나름의 의미로 열려있는, 말하자면 텅 빈 중립적 공간이다. 시 안에 쌓아올려졌을 때, 그러나 그것은 긴 시간 그늘 밑에 있었던 어떤 사소한 서사들이 고개를 내미는 특정 장소가 된다. 이를테면 이런 식이다.

죽음과 삶 사이에 안양역이 가로놓여있다. 직전 역에서 중년 사내가 선로에 뛰어들어 죽음 쪽으로 떠났다. 이 역에서는 살아있는 자들이 그의 죽음을 흔한 농담으로 휘발시킨다. 다만 모두는 모르고 있다. '나'나 아이 또한 사내를 죽게 한 삶으로부터 날아가 버릴 수 없는 한 그들은, 또한 우리는 서로 무관해질 수 없는 한 새장의 비둘기와 같은 것이다.

해서 사내의 서사는, 사소한 것이나 사소하게 받아들여져선 안 될 서사라 하는 것이 옳겠다. 그것은 쉽게 망각되는 존재들의 소유다. 사건이 있고, 사건을 건너려 악전고투한 자들이 있으며, 건너지 못한 채 끝내 살아남지 못한 자들도 있다. 역사의 전모란 어쩌면 그와 같다. 단, 기록된 역사가 지닌 잔인한 성질 중 하나는 수많은 존재들을 피해자, 희생자, 실종자라는 익명의 복수형 안에 속박시켜버린다는 것이다. 시집의 많은 시들은 그 공식 기억을 견제하며, 사건을 넘거나 넘지 못한 모두가 고투의 순간 지녔던 작은 서사를 복기하려

---

23) 이에 관해서라면 시집 뒤에 붙여진 김형중의 아름다운 발문을 참고해볼 수 있겠다. 김형중, 「역마의 기원」, 『여수』, 문학과 지성사, 2017, 122~127면.

는 듯 보인다. 사소해 잊힌 존재들이 문득 고개를 든다. 저마다의 이야기가 그들을 단수화(單數化) 한다.

어쩔 수 없었다는 말을 팀원에게 한다. 책상을 정리하는 팀원의 뒷모습을 보면 아들이 보던 만화의 한 장면이 떠오른다. 지구다. 긴 칼을 든 로봇이 적의 허리를 베어낸다. 시커먼 공간으로 하반신이 떠내려간다. 마지막으로 엘리베이터를 탄 팀원은 작은 점이 되어 낙하한다.

― 「정체성을 찾아서」 부분

3

대로변에서 술을 마신다. 피난민들은 어두운 포구에 모여들었다. 포구에는 배가 없고 어디서든 전쟁은 끝난다 하였지만, 누굴 믿을 수 있겠는가. 우리가 믿는 건 냉면뿐이라오. 사람 몇이 얼어 죽을 추위 속에서 질기고 삼삼한 그것을 뚝뚝 끊어다 먹었다지. 그 맛을 설명할 수 없어 같이 끅끅 울었다고 한다. 대로변에서 술을 마신다. 막차가 패잔병들을 그득 태우고, 나는 식은 치킨을 바라보고 있다. 대로변에는 함흥냉면집, 막걸릿집, 치킨집, 호프집. 그중 우리 집은 어디요. 피난을 떠나는 가장. 잃어버린 딸 아이. 집 바깥. 그중 누굴 믿겠는가. 우리가 믿는 건

질긴 면이라오. 육수에 조미료를 뿌려 넣으며. 점심으로 냉면을
먹었지만, 주둥이로 폭격 같은 소리를 내면서, 바닷가에 떨어지
는 포탄처럼 머리를 박고서, 마포 대로변의 어디쯤이지만, 대리
기사에게 설명을 못 하겠어서, 끅끅 운다. 포구에 배 멈추는 소
리 들린다. 누구도 믿을 수 없다는 질기고 삼삼한 신념. 하구에
몰려든 피난민의 행렬. 대로변으로 흘러든다. 매끄럽고 질긴 동
네가 생겨났다. 거기부터 대로변은 시작되었다.

—「마포」 전문

    다만 복원만이 시들의 종착점인 것은 아니다. 크리스티앙 볼탕스
키는 '상실의 집'을 만들며 본래의 집을 폭같이 지어 올리는, 좀 더 쉽
게 연상되는 방식을 버렸다고 했다. 대신 그가 택한 것은 텅 빈 공간
의 공허를 좀 더 공들여 쌓아올리는 일이었다. 아마도 허물어진 삶
과 허망하게 사라진 존재들과 비극에, 그곳과 조우한 이들이 직관
으로 우선 닿게 하기 위해 그는 그 같은 노고를 감내했을 것이다. 거
기에선 느낌이 앎을, 감각이 인식을 웃돈다.
    이 시집의 시들이 흡사 그 집처럼 보이고 들린다. 기억하는 행위란
장면을 재현해내는 일이다. 재현은 주름진 기억의 구석에 묻어있는
장소의 소리, 냄새, 맛 같은 것으로부터 비롯된다. 시는 이 기억의 과
정을 여과 없이 그려내는데, 마포에서는 "냉면"의 "질긴 면"을, 안양
에서라면 "구구, 구구구"(「안양」)소리를, 더 많은 시들에서 "양념 없는
게찜 냄새"(「남해」)나 "호로록 커피"(「신촌」) 같은 것들을 통해서다. 이

것은 한 장소에 앞서거니 뒤서거니 머물렀던 이들이 유사한 기억을 공유할 수 있게 하는 어떤 장치이기도 하다.

옮겨낸 시의 일이 그렇다. 정처 없는 현재를 살아가는 사내의 슬픔과 정처 없이 전시를 살아내야 했던 피난민 가장의 고됨을 마치 씨실, 날실처럼 한 행 한 행 눈물겹되 아름답게 엮어낸다. 거기서 "비동시적인 것들이 동시적으로 존재하는 특이한 장소들"[24]을 마련해내는 것은 세월 안에서도 철거될 리 없는 (맛의) 감각이다. 감각은 종종 과거와 현재를 잇는 복도가 되고 때론 미래를 기약하게 하는 창도 된다. 그 감각은 종내 "질기고 삼삼한 그것을 뚝뚝 끊어다 먹"으며 울음을 삼키는 시 바깥의 아픈 존재들에게, 시가 내미는 악수이기도 할 것이다.

전작 시집에서 탈 공간적 고통의 연대 가능성을 앎으로 구현했던 시인은 이제 탈 시간적 고통의 유대를 위해 감각으로 기억을 빚는다. 이렇게 쓰인 시는 읽는 시가 아니라 앓는 시, 읽히려는 시가 아니라 앓음을 당부하는 시에 가깝다. 존재들의 비극에 직관이 우선 닿게 하는 시라 해도 좋겠다. 이 같은 통증 앞에서는 언제나 느낌이 앎을, 감각이 인식을 웃돈다.

---

24) 김형중, 앞의 책, 133면.

4

기억한다는 것은 시간의 배후를 거슬러 밟아 어딘가에 접혀 넣어진 이름을 펼쳐내는 일이라고, 1990년의 크리스티앙 볼탕스키는 생각했을 지도 모른다. 그해 그는 통일 수도의 권위를 내세우려는 베를린에 두 개의 플라스틱 가벽만을 세운 망자들의 장소를 지었다. 스스로 경험할 수 없는 고통스러운 타자의 상흔은 어떻게 말해 수 있을까. 그 축조물의 주춧돌은 어쩌면 이 질문이었을 것이다.

그리고 여기, 버린 날로 삶의 생살을 겨누었던 파르티잔 시인이 이제 날 없이도 현재의 폐부를 찌를 수 있는 기억을 들고 시모니데스처럼 도착했다.[25] 모두에게 경험될 수 없지만 진실인, 고통스러운 타자의 상흔은 어떻게 말해질 수 있을까. 몇 년의 세월 동안 자욱하게 사위를 뒤덮어 온 상실과 고통을 목도하며 그는 이 질문으로부터 시를 길어 올렸을지 모른다. 돌이켜보면 그의 시는 처음부터 부정하게 적힐지도 모르는 시간을 견제하는 날카로운 비밀같이 쓰였다. 해서 이 행보는 그가 선택한 것이되 선택할 수밖에 없었던 것이겠다―또한 그래서 시인은 시집의 뒤표지에서 더없이 뼈아프게 자신을 겨누었을 것이다.

밀도 높은 시 행렬의 좌표가 마침내 이와 같다면, 시들이 아프지

---

25) 기억이라는 말의 곁에 놓이는 가장 오래된 시인의 이름이 시모니데스일 것이다. 그는 신의 도움으로 돌연한 연회장 붕괴 사건에서 살아남았고, 살아남지 못한 존재들의 이름을 그들이 앉았던 장소를 떠올리며 하나하나 찾아주었다. 데이비드 솅크, 『망각』, 이진수 역, 민음사, 2003, 256면.

만 먼저 아픔을 토로하지 않고 눈물겹지만 끝내 눈물 흘리지 않은 이유를 알 것 같다. "무서운 사랑"(「여수」)이라는 방향 다른 낱말의 단단한 결합으로 표상되는, 세계에 냉철해지되 세계의 존재들에게 다감해지려는 마음의 의례에 오래 참석했다. 내내 장중했다.

너의 얼굴이 완성되고 있었다
이 도시를 사랑할 수밖에 없음을 깨닫는다
네 얼굴을 닮아버린 해안은
세계를 통틀어 여기뿐이므로

표정이 울상인 너를 사랑하게 된 날이
있었다 무서운 사랑이
시작되었다

—「여수」 부분

그러니 춤추고 노래하네 - 석민재론

별 것 아닌 별 것

그런 날이 있지. 하릴없이 일그러진 표정을 감추며 별 것 아니야, 라고 되뇌어야 하는 날. 그렇게 건네지는 말이 표면 그대로의 뜻을 머금었을 리 없지. 반복되는 그 말은 차라리 반대에 놓인 마음을 다스리려는 애처로운 다짐의 발로. 삶은 이따금씩 그렇게 별 것 아니라고, 괜찮다고 눙쳐야 살아지는 별 것. 수많은 순간 액면과 다른 그 말들이 우리 사이를 건너지만 모두가 알아차리는 것은 아니지. 가끔은 일부러라도 말 뒤편 아픈 기색으로부터 고개 돌려야 하는 것이 사람의 일. 하여 별 것 아니다, 라는 말 속에 흘려보낸 별 것의 나날을 들추어내려 드는 누군가란 불편하고 다정한 존재. 또 이 삶은 별 것이므로 괜찮지 않다고 말해도 좋다고 등 두드리는 시는 두렵고 또 내내 애틋한 것.

차라리 웃을 일

그렇게 석민재 시인의 시가 시작된다. 세계의 어떤 누추함마저 놓치지 않으려는 의지로부터 시들이 빚어지는 것 같다. "별 것 아니에요"(「귀문관살」)라는 말로 가장되어야만 살아질 수 있는 너절한 하루, 비루한 존재들이 그의 시에서는 존재감을 드러내는데 거리낌이 없다. 이를테면 발과 엉덩이인 것이다. "군함처럼 큰 발"(「빅 풋」), "머리부터 터질까요 엉덩이부터 터질까요 / 똥구멍으로 웃을까요 입으로 웃을까요"(「줄줄이 비엔나」)나 "오,오,오,오 무시무시한 엉덩이"(「그녀는 말했고 우리는 웃었죠」)와 같이 적혔다. 시인의 시에서는 이와 같이 삶이 지정해 둔 상하의 위계가 뒤집히고 하찮은 것, 보잘것없는 것으로 분류되었던 것들이 정면에 당당하게 내세워진다. 발과 엉덩이는 육체 안에서라면 그런 기관들이다.

숨겨져 있어 혹은 숨기라고 강요되는 까닭에 종종 잊히지만 그것들, 실은 가장 직접적인 삶의 바로미터일 것이다. 일상에 가장 많이 휘둘리고 일상에서 가장 자주 닳는 부위, 해서 삶이 혹독하면 혹독할수록 더 남루해지는 곳. 비약하자면 우리가 소유한 신체의 부분 중에 유달리 그곳들이 가려져 감춰지는 이유가 거기 있을 것도 같다. 석민재 시인의 시들은 이들의 행렬로 이루어진 허름한 카니발[26]이다.

단 허름한 '카니발'인 것이다. 시들은 허기와 피로, 상처와 흉터 같

---

26) 바흐친 식의 카니발, 일종의 그로테스크 리얼리즘의 의미로 썼다. K. 클라크, M. 홀퀴스트, 『바흐친』, 이득재, 강수영 역, 문학세계사, 1993, 293면.

이 일상의 날카로운 파편이나 거기 베이는 쓸쓸한 존재들을 갈무리
하지만 그렇다고 그에 관해 곧이곧대로 말 하지 않는다. 차라리 별
것 아니라는 말로 별 것을 숨겨내는 사람처럼 애달픈 기색을 짐짓
애달프지 않은 낯빛과 몸짓으로 드러내려든다. 이런 식이다.

군함처럼 큰 발을 끌고

아버지가 낭떠러지까지

오두막집을 밀고 갔다가

밀고 왔다가

왼발 오른발 왼발 오른발 스텝을 맞추며

말기 암, 엄마를 재우고 있다

죽음을 데리고 놀고 있다

죽을까 말까 죽어줄까 말까

엄마는 아빠를 놀리고 있다

아기처럼 엄마처럼

절벽 끝에서 놀고 있다

─「빅 풋」 전문

자꾸만 빨라지는 발걸음이 노래가 되고 날개가 되고

앉지도 서지도 못하는 춤이 되고

주파수가 맞지 않는 곳에서 춤을 추고 있어요

엄마는 이삿짐을 싸고 아빠는 불을 지르고 나는

못 본 지 오래된 사람들의 집으로 왔어요

비는 우릴 젖게 해요, 비는 우릴 젖게 해요,

─「귀문관살」 부분

　가족의 존재나 부재에서 비롯되는 고통은 모두에게 예외 없이 닥쳐오곤 하지만 그 예외 없음이 그것을 때로 상투적인 해프닝처럼 여겨지게도 한다. 살 같이 가까운 이들과의 관계란, 으레 상처가 패이고 저절로 아무는 일이 거듭되면서 누적된 피로가 머무는 장소인 것이다. 하여 거기서 생겨나는 아픔을 만일 곧이곧대로 적어낸다면 그 시는 익숙해서 어쩐지 지루한 하소연 혹은 감정 토로에 지나지 않을 지도 모른다. 석민재 시인의 많은 시들은 가족—내지 그만큼 가까운 관계의 고단함에 대해 가장 자주 말 하지만 그런 함정에서 비켜서기라도 하려는 듯 시적 주체들의 위악적이거나 짓궂은 안색을 필터 삼는다.

가령 옮겨낸 시들에서 가족 이야기가 신산스럽다. 한 쪽에 죽음에 점령당한 가족이, 다른 한쪽엔 삶에 쫓기는 가족이 놓였다. 다가온 죽음이든 내몰린 삶이든 가족의 생활을 더 없이 센 완력으로 움켜쥐고 낭떠러지까지 내몰아 간다는 점에서는 매한가지다. 그 앞에 서라면 누구나, 당사자뿐만 아니라 곁에 선 존재들까지도 속수무책일 수밖에 없는 것이다. 죽어가는 어머니와 그를 돌보는 아버지, 짐 싸는 어머니와 불 지르는 아버지. 그리고 그들을 바라봐야 하는 처지에 있는 '나'. 어느 누구도 녹록치가 않다. 이렇게 적혀도 괜찮았을 일들이다.

그러나 시들은 그 위태로운 사정을 좀 다르게 감당한다. "군함처럼 큰 발"을 가진 아버지가 있다. "낭떠러지까지 / 오두막집을 밀고 갔다가 / 밀고 왔다" 한다. '군함'과 '낭떠러지'가 서슬 퍼렇게, 아버지로 인해 한때 가족의 삶이 위태로웠을지도 모른다는 두려운 짐작을 견인한다. 그런 그가 말기 암 아내를 재운다. 춤이라도 추듯 군함 같은 발로 "왼발 오른발 왼발 오른발 스텝을 맞"춘다. 죽음의 그늘 밑 어머니는 "죽을까 말까 죽어줄까 말까" 아버지를 놀리며 논다. 도주하는 부모와 동행하는 '나'의 "앞지도 서지도 못"라는 발걸음이라면 "노래가 되고 날개가 되"다 '끝내 "춤"으로 남는다. (줄바꿈)

춤이라고, 놀이라고 시에 새겨졌다. 아무것도 모르는 어린아이의 눈에 비친 광경처럼 천진난만하게, 흥겹게. "죽음을 데리고 놀고 있다"거나 "절벽 끝에서 놀고 있다"는 아이러니컬한 표현 뒤에서, 삶에도 죽음에도 포박 당해야 하는 것이 삶이며 어떤 살아감에도 고통이 개입할리 없는 생의 아이러니가 슬쩍 고개를 내민다. 더없이 유쾌하여 또 그 이상 애잔하다.

> 오늘 치 한숨이
> 검정비닐봉다리처럼 몰려다닐 때
>
> 개 짖는 소리를 베고
> 개꿈을 꾸며 잠이 들 때
>
> 삼각 김밥이 방금
> 유통 기한을 넘길 때
>
> ― 「삼각 김밥이 유통기한을 넘길 때」 부분

석민재 시인의 시들이 지닌 첫 번째 미덕이라면 이것이라 말해져도 될 것이다. 시는 고통스러운 존재들의 충분히 가혹한 삶을 대면하게 하지만, 슬픔을 다짜고짜 토로하지도 슬퍼함을 막무가내로 강요하지 않는다. 대신 한번쯤은 숨겨진 "기분"(「비의 기분」)을 헤아리라며, 얼핏 발랄해 보이는 풍경 앞에 우리를 세운다. 예컨대 "오늘 치 한숨이/ 검정비닐봉다리처럼 몰려다닐 때", "삼각 김밥이 방금 / 유통 기한을 넘길 때" 비어져 나오는 감정을 행간에 감춰두고 추측해보라하는 것. 이 상상은 이롭다. 시가 슬픔을 보관하되 슬픔에 잠식당하지 않을 수 있는 방법이 있다면 이런 것이겠다.

얼마 전까지 시들에 부여되었던 공통 과제가 폭력적인 '나'의 동일성 안에서 훼손되지 않는 '너'의 형상을 보관하는 것이었다면, 이즈음의 시들의 것은 그렇게 각자의 자리를 보존한 채로 '나'와 '너'가 한데 놓일 수 있는 시공을 마련하는 일이라 해도 될 것이다. 거기에 우리는 종종 '공감'이라는 이름을 붙인다. 석민재 시인이 이제 막 설정하기 시작한 좌표를 그쯤으로 어림잡아도 될 것이다. 이렇게 다시 적는다. 이 시인의 시와 만나면 우리는 애써 아무렇지 않은 척 하는 상대의 마음을 짐작할 때처럼 못내 서글퍼질 도리 밖에 없는 것이다.

소리 번지는 밤

두 번째 미덕은 첫 번째 미덕의 슬하에 놓여있다. 석민재 시인의 대부분의 시는 선명하고 세련된 감각의 힘으로 전개된다. "빨간 팝콘"에서 "새빨간 거짓말"로 다시 "파란 움"(「거짓말처럼 피노키오를」)으로 선명하게 이어지는 색채 이미지가 생생하다. "삼각김밥"(「삼각김밥이 유통기한을 넘길 때」)이나 "참치"(「참치 캔」)가 희미하게 느껴지는 맛도 한 몫 한다. 다만 그것들보다 장악력 큰 것이 소리다.

구두를 좋아하는 비가 온다
저만치 골목 끝에서 시작된 구두소리는
방문 앞에서 멈추고 문을 열지 못하는 젖은 손
밤새 서 있기만 한다

비처럼 수직으로 서 있는 엄마!

-「비는 구두를 신고 온다」 부분

이건 빨강 네가 아무리 우겨도 빨강

파랑 같아도 이건 빨강

노랑 같아도 이건 빨강

오렌지 같아도 바나나 같아도 이건 빨강

지금 이게 빨강이라고요?

-「계통」 부분

계란찜이 짜다는 말은 달빛이 짧다는 말,
내 귀는 닭 우는 소리보다 멀다

사과를 왼쪽으로 돌려 깎듯이

달의 자전보다 더 빨리 계란을 푼다
달의 껍질이 툭 끊어진다

냄비에 물을 붓고 작은 배를 띄운다
중탕이라는 말은 얼마나 비등점이 낮은가

달빛이 짧다는 말은
알 속에 뜬 보름달이 기운다는 말

어쩌면 저 닭은
달이 지는 것을 기뻐하며 우는 것일까

달빛 속에 하얀 실밥이 풀리고
번개처럼 편두통이 다녀간다

누가 내 머릿속에 또 계란을 풀고 있다

– 「한밤의 계란찜」 전문

다소간 거칠게 '소리의 시'들을 계열화 하자면 이와 같을 것이다. 첫 시 류에서 소리는 "구두소리", "정강이뼈 잘리는 소리"(「뼈 자르는 소리가 좋았다」), "참치 캔 뚜껑을 딴다"(「참치 캔 뚜껑과 수전증」)처럼 청각적 표상으로 도드라진다. 반복되는 낱말 내지 자음과 모음의 중첩의 형식으로 리듬이 만들어지는 두 번째 시의 류도 있다. 세 번째 부류 또한 그 자장 안에서 이채를 발한다.

닭과 달, 짜다와 짧다. 혹은 난자와 난자, 총알과 복어알("난자가 닌자라니, 정자를 만나지 못한 낭인浪人이라니, 총을 찬 복어라니, 총알 냄새와 복어알 냄새는 비슷한가요?", 「마카로니웨스턴」). 때로 도마와 토막("도마 위의 갈치처럼 / 축 늘어진 여자 // 사람들이 입으로 눈으로 / 토막 치던 여자", 「갈치, 여인」), 오리와 가오리("오리는 가오리 옷을 입고 / 가오리처럼 난다, 가오리의 속도로 난다", 「오리는 가오리 옷을 입고」).

일종의 말장난이라고 해야 할까. 조금 잘못 발음되면 서로의 이름으로 불릴 수 있는 닮고 다른 낱말들이 견인하는 시다. 낱말들의 간극을 도약하며 이미지가 전개된다. "달의 자전보다 더 빨리 계란을 푼다 / 달의 껍질이 툭 끊어진다." 계란 푸는 지상의 소소한 일이 우주의 달빛에 유비되기도 한다. 의미로는 관계없는 단어들 사이를 넘나드니 상상력의 테두리가 예상치 못한 방향으로 넓어지는 것은 물론이다. 그러면서도 그 비약이 부당하지 않다고 여겨지는 까닭은, 단어들이 음성적 인접성을 지녀 모종의 연상 작용 안에 놓여있기 때문일 것이다. 난반사 되는 것처럼 보이는 행들의 집합으로 쓰이는 목하 시들만큼 넓은 행간을 지녔지만 그보다 더 사려 깊게 짜여졌다

하겠다.

　이런 시는 단어의 의미를 겉잡기에 앞서 그 소리를, 소리가 지닌 파동을 먼저 요량해보게 한다. 그리운 일이다. 시가 노래에서 해리 된 활자 시대에 이르러 시어들의 음성적 자질이 그 위력을 온전히 발휘하지 못하는 것 같지만, 아직 세계가 주술 안에 있을 때 시는 소리만으로도 충만했다. 이를테면 미메스(mimes)—훗날 미메시스(mimesis)의 어원이 된 이름은 제의를 위해 전문적으로 소리를 흉내 내던 사제들의 것이었다. 일찍이 그들은 가뭄의 해갈을 원하는 사람들의 염원을 담아, 또 그것을 공유하기 위해 천둥소리를 모사했다. 근원적 형태의 시들 중 하나란 그런 것, 세계의 결핍과 소망을 담아내고 또 정서를 재창조(recreate)하는 소리.[27]

　불 꺼진 미메스의 제단 앞을 서성거리는 사제처럼, 석민재 시인은 소리로 먼저 시의 기척을 낸다. 쓰인 시가 이해를 요청하는 것과 다르게 쓰여 들릴 수 있는 시는 우리의 정서를 앞서 두드린다. 의미를 해독하지 않아도, 단어들이 지닌 소리의 형상 안에서 우리가 어떤 '기분'에 닿게 되는 것이다. 시의 기분을 밖으로 번지게 하는 가장 유연한 방식이라 할 수도 있겠다.

　이제 세 번째 시로 돌아가 볼까. 짧은 달빛의 밤, 쉬이 잠들지 못하는 누군가가 부엌에서 계란을 푼다. 뒤엉킨 알끈처럼 복잡한 그의 생각이 달과 닭 사이를 오가며 진동한다. 이 장면이 무엇을 상징하는 지, 어떤 전언을 담고 있는지 아는 일은 사실 그다지 중요하지

---

27)　제인 해리슨, 『고대 예술과 제의』, 오병남 역, 예전사, 1996, 35면.

　비로소 사랑하는 자들의 노래가 깨어나면

않을 것 같다. 그보다는 그 단어들이 뇌리 안팎에서 발음될 때 도착하는 길고 아득한 한밤의 감정 안으로 마음을 옮기는 편이 좋겠다. 이렇게 다시 적는다. 그런 시들과 만나면 우리는, 타닥거리는 소리에 이끌려 모닥불 앞에 모여든 여행자들처럼 문득 공동의 온기 안에 들어서는 것이다.

별 것에서 별것들로

그런 밤이 있지. 눈꺼풀에 무게를 가늠할 수 없는 추가 매달린 것만 같은데 불안이나 외로움이 기어이 그것을 밀어 올려 쉬이 잠들 수 없는 날. 해서 빗소리, 바람 부는 소리, 연필 사각거리는 소리에라도 기대어 마음이 잔잔해지기를 기다려야 하는 시간. 어둠 속에서는 어떤 다정한 말보다 한 줌 소리가 더 큰 위무로 닿아오지. 그것을 공명(共鳴)이라 해도 좋다면, 그에 관해 사뭇 생각하게 하는 시들이 있지. 누구에게나 참혹한 순간이 예외 없이 있다는 진실을 어루만질만한. 슬픔을 벽 삼은 밀실 안에 자기를 유폐시키는 누군가마저 밖으로 불러낼만한. 고통을 가열하게 견디는 존재들 쪽으로 계속 향하는 것이 그 시의 몫. 중력마저 앗아가는 무기력을 거스르며 ("이건 무중력, 이건 무기력.", 「귀문관살」) 내일 쪽으로 발을 옮기는 모든 여린 존재들의 뒤를 시가 따라 걷지. 비틀거리며 춤추며 노래하며.

도마 위의 갈치처럼

축 늘어진 여자

사람들이 입으로 눈으로

토막 치던 여자

며칠 동안 비가 내리고

갈치눈동자 같은 물웅덩이에

비릿한 구름은 떴다 사라지고

물웅덩이를 피하듯

여자를 피해가는 발자국들

(…)

나는 비틀거리며

도마 위의 길을 따라가고

―「갈치, 여인」 부분

제4부

'우리'의 좌표

우리의 정원은 우리가 가꾸어야 합니다[28]

잘 지내시나요

얼결에 내뱉는 무의미한 말처럼 여겨지기도 하는 이 안부 인사에 관해 자주 생각하게 되는 이즈음입니다. '우리'라고 한 번쯤 발음해 볼 법한 사람들 사이에는 분명 어떤 끈이 있겠습니다만 그것은 사실 매우 가늘고 느슨해서 어느 한쪽에서든 쉽게 놓쳐버릴 만합니다. 그런데 안녕을 묻고 또 그것을 돌려받는 과정이 계속되다 보면 그 끈이 덧대어지고 팽팽해져, 그저 무리일 뿐일지 모르는 우리의 관계가 비로소 선명해지기도 합니다.

안녕을 묻는 일이 생각보다 여러 겹의 도타운 마음을 전제 삼기 때문입니다. 인사를 건네려는 상대를 아끼는 마음, 그가 혹독한 날

---

28) '우리의 정원은 우리가 가꾸어야 한다.'라는 구절은 볼테르의 『쟈디그·캉디드』(이형식 역, 펭귄클래식코리아, 2011.)에서 빌려온 것입니다. 볼테르의 저서 및 슬라보예 지젝의 『팬데믹 패닉』(강우성 역, 북하우스, 2020)의 영향 안에서 이 글을 썼음을 미리 밝혀둡니다.

에 상처 입지는 않았을까 염려하는 마음, 그의 무사함에 감사하는 마음. 고백하자면 개인적으로 지난 일 년은, 이 인사와 마음의 가치에 무감해져 있었다는 사실을 알아차리고 인정하는 시간이었습니다.

팬데믹의 발생 이후 이렇듯 간과되었던 무언가가 다시금 위력을 내보이며 귀환하는 일이 잦아졌습니다. 인간이 무엇에 취약했고 무능했는지, 어떤 구조적 문제가 있었는지, 부당한 특권과 불평등이 어떻게 묶인됐는지 폭로되고 그에 관한 성찰도 이루어졌습니다. 낯설고 불안한 일상을 명명하기 위해 우리는 종종 아포칼립스라는 단어를 빌려오는데, 이것의 진짜 의미는 종말이 아니라 '무언가를 폭로한다'라는 것입니다. 지난겨울 이후의 시간은, 말 그대로 아포칼립스-진실이 밝혀지는 순간들의 연속이었습니다.

돌이켜보면 2020년은 이 유의미한 폭로를 기꺼이 자임한 '아포칼립스 시'의 해이기도 했습니다. 정상적인 것으로, 보편적인 것으로 용인되어왔던 세계의 상식과 규준을 검토하고 그로부터 비롯된 폭력이 세계를 몰락 쪽으로 걷게 했음을 인정하기 위해 많은 시들이 쓰였고 이 행보는 아무래도 계속될 수밖에 없을 것입니다. 이 생각을 갈피끈 삼아 겨울의 시들에 끼워두었습니다. 그중 몇 편을 안부 인사에 실어 보냅니다.

메아 쿨파(mea culpa)

사람들이 사라지면 건져지는 건 숫자뿐이다 늘 그렇듯 둑이 무너졌고 둑이 없는 곳은 모든 게 무너지던 여름, 사람들은 전부 둑 때문이라고 했다 숫자란 늘 바쁘니까, 아무도 건져진 것들을 추억하지 않고 건져진 것들은 아무도 믿지 않아, 세상이 일시에 수몰지구가 되는 모습을 보았을 때 나는 무너지지 않는 것은 아무것도 없다고 쉽게 생각할 뻔했다 우리는 아무것도 지은 적 없는데 어디까지 사람이었는지도 알 리 없지

사람들이 사라지고 우리는 무너진 숫자들을 일일 상황판에 표시하는 일로 경황이 없었다, 여름이었다 그런 여름이 유행인 것 같았다

– 류성훈, 「메아 쿨파」(「현대문학」, 2020년 11월호) 중에서

상실과 슬픔을 자아내는 재난이 발생하면 우리는 새삼 "둑"에 대해 생각하게 됩니다. 말하자면 인간의 생명을 보호해줄 수 있는 구조나 시스템이 건재한지, 그에 혹시 균열이 있었던 것은 아닌지. 또는 사회적 사각지대나 취약계층의 주위에는 사실상 "둑"이랄 것이 없는 셈이나 마찬가지였던 것은 아닌지.

재난이 일시적 평등 상태를 만든다고 여기는 경우도 있습니다. 이를테면 바이러스는 누구나 감염시킬 수 있기 때문입니다. 다만 감염 전후의 상황에서 불평등이 발생할 수 있는 여지 역시 늘 도사리고 있

습니다. 요컨대 우리는 같은 배에 타고 있기는 하지만, 기관실과 일등석과 삼등석의 구분은 여전히 존재합니다(지젝). 해서 "둑이 무너졌고 둑이 없는 곳은 모든 게 무너"졌다면 구조와 시스템의 문제를 주시하고 그에 대해 온당한 항의를 할 필요가 있습니다. 다만 이 세계를 "수몰지구"로 만드는 원인이 비단 여기에 있는 것만은 아닙니다.

재난의 상황에서, 혹은 그 이후에 공식적 기록에 남는 것은 숫자입니다. 사상자의 수가 수치화, 계량화되어 미디어라는 "상황판"에 게시되기 때문입니다. 바로 오늘도 경험하고 있듯 이 숫자는 분주하게 바뀌는 중이어서 시간이 좀 더 지나면 잊히거나 그 진실성을 의심받을지도 모릅니다. 숫자 너머에 있는 사람들의 이름이나 사정을 알고자 공들이는 이는 무척 드물 것입니다.

악화한 현실에 대한 책임이라면 외부에 전가하고 사는 것이 편할지 모릅니다. 그러나 "사람들이 사라지면 건져지는 건 숫자뿐"인 현실은 이따금 우리가 타자의 고통에 지나치게 무감각해지고 있는 것은 아닌지 물어옵니다. 이쯤에서 이 시의 제목에 관해 말해야겠습니다. 메아 쿨파, 이 세계에 대한 책임이 자신에게도 분명히 있다고 일부러 생각하는 것.

하루하루 고단해지는 일상과 수척해지는 감정 안에서 이 '메아 쿨파'를 되뇌는 일은 분명 수월하지 않을 것입니다. 하지만 누군가의 불행을 나의 삶과 연관 지으며, 내가 놓친 것이 무엇인지, 내가 할 수 있는 것은 또 무엇인지 생각하려는 이 마음이 기울어진 세계를 조금은 되돌려 놓으리라 생각하게 되는 계절입니다.

상상이라는 사소한 실천

써놓으니 거창해 보이지만 '메아 쿨파'를 짊어질 수 있는 마음으로 가는 노정에는 한 가지, 작은 실천만 동반되면 됩니다. 바로 나와 타자 사이의 시차를 뛰어넘는 상상력을 발휘하는 일입니다.

쓰러진 것들을 다시 일으키려면
옆에 누워 있어줄 수밖에 없었다

찬바람을 맞아도 나른했다
몸은 생활을 꿈속에서
이어나가기로 한 것 같은데
눈은 감기려고 하지 않아서

아주 평온한 가위에 눌렸다
귀신도 깨우려고 보채지 않았다
물가에서 망설이는 물갈퀴처럼
철 지난 저항은 쓸모없었다

아름다운 저승에 대해 들어본 적이 있다
그곳에선 귀신들도 종교를 가졌다
생전에 몸속 깊숙이 숨겨 두었던

알전구처럼 가난한 태양을 꺼내 들고

산 자들을 위해 기도를 한단다

— 이기현, 「춘곤증」(『현대시학』, 2020. 11/12월호) 중에서

오래 전 한 시인은 '그가 누웠던 자리에 누워본다'라는 구절로, 병든 세상에서 앓는 사람들의 아픔이 다감하게 포개지는 장면을 그려낸 적이 있습니다(윤동주, 「병원」). 그 시의 화자는 내가 당신의 심정을 다 안다고 손쉽게 말하는 대신 그가 막 떠나 온기가 남아있는 자리에 가만히 마음을 겹쳐봅니다. 이 시가 요즘 들어 자주 생각이 났는데 아마도 그래서일 것입니다. 옮긴 시의 첫 연을 몇 번 눌러 읽었습니다.

그러니까 화자는 쓰러진 존재를 무작정 일으키려 하는 대신 옆에 누워 그(것)의 감정을 헤아리는 중입니다. 그러다 가위에 눌리지만 그 가위는 가위답지 않게 평온해서, 오히려 옛날에 들었던 "아름다운 저승"에 관한 소문을 떠올리게 합니다. 그곳의 귀신들은 누군가를 위해 기도하는 마음을 태양처럼 몸속에 키우고 살았던 이들이어서 아직도 산 자의 안녕을 빌어준다고 합니다. 삶과 삶을 잇고 삶과 죽음을 연결하는 이 아득한 헤아림의 풍경이 깨지 않기를 바라게 되는 봄날의 꿈처럼 애틋합니다.

새는 인간의 말을 할 수는 없다. 그러나 새가 어린이의 창가에 내려와 앉았을 때, 하나의 다리로 비틀거리다 이윽고 날개

를 접고 앉았을 때, 새와 어린이는 서로를 마주보았다. 어린이는 창가의 책상 앞에 홀로 앉아 있었다. 새도 혼자였다. 둘은 서로의 음성을 들었다. 안녕? 어린이가 물었다. 새는 새답게 고개를 앞뒤로 갸웃거리거리며 쩍쩍, 소리를 냈다. 어린이는 새의 행동을 오해했다. 어린이는 새가 없는 다리 한쪽이 그리워 운다고 생각해보았다. 그러나 새에게는 인간의 생각이 없다. 새는 새의 생각을 할 뿐이다.

어머니가 들어와 창문을 닫으셨다. 새는 날개를 푸드덕거리며 날아올랐다. 멀지 않은 길가의 가로수 높은 가지 위에 앉는다. 어린이는 저녁 식탁 앞에 앉는다. 수북한 야채 그릇을 가리키며, 먹고 싶은 만큼 덜어 먹으라고 어머니가 말씀하신다. 실내에는 고기 굽는 냄새가 가득하다. 어린이는 다리 없는 새를 생각하며 눈앞에 놓인 닭다리를 바라본다. 이것을 돌려줄 수 있다면, 어린이가 생각한다. 이것을 돌려줄 수 있다면……, 그러나 돌려줄 수 없는 거라면 먹어야 하는 걸까. 어머니가 닭고기 먹기 싫니? 물으셨고, 생각에서 갓 깨어난 어린이는 뭔가 끔찍한 일을 당한 사람의 표정으로 어머니를 바라본다.

– 임유영, 「생일 기분」,(『현대문학』, 2020. 12월호) 중에서

'그가 누웠던 자리에 눕는' 이 상상적 실천은 인류 바깥으로도 얼마든지 번져나갈 수 있고, 또 그래야 할 필요가 있습니다. 여기, 다리 한쪽이 없는 새가 온종일 날다가 문득 어린이의 창가에 내려와

앉았습니다. 둘은 서로의 음성을 들었지만 그야말로 음성뿐입니다. 각자의 소리가 어떤 의미와 감정을 담고 있는지 아무래도 알 수 없을 것입니다. 새는 "인간의 말을 할 수는 없"고 "새의 생각을 할 뿐"이며 어린이 쪽도 마찬가지인 까닭입니다. 화자가 그려내는 것은 이렇듯 새와 인간의 교감 장면이 아니라, 둘 사이의 불가피한 단절 국면입니다.

인간은 그간 자신의 상식으로 타자의 상황을 진단하고 자기 기준에서 타자에게 모종의 행동을 가해도 된다고 여기며 살아왔을지 모릅니다. 동식물 위에 군림하여 생태계의 균형을 파괴하면서도 충분한 경각심을 갖지 않았고, 그래서 이른바 인류세라고 불리는 기간 지구의 생명은 거의 한계 상황까지 내몰렸습니다. 그리하여 이 시는 다분히 인간의 입장에서 '그래도 괜찮다'라고 간주해온 것들을 중지해야 한다고 말하는 것도 같습니다.

그러나 이 인간과 인간 외부(때론 인류 내부)에서 자행되는 구별 짓기와 위계 만들기는 어디까지나 그것을 주도한 어른들의 과오입니다. 아직 그에 익숙하지 않은 어린이는 새를 내려다보는 대신 그와 "마주 보았습니다." 새의 말을 정확하게 알아듣지는 못하지만, 어른이 지배자의 입장에서 새의 행동을 넘겨짚는 것과 아이가 이웃의 자리에서 새의 음성을 다르게 번역하는 것 사이에는 분명한 간극이 있습니다. 앞의 것이 무례한 오인에 가깝다면 뒤의 것은 사려 깊은 헤아림이 될 수도 있습니다—결국 어린이는 새의 고통에 대해 생각하다가 "뭔가 끔찍한 일을 당한" 기분이 되어버립니다.

비로소 사랑하는 자들의 노래가 깨어나면

어쩌면 세계의 파산은, 세계의 중심을 자처해온 인간의 상상력-없음 혹은 그릇된 짐작으로부터 비롯되었다고도 할 수 있을 것입니다. 그래서인지 옮긴 시들은 매한가지의 목소리로, '누구나 자기 외부의 고통을 감지하는 레이더의 전원을 간혹 확인할 필요가 있다'고 나지막하게 말해줍니다.

우리의 정원은 우리가 가꾸어야 합니다

비는 질색이야
장마 때만 되면 우울해진다고!
이곳은 1년 내내 비가 내리지 않는 곳이 되었다

사람들은 퍼석퍼석해졌다
흙보다는 모래에
티끌보다는 먼지에 가까워졌다

우산이 양산이 되었다

햇볕에 강하게 내리쬐면 칠색팔색을 해
오후 두 시만 되면 눈살이 찌푸려진다고!
이곳은 노상 해가 뜨지 않는 곳이 되었다

사람들의 안색이 어두워졌다
모래보다는 진흙에
먼지보다는 그림자에 가까워졌다

선글라스가 안대가 되었다
질색에 칠색과 팔색이 더해졌는데도
이곳은 색조를 잃고 말았다
정치색조차 철저하게 보안되었다

이따금 구름이 하늘에 출현했지만
웃는 법을 아직 잊지 않은
어린아이 외에는 올려다보는 이가 없었다

이곳은 그곳이 되었다
저곳도 그곳이 되었다

이곳저곳이 다소곳이 그곳이 되었다

— 오은, 「그곳—유토피아」(『파란』, 2020. 가을)

　일찍이 볼테르는 캉디드 혹은 팡글로스라는 인물을 자기 소설 속에 내세워 '세상이 최선의 것들로 이루어져 있다'라는 라이프니츠 류의 낙관론을 부정했습니다. 다만 세상에 대한 긍정적 전망을 부정하려는 것이 아니라 현재 딛고 선 삶의 토대를 지키기 위해, 공동체의 구성원 모두가 책임을 나눠서 져야 한다는 뜻을 내비쳤던 것입니다. 그 끝에 그는 이렇게 적었습니다. '우리의 정원은 결국 우리가 가꾸어야 합니다.'

　장마는 질색이라고 생각하는 사람들의 욕망이 모이고 쌓여 비가 오지 않는 세계를 만들어냈습니다. 그런데 사람들마저 모래나 먼지처럼 퍼석퍼석하게 변해갑니다. 이번엔 강한 햇볕에 칠색 팔색하는 사람들의 바람이 현실이 되어 노상 해가 뜨지 않습니다. 그러고 나니 사람들의 낯빛도 어둠과 그림자의 색으로 바뀌었습니다. 자, 많은 이가 바라던 바를 이루었으니 이곳은 유토피아여야 맞겠는데 디스토피아에 가까워 보이는 것은 기분 탓만이 아닐 것입니다. 이 세계란 최선의 결과물이 아니며 인간이 언제나 최선의 방향으로 세계를 밀고 나가고 있는 것도 아닙니다.

　우리는 팬데믹이 폭로하는 많은 진실 앞에서, 앞으로도 계속 겸허해질 도리밖에 없을 것입니다. 역사가 진보하고 있다는 믿음이 오판이었음을 인정하고 아주 작은 책임이라도 나눠서 지기 위해 마음을 부풀리는 것 외에 실은 더 무엇을 할 수 있을지도 알 수가 없습니다. 다만 인간의 무감함을 매개 삼아 비극이 더 전파되지 않도록, 최소한 소중한 이들의 삶이 무사하도록, 우리의 정원을 우리가 함께 가꿔나가기를 소망합니다.

고독의 박물지

―――――――

비범할 것 없는 모월 모일의 하루.

메신저와 SNS 프로필 속 자기로 분해 간밤의 소식에 응답하는 것이 아침 루틴. 붐비는 지하철이나 버스에 실려서는 지척의 누군가와 최대한 닿지 않도록 주의를 기울인다. 오후 온라인 회의 참석자가 수다한데 그중 눈을 맞출 수 있는 이가 아무도 없다. 회의 주재자도 무소용의 눈빛 대신 음성으로, 그러니까 참석자의 이름을 부르는 것으로 자기 시선의 방향을 고지하려 분투한다. 식사 자리에서 부득불 얼굴을 노출하니 말수는 급격히 줄어든다. 고여둔 말이나 감정은 메신저와 SNS 프로필 속 자기에게 맡기기로 한다. "호명되는 여럿의 내가 나를 위임하고 있었다."(박민혁, 「회고전」, 『현대시』, 2021.9.) 얼굴을 가리고 산개하여 각자도생의 길을 걷는 사람들. 물론 온라인상의 페르소나끼리는 초연결된 채로. 집단생활이 점점 더 온라인 활동에 외주화되고 있다. 옆자리의 사원이 태그니티tag-community에서 알게 된 지인보다 심적으로 멀게 여겨져도 별수 없을 것이다. 요는 모두 같이 있지만 누구와도 같이 있지 않다. 모두를 알아도 누구도 잘 알지 못한다. "고독 지옥"(서윤후, 「고독지옥(孤獨地獄)」, 『파란』, 2021년 가을)은 늘 이런 느낌의 순간에 컴컴한 입구를 드러내곤 한다.

　이 계절의 시들 중에서는, 유독 자주 눈에 띄었던 고독의 우화에 갈피끈을 끼워두었다. 우화가 동원된 것은 실재를 갈무리하는 일에 대한 피로감 때문일까(지겨울 만큼 고립된 삶이 오래 지속되고 있으므로), 고독하다는 사실을 알아도 잘 발설하지 않는 사람의 본성 때문일까(인정하면 외로우니까). 어느 쪽이든, 여러 시에 고독한 '나'가 있었고 이 '나'들은 자신의 자리나 처지, 상태와 발화 방식으로 비범할 것 없는 모월 모일의 더없이 고독한 하루를 변주하는 중이다.

　　아침 일찍부터
　　뱀파이어 철학도가 나오는
　　삼류 영화를 보면서 흰 우유를 마신다
　　빈혈이 있어서 헌혈을 못한다는 사실을 떠올리면서
　　흰 우유를 마신다

　　손으로는 부활절 토끼와 달걀을 그리면서

　　뱀파이어 영화를 흑백으로 찍는 이유는

피의 캄캄함을 극적으로 보여 주기 위해서다

어떤 사랑은 검고 불투명한 천을 뒤집어쓰고서
이쪽을 본다 건너편에서 나와는 무관하게
눈구멍만 뚫어 놓은 검은 유령처럼 이쪽을 쳐다본다

사람들이 사라지는 순간
진짜로 사라지는 건 아니고
내 눈앞에서만 하나둘씩 사라지는 순간을 알게 되고

카메라 앞에 선 배우는 자의식이 없어
흡혈귀를 연기해야 할 때는

그렇구나 매일 보는 사람인데도 몰랐구나
왼쪽 목에 점이 있구나
외로운 사람은 목덜미를 가진 사람
사람에게는 다 목이 있구나

오래 혼자 있었던 사람에게서만 나는 냄새
진짜로 냄새가 나는 건 아니고
내 앞에서만 변하는 낯빛과 기운을 알게 되고

해도 안 졌는데 정오도 안 됐는데
물감과 케첩과 피가 구분되지 않는
붉은색 영화를 본다 사람이 살고
뱀파이어가 죽는다

— 원성은, 「뱀파이어」, 계간 『파란』, 2021년 가을호.

이 시의 '나'는 구태여 아침에(뱀파이어의 활동에 제약이 생기는 시간에), (흑백 영화 속 검은 피와는 대척점에 놓인) 흰 우유를 마시며 뱀파이어 영화를 본다(뱀파이어는 스크린 같은 벽을 두고 지켜보는 것이 적당하다). 이것은 뱀파이어를 멀리하려는, 절대 그에게 물리지 않으려는 방책. 이 '나'와 뱀파이어 이야기를 고독에 관한 알레고리로 읽어보면 어떨까.

'나'는 뱀파이어-고독에 잠식당하기 싫어하는 자여서 겨우 스크린 너머로만 고독이 영토를 넓혀가는 일을 지켜볼 뿐이다. 그런데 그렇게 주시하다 알게 되는 것이 있다. 고독의 전염력이 예상보다 강하다는 것. 그것은 외로운 사람의 연약한 "목덜미"를 향해, 또는 특유의 "혼자 있었던 사람에게서만 나는 냄새"를 향해 주저 없이 돌진한다. 그런데 이 목덜미나 냄새라는 것이 특정인의 소유도 아니다. "사람에게는 다 목이 있"듯이 누구에게라도 철저히 외로워지는 순간은 분명 있는 것이다.

이것이 '나'에게 모종의 위안이 될 수 있는 까닭은 '나'가 홀로인 자여서다. '나'란 "사람들이" "내 눈앞에서만 하나둘씩 사라지는 순간을" 경험했던 이, 아침부터 단독으로 뱀파이어 영화나 볼 뿐인 이다. (스크린을 사이에 둔 응시는 사실 쌍방향으로 이루어졌다. "눈구멍만 뚫어놓은 검은 유령처럼" 뱀파이어-고독 또한 '나'의 외로움을 간파했다는 듯 이쪽을 쳐다보고 있었다.) 기실 '나'의 발화에는 여하한 청자도 없다. 가령 6연에서 '내'가 아무리 힘주어 고독에 관한 깨달음을 외친들 '-구나'는 감탄의 뜻을 담보한 혼잣말에 쓰이는 종결 어미인 것.

결정적으로 7연의 발화는 '나'가 곧 영화 속 뱀파이어 일 것이라는 추측을 남긴다. 6연에서만 해도 '나'는 관찰자의 입장에서 카메라 앞에 선 흡혈귀 배우에 관해 서술한다. 그러나 7연에 이르러서는 마치 스스로가 배우라도 되는 듯, 흡혈귀의 발화를 자기 목소리를 겹친다("그렇구나 매일 보는 사람인데도 몰랐구나."). 그러면서 8연과 9연의 장면은 영화 속 그것으로 전환이 되고, 9연은 물감이나 케첩을 피처럼 바른 배우가 있는 낮의 촬영장을 묘사하며 끝이 난다. (영화는 흑백 처리가 되어 관람자에게는 피가 검은색으로 보이지만, 영화를 찍은 배우에게 피는 붉은색으로 보일 것이다.)

그러니 이렇게 말해도 되겠다. '나'는 뱀파이어(빈혈을 앓는다는 표지도 있다). 고독에 물리지 않으려 애쓰나 이미 고독한 자. 그리고 작년 봄 이후의 우리도 아마 그와 같은 자. 지금도 우리는 같이 고독한 채로 따로 있으니 말이다.

당신은 네모난 공중에 나를 그려놓았는데

나는 벽지에 그려진 구름처럼 아무 소용이 없다

뭉개지는 얼굴에 스며드는 무표정

생물과 무생물 사이에는 가끔 곤혹이 있고

언젠가의 기분을 되살리려 애쓰면서

우리는 점점 과거로 변해간다

당신은 입술을 굳게 다문 나를 그려놓았지만

어쩌면 그것은 무생물이고요

언제부터였을까

잠 속에서 꿈을 꾸고 꿈속에서 자는 것

지금 꾸는 꿈이 꿈인지 잠인지 알 수 없는 것

꿈에서 본 것이

당신이었는지 당신이 그린 나였는지

왜 구름 벽지에서 빗물이 뚝뚝 떨어지는지

도무지 알 수 없는 것

오랫동안 원형감옥이라고 믿고 있었던 그림에

포도나무 가지의 일부를 횡단면으로 절단한 다음 중간 아래

쪽을 반으로 쪼갠 것*

이라는 제목이 아주 조그맣게 붙어 있는 것을 발견한 날

꿈 속에서 열 손가락이 가시덤불처럼 자라난다

* 니어마이아 그루의 『식물 해부』(1682)에 실린 그림

– 강은진, 「무생물 도감」, 『공정한 시인의 사회』, 2021.10.

이 만연한 고독 속에서 우리의 관계는 어떻게 변해가고 있는가. 여기 아주 보통 사이인 두 사람이 있다. '나'의 상대는 '당신'인데 '너'로 부를 수 있는 가볍고 가까운 존재도 아니고 '그대'라 칭할 수 있을 정도의 내적 친밀감을 지닌 정다운 이도 아니다. 그래서 '보통의'라는 수식어가 어울리는 가장 일상적인 관계, 그 내부에 '나'와 '당신'이 있다. 둘은, 마사 누스바움의 말을 빌리자면 '중간 영역'에 있는 셈. 이곳은 깊은 신뢰 관계에 놓여있는 것은 아니지만 사인(私人)으로 존재하는 사람들과 교섭이 벌어지는 영역으로 사람은 삶의 많은 시간을 여기서 보내게 된다.

맥락상 그들 사이에 일정한 거리 또는 시차가 존재한다는 것만은 엄연해 보인다. 둘은 어찌어찌, 겨우겨우 피상적으로 아는 사이인데—어제 모니터 저편에서 어색하게 첫인사를 했거나 그제 마스크 뒤에서 보이지도 않는 웃음을 나누었을지도 모르겠다—그 앎의 밀도가 상당히 낮아보인다. 그리고 보면, 특히나 이즈음 영위되는 관계 안에서 '당신'이 안다고 믿는 '나'는 당신이 상상한 '나'의 편린일 뿐 마치 꿈속에서 만난 '나'처럼 실재와 다르다.

최근 혹 그런 적이 없었는가. 꽤 안다고 여겼던 상대가 상이한 모습으로 불쑥 다가와, "오랫동안 원형감옥이라고 믿고 있었던 그림"이 사실 "포도나무 가지의 일부를 횡단면으로 절단한 다음 중간 아래쪽을 반으로 쪼갠 것"이었음을 알아차렸을 때처럼 곤혹스러워진 날이. 이 관계를 무어라 부르면 좋을까. "생물과 무생물 사이" 정도로 간주해도 비약은 아니지 않을까.

이 '나'의 위치나 상태는 시의 발화 방식을 통해서도 드러난다. 이 시에서 '나'가 하는 이야기를 듣는 이는 오로지 '나'뿐이다. '당신'이라는 호명으로 인해 언뜻 청자가 있는 것처럼 보이지만 그는 '나'의 현실에 부재하는 까닭에, '나'는 그저 '우리'를 떠올리며 고독한 사색 내용을 읊을 뿐이다. "당신은 입술을 굳게 다문 나를 그려놓았지만 / 어쩌면 그것은 무생물이고요"가 이 시에서 유일하게 청자를 전제하여 건네는 투정이나, 이어지는 "꿈"에 관한 진술이(화자가 잠든 것인지, 꿈을 꾸는 것인지도 알 수 없다는 것) 그 말마저 공중으로 휘발시킨다. 이렇듯 자기를 제외하면 거의 아무것도 없는 진공의 공간, 혹은 "무생물 도감"에 '나'가 있다. 바꿔말해 이즈음 우리는 서로의 "무생물 도감"에 수집된 타자일지 모르겠다.

때로는 숨 쉬는 걸 잊는다
나만 그런 거 아니지
대답을 듣기 위해 묻는 사람처럼
숨을 잊기 위해 사는 사람처럼

거북이는 일 분에 한 번 숨을 쉽니다 가끔은 숨을 잊고 잠들
어 깊은 바다에 뼈로 남은 거북이의 무덤을 볼 수 있답니다

잠을 자다가 육지로 가는 걸 잊은
거북이를 떠올리며 파도를 찍을 때

사람들이 저마다 숨을 내쉬고 있다

호흡을 배우면 알게 되지
어떤 걸 쉬고 어떤 걸 뱉는 게
얼마나 까다로운지
(…)

호흡이 빠르면 좋지 않아요

이웃은 열두 아이를 잃었고
열두 아이의 속옷이 빨랫줄에 널려 있었다
이웃은 아내에게 총격을 가했고
이웃의 아내는 여성운동가가 되었고
이웃은 도살장에 끌려간 영혼이 새끼를 찾는 소리를 들었고
이웃은 커다란 솥에 죽을 오래 끓였고
이웃은 모두에게 용서하라고 권하였다

이웃은 총살장에 끌려갔다

이제 어떻게 호흡하죠?

들이마시고 1,2,3,4, 잠시 멈추고
후 5,6,7,8 반복합니다
깊게 내쉬고 뱉을 때 주의하세요

온전히 들어올 수 있게
다시 다 내뱉을 수 있게

태초의 이름을 어루만지듯이
숨을 쉬어야 한다

여전히 살아 있듯이
인류의 역사는
발버둥 치니까

– 김소형, 「사라진 사람이 이름을 부를 때」, 『현대시』, 2021.8.

다만 우리는 이렇게도 생각해볼 수 있지 않을까. 이 시의 '나'는 호흡법을 배우면서 고독에 관해 이야기하는 사람이다. 발화의 맥락에 주목해보자면, 일견 '내'가 호흡법을 가르치거나 함께 배우는 사람들과 대화를 하는 것처럼 보이지만 사실 그렇지가 않다. '내'가 건네는 대부분의 말은 고독에 관한 상념을 펼쳐내는 독백이나 다름없다. 요컨대 '나'는 군중 속에서 일부러 고독한 환경을 구축하고 그 안에 자발적으로 입장하는 것이다. 무엇을 말하고 싶기에 그는 그 수를 택했을까.

첫 행이 질문에 대한 답을 넌지시 들려준다. '나'는 "때로는 숨 쉬는 걸 잊는다"고 했다. 이 문장은 타자(지향성)를 환기한다. 왜 그러한가. 바로 이어지는 연에서 "거북이는 일 분에 한 번 숨을" 쉬는데 "가끔은 숨을 잊고 잠들어 깊은 바다에 뼈로 남"는다고 했다. 모든 생명체는 숨이 멎으면 죽는다. 그 순간만큼은 자기가 자기를 어찌할 수 없어서, 내가 숨을 안 쉬고 있음을, 숨을 쉬어야 함을 알려주는 누군가가 곁에 있어야만 한다. 그리하여 '나'는 거북이와 다르다는 것을, 내 곁에 누군가 있음을 알고자, "대답을 듣기 위해 묻는 사람처럼" 가끔 숨을 멈췄던 것이다.

관계가 아니라 고독에 대한 사유야말로 종종 타자성을 받아들일 수 있는 공백이 되어주는 이유가 여기에 있다. 고독을 상정할 때만 인간은 스스로가 필연적으로 상호 의존적이라는 사실을 깨닫게 된다. 나에게 타자가, 타자에게 내가 필수불가결한 순간이 반드시 있다는 것을 말이다. 그리하여 '나'는 일부러라도 자발적인 고독의 순간을 구축하는데, '나'의 숨에 집중하는 순간이 가장 이로웠던 듯하다.

호흡하는 것조차 쉽지 않다는 사실을 알아차렸을 때, 저마다가 자기 자리에서 생각보다 힘들게 호흡하고 있다는 사실을 감각했기 때문이다. 그리하여 '나'는 이제 호흡이 빨라진 사람들— 열두 아이를 잃은 사람, 총격을 당한 사람, 총살장에 끌려간 사람들을 생각한다. 이렇게 그들은 '누군가'의 자리에서 '이웃'의 위치로 옮겨졌다. 고독의 타자성에 관해 이렇게 들었다.

　늦여름과 가을의 시들이 마치 고독의 박물지처럼 읽혔다는 사실은 우리에게 드리워진 고독이 길고 지난하다는 사실을 방증하는 것도 같다. 하여 고독한 화자의 독백은 대체로 차갑고 또 따갑지만, 그것이 고단한 현실을 경유하는 와중에도 어떤 의미를 남길지 번민하는 이의 목소리라는 것만은 분명해 보인다. 그리고 우리는 그런 독백을 엿듣기 위해 종종 시를 읽는다.

세 개의 의자, 혹은 Constructive Solitude

고독으로부터 배운다

여기 한 사람이 있다.

꼭 보편적인 성공의 기준에 맞춰 인간의 삶을 재단해야 한다면 그는 실패한 자에 가까울 것이다. 살아가는 내내 자신이 태어난 시골의 경계를 넘지 않았고 생의 많은 시간을 고독 속에서 소요하며 보냈다. 이웃들은 그런 그를 괴팍한 은둔자라고 불렀다. 그 스스로는 가정교사, 측량사, 정원사, 농부, 그리고 이따금씩 엉터리 시인이었다고 자신을 평가했다. 다만 그가 세상을 떠난 지 십 년 후쯤이 되자, 그를 뒤늦게 추억하기 시작한 사람들이 흔적으로만 남은 그의 집터에 조용히 돌탑을 쌓아 올렸다. 그로부터 더 긴 시간이 흐른 작년 이맘때쯤엔 그 사람에 관한 이런 이야기가 많은 이의 텅 빈 마음 안에서 포개어졌다.

"우리는 소로가 창안한 '건설적인 고독'으로부터 많은 것을 배울 수 있다.

(And we can learn a lot from what Thoreau created from it: constructive solitude.)"[29]

2020년 4월, COVID-19가 팬데믹으로 선언된 지 한 달여가 지 났을 때 〈뉴욕타임즈〉에는 '그 사람', 즉 헨리 데이비드 소로(Henry David Thoreau)의 삶과 태도를 재발견하자는 취지의 글이 실렸다. 필 자는 그 말미에 '건설적인 고독'이라는 표현을 남겨두었는데 당시 이 말에 공감을 표시하는 이가 많았던 이유는, 우리가 거리 두기와 고 립이 일상이자 미덕이 된 감염병 시대의 주민이 되었기 때문일 것이 다. 그리고 나서 꼬박 일 년이 지났지만, 우리의 자리는 슬프게도 그 다지 달라지지 않았다. 해서 다시금 돌이켜도 좋을 것이다. 저 소로 의 고독에는 왜, 어떤 이유로 '건설적인'이라는 수식어가 동반될 수 있었을까.

월든 호숫가 근처의 땅을 빌려 통나무 집을 짓고 홀로 사는 동안, 소로는 생존을 위한 활동은 최소한으로 줄이고 대부분의 시간을 자기에 관한 사유에 할애했다. 어떻게 살지, 가장 가치 있는 삶이란 무엇인지 찾기 위해 의도적으로 자신을 고독 속에 격리했던 것이다. 그리하여 그는 종종 은둔자나 염세주의자로 오인되기도 했지만 사

---

29) Holland Cotter, "Lessons in Constructive Solitude From Thoreau", *The New York Times*, April 9, 2020. 헨리 데이비드 소로의 삶에 관한 언급은 이 글에서 빌 려왔음을 밝혀둔다.

실 그 분리가, 타인이나 사회로부터의 완전한 단절을 의미하는 것은 아니었다.

소로는 가끔 마을로 나가 사람들을 만났고 간혹 사람들이 그의 집에 오기도 했다. 그런 삶에 대해 그는 이렇게 적었다. "나의 집에는 세 개의 의자가 있다. 혼자일 때는 하나, 친구가 찾아오면 두 개, 사교를 할 때는 세 개를 쓴다."[30] 그는 자기 삶을 깊이 성찰하기 위해 자발적으로 고독에 곁을 주었지만, '나'에 대한 가장 깊은 고민은 결국 타인과 세계에 대한 생각으로 연결될 수 밖에 없어 결국 기계문명이 난도질하는 자연을, 핍박당하는 이웃을 내내 떠올렸던 것이다. 그의 첫 번째 의자/고독이란 두 번째 의자/우정, 세 번째 의자/사회로 옮겨가기 위한 일종의 경유지였던 셈이다.

그리하여 언젠가 버지니아 울프는 소로를 위해 이런 내용의 기고문을 발표했다. "그가 숲에서 살기를 선택하든, 공화국의 대통령이든 간에. 소로가 무한한 노력을 들여 작은 책들로 압축해놓은 그의 수많은 일기들은 이 독립적인 사람이 얼마나 간절히 다른 이들과 진정으로 소통하고 싶어했는지를 잘 보여준다. (…) 소로를 읽은 사람이라면 누구라도 그의 이러한 소망에 무심하진 못할 것이다."[31]

우리의 고독은 불가피한 선택이었다는 점에서 물론 소로의 그것과 얼마간 다르다. 하지만 고독을 활용하는 방식만은 그에게서 분명히 배울 수 있을 것이다. 철저히 혼자인 순간에도 '나'는 모종의

---

30) 헨리 데이비드 소로, 『월든』, 펭귄하우스클래식, 2010, 182면.
31) 박명숙, 『소로의 문장들』(마음산책, 2020)의 서문에서 재인용.

'관계 속 나'라는 것, 애초에 '나'라는 존재가 성립하기 위해서는 '타자'가 있어야만 한다는 것, 그리하여 우리는 서로의 타자라는 것. 계속되는 고독 속에서 이것을 생각하며 나름의 의자를 마련해간다면 말이다. 봄의 시들을 읽다가 문득, 그런 생각이 들었다.

혼자 있을 때도 혼자가 아니다

혼자인 순간에도 '나'는 '관계 속 나'라는 것, '나'라는 존재가 성립하기 위해서는 '타자'가 있어야 한다는 것, 그에 관해 들려주는 두 편의 시를 먼저 옮긴다.

그는 침묵을 관장하는 사람이다 그의 일은 침묵을 세심하게 관리하기 쉽도록 분류해 두는 것이다 그는 침묵을 장악하지는 못하더라도 관리할 수 있다고 믿었다

침묵의 분류 관리 통제는 그의 업무 전반에 걸친 일인데 모든 침묵이 간단하게 분류되는 것은 아니어서 그는 침묵을 맡아 다루는 일에 심혈을 기울여 생의 후반부를 온전히 바쳐야만 했다

침묵은 명령할 수도 없고 강제할 수도 없다는 것을 알고나서부터 그의 사명감은 약간 헐거워졌다 침묵을 적절히 조정하는

것은 여간 어려운 일이 아니어서 그는 침묵이 점점 싫어졌다

그는 침묵을 규정하여 품목별로 분류하는 데 결국 실패했다
모든 침묵에는 무엇보다 그가 좋아하는 통일성이 결여되어 있
어 세부 관리의 효율성이 떨어졌다

침묵의 불합리와 모순은 그에게 크나큰 시련이었다 침묵은
입을 다물기보다 귀를 기울이기를 원한다는 것도 깨닫게 되었
다

침묵을 관리하는 일은 무엇보다 완전한 침묵 속에서는 하기
어려운 일이었다 침묵을 관리하는 일은 수많은 침묵의 소란을
견뎌 내는 일이었다

— 조용미, 「침묵 사제」(《파란》, 2021년 봄호) 전문

침묵은 아무 말 없이 잠잠히 있는 상태를 표현하는 단어여서, 침
묵이라는 단어를 떠올릴 때 우리는 적막 속에 혼자 있는 누군가를
먼저 그리게 되는 것 같다. 이 시의 '그' 역시 그랬던 모양이다. '그'는
"침묵을 관장"하는 이채로운 존재인데 처음 그 일에 착수했을 때는
모든 것이 수월하게 진행되리라 믿었다. 헌데 생을 온전히 다 바쳐
놓고도 "침묵을 규정하여 품목별로 분류하는 데 결국 실패한" 끝에,
"침묵은 입을 다물기보다 귀를 기울이기를 원한다는 것도 깨닫게 되

었다"는 것이다.

그러고 보니 우리가 취할 수 있는 '침묵'의 형식에는 여러 가지가 있을 수 있겠다. 꼭 '침묵 사제' 같은 존재가 '침묵하라'는 명령어를 작동시켜서가 아니라, 누군가의 말에 귀를 기울이기 위해서, 혹은 그의 말에 대한 모종의 응답을 하기 위해서 우리는 침묵을 선택할 수 있다. 그럴 때 침묵은 경청의 표시이며, 고민의 표지이며, 항의의 수단이기도 하다. 말하자면 말만큼이나 타자와의 소통에 유용하게 쓰이는 것이 침묵이어서, 침묵에는 타자 지향성이 담보될 수 있고 그런 측면에서는 "소란"과 다르지 않은 것이다. 때문에 침묵을 "완전한 침묵"으로만 여겨서는 그 본질을 이해하기가 어려운 것이다. '그'의 오판은 이것을 이해하지 못했다는 점에서 비롯되었다.

고독한 나의 전유물처럼도 보이는 침묵에 관한 이 규정—침묵의 타자성에 대한 성찰은 '나'라는 존재가 타자와의 관계 바깥에서 규정되기 어렵다는 사실을 새삼 생각하게 한다. 요컨대 '나'는 혼자 있을 때도 혼자가 아닌 것이다.

너는 멀리 떠나기로 결심했다 한 번도 가본 적 없는 곳으로
그러나 주말이 끝나기 전에 돌아올 수 있을 정도로만 먼 곳으로

가서는 제철 음식을 먹기로 했다 초봄에 어울리는 여리고 어
린 쑥과 향기로운 더덕, 살이 오른 어류들, 평소에 좋아한다고
생각하지만 사실은 많이 먹어 본 적 없는 것들을 너는 떠올렸다

너는 인적 없는 바다의 아름다움에 감탄할 마음을 먹고 있었다 한국에도 이런 곳이 있다는 데 놀라며 자연이 만들어내는 아름다움에 새삼 감탄하며 기뻐할 준비가 되어 있었다

기쁨은 이렇게
사건이 일어나기 전에도 찾아온다

멀리 떠난 너는 죽음을 생각하며 눈을 감았다 눈을 감은 너는 죽지 않았다는 사실을 깨달으며 숨을 쉬었다 여전히 두 사람이라는 사실을 알게 된 너는 주말이 끝나기 전에 집으로 돌아갔다

슬픔은 바닥을 뒹구는 깨진 유리병 사이에 앉아 돌아올 너를 상상하고 있었다

— 황인찬, 「마음」(《공정한 시인의 사회》, 2021.2) 전문

이번에는 상실에 관한 시를 옮겼다. '너'는 뼈아픈 이별을 한 상태로, 상대를 잊기 위해 잠시 여행을 떠나기로 했다. 여행지에서 낯설고 향기로운 음식과 아름다운 자연을 맞닥뜨리면 기쁠 것이라고, 그곳에 도착하기도 전에 앞서 생각했다. 그런데 막상 멀리 가보니 떠오르는 것은 죽음 뿐이었다. 헤어진 연인이 자기 내부에서 사라져야 하는데 여전히 너무나 생생하게 남아있는 것이다. 그렇게 자신이 "여전

히 두 사람이라는 사실"을 발견한 '너'는 허탈하게 집으로 돌아갔다. 상실 이후에도 상실의 주체 안에 선명하게 남는 타자의 존재, 그로 인해 뾰족하고 위태로운 슬픔에 찔려야 하는 이별 후의 상황을 이 시는 이렇게 그려낸다.

그런데 이 시에서 그 사실을 보다 명민하게 보여주는 장치가 바로 2인칭 '너'이다. 작중 '너'의 행적은 실은 화자의 짐작일 확률이 높다. 자, 이렇게 다시 적어보자. '너'와 헤어진 화자는 '너'가 자신을 온전히 지우지 못해 배회하기를 바라고 있다. 그리하여 이별 후 '너'의 이야기를 가정하여 들려줬고, 우리는 '너'를 화자 안에 흔적으로 남은 형상으로 만난 셈이다. 그렇다면 이 시의 화자야 말로 자명하게 보여주고 있지 않은가. 우리는 철저히 고독해 보이는 순간에도 혼자 있는 것이 아니다.

우리는 왜 우리일까

그렇다면 나와 타자가 필연적으로 이룰 수 밖에 없는 관계란, 즉 '우리'란 왜 우리일까. 어떻게 우리가 되는 것일까. 여기서 잠시 지난 해 가을의 시 한 편을 돌이켜야겠다. 스웨터라는 옷의 속성을 '우리'의 관계에 겹쳐내며 사유를 정박시키는 시였다(임승유, 「스웨터」, 《현대시》, 2020.10.). 스웨터나 머플러, 다른 무엇이 되었든 뜨개질로 이루어진 직물의 올을 무심결에 잡아당겨 본 적이 있는지. 그렇다면 알고 있을 것이다. 스웨터란 씨실과 날실이 단단히 얽혀 밀도 있게 짜인 옷처럼 보이지만 올이 한번 풀리기 시작하면 삽시간에, 걷잡을 수 없이 각각의 실로 돌아가 버린다.

그리고 사실 '우리'의 일도 그런 것이다. '우리'가 일견 치밀하고 강도 높은 집단의 이름 같지만 그렇지도 않다. '우리'는 생각보다 사소한 이유로도 만들어지고, 예상보다 그 구심력이 느슨할 수 있으며, 그런 까닭에 언제고 쉽게 허물어져버린다. 그렇다면 '우리'는 왜 우리일까. 나와 너를 우리로 있게 하는 전제가 있을까. 관계에 대한 이런 본질적인 물음은, '우리'라 명명되는 집단이 지닌 동일성의 폭력이나 집단과 집단 간의 갈등을 말할 때 종종 제기되어 왔지만 아무래도 유대가 헐거워질 수 밖에 없는 팬데믹의 시대 이후 좀 더 가열해질 것 같다.

팔레스타인에서는 올리브로 반찬도 만들고 기름도 짜고 또 그 나무로는 묵주도 만든다고 한다 팔레스타인에 가야겠다고 오래 전부터 생각했다 이유는 딱히 없다 운이 좋으면 세계에서 가장 오래된 올리브나무를 볼 수도 있겠지 그 나무를 봐야 하는 이유가 꼭 있는 건 아니야 그래도 누구든 자신보다 오래 산 나무를 보면 하고 싶은 말이 한 두 마디쯤 생길 수 있고 올리브 비누로 손을 씻고 너를 만나러 갔는데 그래도 우리는 서로의 손을 잡지 않기로 했다 아무래도 요즘 같은 때에는 조심해야지 요즘 같은 때라니, 이 장면 속에서 나는 너를 지우고 지금 우리가 마주 앉아있는 심야식당을 지우고 가짜 벚꽃 인테리어 소품을 지우고 풋콩과 생맥주를 지우고 마스크와 손소독제도 지우고 올리브 나무만 기억할래 세계에서 가장 오래 산 올리브 나무에 게 어쩌면 기억은 의미가 없을 거야 핸드폰에서 지도앱을 켠 다음 팔레스타인이 얼마나 멀리 떨어져 있는지 찾아봐 비행기로 12시간 15분 하지만 우리는 앞으로도 팔레스타인에 가지 못할 것이다 만나지 못할 오래된 나무를 아무렇게나 상상해본다 푸른 앞치마를 두른 알바생이 하품을 하며 가게 안 텔레비전을 껐다 그래도 자꾸만 사람들이 죽어나가고 있었고 우리는 메뉴판을 들여다보고 있었고

— 한여진, 「팔레스타인에서」(계간 『문파』, 2021년 봄)

올리브 나무는 팔레스타인 사람들에게 가해진 위협과 그들의 고통에 대해 말할 때 자주 등장한다. 그도 그럴 것이 팔레스타인에서는 올리브로 "반찬도 만들고 기름도 짜고 또 그 나무로는 묵주도 만"들기 때문이다. 그것은 그들에게 양식이자 생계 수단이고 영혼을 의지할 대상이다. 이 시의 '나'는 팔레스타인과 아주 멀리 떨어진 심야식당에 앉아 그 올리브 나무를 생각한다. '나'와 나무 사이의 거리는 멀고도 멀어서, '나'는 아마도 사는 동안 팔레스타인에 가지 못할 것이다.

하지만 특별한 이유도 없이 '나'는 그 세계와 자신을 내내 연관 지어본다. "만나지 못할 오래된 나무"를 뇌리에 그리며 그것으로 텔레비전 화면 너머의 팔레스타인 사람들과 '나' 사이의 마음의 간격을

좁혀본다. 그 순간만큼은 식당에 마주 앉은 '너'보다도, 지척에 놓인 인테리어 소품이나 풋콩, 생맥주 보다도, 올리브 나무가 '나'와 가까울 수 있겠다.

이쯤에서 이렇게 질문해보자. 이 풍경 안에서 '우리'는 누구인가. "메뉴판을 들여다보고 있"는 나와 너인가. 아니면 "오래된 올리브 나무"를 꿈꾸는 팔레스타인의 사람들과 나인가. 물론 둘 다 '우리'로 묶어도 무방할 것이다. 다만 마스크와 손소독제가 필수가 된 세상을 함께 살아가는 '너' 말고, 멀리 팔레스타인 사람들과 '우리'를 이루려면 조금 더 지난한 노정을 거쳐야만 한다. 최소한 그들과 '나'의 사이가 그다지 멀지 않다는 생각을, '나'의 무감함과 그들의 불행이 연결될 수 있다는 사실을 상상해야 하는 것이다. 그 상상적 실천에 공감이라는 이름을 붙여도 좋다면, 이 시는 이 거리 두기의 시절에 우리가 '우리'로 남을 수 있는 방법은 여전히 공감뿐이라는 이야기를 해주려는 것도 같다. 올리브 나무와 올리브 비누를 오버랩하여 전혀 다른 장소의 공간감을 겹쳐놓는 시의 형식도 그를 위해 마련된 것이리라고 넘겨 짚어본다.

어두운 벽에 正 자를 새기다 지쳐
잠든 친구여 (…)
우리가 없는
바깥세상은 여전히 푸르군
　　　　　— 신동옥, 「격리 구역에서」, 《문학인》 2021년 봄호) 중에서

오늘, 고독을 위한 의자를 마련하며

최근 문학의 경향을 갈무리한 글에 이렇게 적혔던 것을 기억하고 있다. "사람들 간의 만남과 교류가 극도로 줄어든 상황에서 고립감과 외로움을 호소하는 이들이 늘고 있"다. 그러나 "COVID-19로 인해 잃어버렸다는 공동체는 우울증에 의해 사후적으로 창조된 원망願望일 수도 있는 것이다. (…) 사회적 거리두기가 안겨다 준 고통에 대한 과잉된 의식 속에는, 어쩌면 한 번도 가져본 적 없는 인간 사이의 진한 유대에 대한 상상적 갈망이 담겨 있는지도 모르겠다."[32] 그렇다면 타자와의 소통이나 교감에 대해 문학으로 묻고 말하는 일은 아무래도 당분간 계속 되겠고, 우리 또한 저마다의 고독 안에서 사위의 "별의 이름을 붙여주고 싶은 존재들을" 내내 생각할 도리밖에 없을 것 같다.

> 지상에 뿌리를 내리고 있지만 지상의 존재가 아닌
> 별의 이름을 붙여주고 싶은 존재들을 만난 적이 있어요

> – 박현솔, 「카펠라」(《현대시학》, 2021년 3–4월호) 중에서

---

32) 이경재, 「공존과 고립의 이상한 이분법」, 《문학인》, 2021년 봄호, 188면.

고양이-되기(becoming)의 밤

인간 이후

많은 인간들이 이 몸을 적으로 삼았다. 먹고살기도 고단한데 고양이마저 성가시게 한다며 한창 공명하고 있는 내 조그만 두개골에 뜨거운 물을 뿌리거나 인간들이 먹고 버린 음식을 뒤지는 입을 막대로 후려쳤다. 심심풀이나 놀이가 아니고 단지 먹을 것을 구하려는 진지한 노력 중에 입을 맞고 보면 원한을 품지 않을 수 없었다. 인간도 고양이 못지않게 우는 경우가 다반사인데다 이 계에서 가장 시끄러운 생물이 인간이라는 점까지 생각해보면 억울해 땅을 칠 노릇인 것이다. 도무지 이 몸이란 짐승 역시 먹고사는 것을 제일로 여기는 처지, 먹고사는 일로 따지자면 어느 짐승의 먹고사는 일이 가장 중요한지는 누구도 간단히 말할 수 없는데도, 자기들만 살아갈 가치가 있다는 듯 아무데나 눈을 흘기는 인간들이 승하는 세계란 단지 시끄럽고 거칠 뿐이니 완파되는 편이 좋을 것이다.[33]

---

33) 황정은, 「묘씨생」, 『파씨의 입문』, 창비, 2012, 114~115면.

시끄럽고 거친 인간의 문명이라면 정말이지 이제 완파되는 편이 좋을 것이다. 근대적 인간은 결함투성이였다. 어쩌면 다빈치로부터 저 유명한 '비트루비우스적 인간'(인체비례도)이 만들어졌을 때 인간은 인간의 실패를 직감해야 했을 것이다. 그것은 '더할 나위 없이 완벽하고 아름다운 인간의 표본'이 아니라, 그것을 만들고 동조한 주체들만 공유한 선악미추의 판단 기준으로 '이상적 인간의 정의'를 만드는 작업이었기 때문이다.

'정상', '상식'이라는 말에는 폭력이 내장되어 있다. 그것은 때에 따라 '정상 집단'이, 그들이 간주한 '비정상 집단'을 억압하는 근거로 쓰인다. 이를테면 인간의 이성에 대한 절대적인 신뢰를 바탕으로 근대 안에서 '인간' 혹은 '인간중심주의(humanism)'가 배태되었을 때, 그것은 인류만을 보편적이고 정상적인 존재로 간주하고 동, 식물은 인간 이하의 도구로 전락시키는 도구가 되었다. 이를테면 지금도 우리들 사이에 통용되는 '먹는 동물', '텔레비전을 같이 보는 동물', '무서운 동물' 등의 분류는 인간과 동물의 관계가 다분히 인간 중심적으로 작동하고 있음을 보여주지 않는가. 뿐만 아니라 인간 내부에서도 '상식'과 '보편'은, 권력을 가진 인종과 젠더, 종교가 그 타자들을 억압하는 근거로 쓰여왔다. 요는 근대적 '인간성/휴머니티(humanity)'라는 말에는 인간이 인간 내, 외부의 타자들과 위계 및 권력 관계를 형성해나가는 참담한 과정이 아른거리는 것이다. 하지만 결과를 보라. 전쟁과 홀로코스트, 황폐해지는 자연의 반격을 받으며 인간은 파산 위기에 처했다.

그리하여 2010년대, 그 위기를 뚫고 동물들이 왔다. 소설과 영화, 예능, 유튜브, 웹툰을 폭넓게 장악한 '묘씨생'들과 '댕댕이'들, 혹은 그 너머의 인간 아닌 존재들이 인간/인간중심주의라는 말의 몰락을 선언하고 새로운 공존의 조건에 대해 말하기 위해 줄기차게 하울링 해온 시대이다. 2010년대의 저물녘에 발표된 다음의 시들 역시 그 연장선 위에서 고양이를 소환한다. "자기들만 살아갈 가치가 있다는 듯 아무데나 눈을 흘기는 인간들이 승하는 세계"의 비극을 읊기 위해서.

동물–되기

모든 상자는 천국에서 만들어졌다.[34] 우리는 상자를 좋아한 다. 우리는 나무 밑에서 상자를 마구 긁었다. 상자 안에는 길게 누운 우리가 들어있었다. 다시 태어나면 뭐가 되고 싶어요? 돌. 아니요. 생물 말이에요. 상자 밖으로 흰 발 하나가 빠져나와 있 었다. 우리는 빨리 대답하지 못하고 불에 탄 물을 마셨다. 생물 이라니요. 누구에게든 죽일 수 있는 기회를 주는 것 따위로는 태어나고 싶지 않은데요. 여름에는 피처럼 웅덩이에 영혼이 고 여있다. 상자는 점점 붉게 젖어갔다. 나무 같은 거라고 할래요? 길게 뻗은, 잘 자라서 하늘에 닿을 것 같은, 오래 사는 그런 거

---

34) 앨런 긴즈버그, 「울부짖음」 서문 변형.

요. 돌. 아니요. 시작도 끝도 없는 무생물 같은 것 말고요. 내력
이 슬퍼서 평화로운 정지 상태로는 갈 수 없고요. 고독한 우리
는 상자처럼 차곡차곡 몸이 접혀 가고 있었다. 머리 없는 천사
들이 깊은 지하를 청소하고 있었다. 이 축축하고 멀쩡한 영혼
을 누가 버렸을까. 천사는 머리가 부서진 우리를 만지며 중얼거
렸다. 솟아오른 발을 떼어내고 젖은 상자를 접었다. 상자를 좋
아해서 들어갔을 뿐이었는데요. 어디로 가든 생장하는 힘이 문
제예요. 움직이다 보니까…… 그러니까 돌. 고독한 우리는 남
은 물을 엎지르고 지하로 떨어졌다. 폐허가 되어버린 땅에서 오
래 사는 나무는 없어요. 다시 태어나면요. 모두가 들어가려 하
는 천국의 지하였다. 훌쩍거리는 여름이었다. 우리는 끝까지 붉
게 젖어버린 상자가 언제쯤 다 찢어질지 알 수 없었지만 그곳에
서 우리를 꺼내 올 수가 없었다. 잘린 발이 펄럭거리며 지하 바
깥으로 뻗어나가는 것을 바라볼 뿐이었다. 자신을 버려두고 지
하로 걸어 내려온 새로운 생물이 불에 탄 발을 내밀고 있었다.

— 이영주, 「유기묘」, 『시작』, 2019년 가을

이 시의 주체는 복수의 '우리', 즉 고양이들이다. 더군다나 상자 안
에 담긴 채로 버려진 존재들. 인간에 의해 한때는 '반려'로 이름 붙여
졌다가 또다시 인간 중심적 이유에 의해 손쉽게 '유기'되는 이 생명에
게 가해지는 폭력과 죽음은, '휴먼/휴머니즘'의 실패를 가시화하기
에 충분해 보인다. 요컨대, 인간만이 숭고하므로 인류 외부의 모든

타자의 생사는 문명의 윤택함을 위해 얼마든지 재편될 수 있다는 생각. 그 오만한 이성의 대표적인 희생자가 바로 이 유기되는 동물-몸인 것이다.

이 시는 바로 그들의 눈으로 세계를 되받아 쓴다. 특히 고양이들끼리의 문답은 슬프고 통렬하다. "다시 태어나면 뭐가 되고 싶"냐는 질문에 내려놓은, "누구에게든 죽일 수 있는 기회를 주는 것 따위로는 태어나고 싶지 않"다거나 "내력이 슬퍼서 (무생물과 같은-인용자) 평화로운 정지 상태로는 갈 수 없"다는 답. 이것은 그들의 삶에 뼈저리게 각인된 비극의 강도와 밀도를 짐작하게 한다.

생물의 육체는 심장의 박동과 피돌기로, 제 주인이 살아있음을 담보한다. 그러나 그 생생한 몸이 그저 '죽일 수 있는 기회를 주는 것'이 될 때, 즉 인간과 인간 중심적인 사고가 여타 생물들의 생사여탈권을 말아 쥐고 있는 "폐허가 되어버린 땅에서" 고양이든 강아지이든 나무든 "오래 사는 경우"는 없다. 그들의 삶이란 인간의 유희와 화풀이를 위해 피에 젖는 고통만이 팽배해진 삶, 산 것도 죽은 것도 아닌 삶. 그렇다면 그보다는 당연히 무생물의 생애가 더 평화로우리라. 그리하여 이들은 말한다. "어디로 가든 생장하는 힘이 문제"이며 이것을 이용당하지 않기 위해서는 "그러니까 돌."이 되는 편이 낫겠다고.

인간의 삶 안에서 버려지고 사후에 영혼조차 천국의 지하에 유기되는 고양이-되기를 통해 이 시는 이렇듯 인간에 의해 생명을 방기당한 "축축하고 멀쩡한 영혼들"의 목소리를 들려준다. 한 존재가 자기 외부의 타자를 이해하려는 노력의 첫머리에 '되기'(becoming)의 윤리(들뢰즈)를 놓을 수 있을 것이다. 타자를 단순히 모방하거나 거칠게 동일시하기 보다, 나와 타자가 뒤섞여 구분 불가능한 존재가 되는 경험, 그 '동물-되기'를 우리에게 권하기 위해 이 시는 버림받은 복수의 주체 '우리' 안으로 우리를 견인한다.

마음의 공부

밤중에 보는 동물들의 눈은 슬퍼보인다
산책로에 다리를 깔고 앉아 있는 애기고양이
실뭉치를 뭉쳐놓은 듯
벌써부터 살아간다는 것은 한 뭉치의
실뭉치를 풀어가는 일임을 안다는 듯
가등 아래 산책로 복판에 앉아 나를 뻔히 쳐다본다
낚시 도구를 실은 오토바이가 나를 앞질러
실뭉치 같기도 하고 흰 비닐봉지 같기도 한
애기고양이가 일어나기를 기다렸다가 지나간다
밤에 낚시를 다니는 사람들은 물고기의 마음을 아는 걸까,
오토바이의 뒷모습을 바라보며 나는 생각한다
그래서 애기고양이의 마음도 아는 것일까,
오토바이는 애기고양이가 산책로 나무 울타리로 몸을 숨기자

그 모습을 예상하기라도 한 듯 여유있게 멈췄다가 사라지고

누군가 매일 놓아주고 가는 먹이에 입을 대고있다가

애기고양이는 나무 울타리 밑에서

눈을 빠꼼이 내밀고 지나가는 나를 쳐다본다

밤중에 울지도 않으며 살아본 적도 없을 듯한 눈망울을 한
애기고양이의

내게로 올 듯한 슬픔이

부는 바람처럼 몸에 어려온다

– 박형준, 「애기고양이의 마음」, 『포지션』, 2019년 가을

밤은 눈이 어두워지는 시간이지만 어떤 이의 눈은 밤에 더 밝아지는 것도 같다. 세계를 뒤덮은 표면적 사실들이 암흑에 뒤덮여, 오히려 그 아래 매복해있던 진실들이 부상하는 것을 보기 위해서이다. 이 시의 화자도 그러한데 그는 동물이, 낮과 밤에 다른 눈을 가졌다는 것을 알아차릴 수 있을 만큼 오래, 그리고 성실하게 그에 대해 '공부'해온 자이다.

어느 날 거리를 떠도는 애기고양이의 모습이 그의 시야에 들어온다. 이윽고 밤에 낚시를 떠나는 사람의 오토바이도 보인다. '나'의 느리고 긴 관찰이 펼쳐지기 시작한다. 늦은 밤 잠들지 못하다 끝내 낚시터로 향하는 사람에게는 모르긴 몰라도 어떤 시름이 있으리라. 그의 헛헛함이 밤중에 울지 않는, 홀로되어 본성도 잃어버린 애기고양이의 고독과 만나 배려가 된다. 그 배려를 담은 외로운 애기고양이

의 눈길이 다시 나에게 닿는다. 밤을 홀로 소요하는 나의 슬픔이 고양이의 서글픔을 받아 앓는다. 낚시하러 떠난 그 또한 그랬으리라 생각하면서.

서로를 알리 없는 사람과 사람 사이, 상대를 헤아리기 어려운 이종(異種) 사이에 다리를 놓는 것은 이성적 판단과 이해가 아니라 마음이라고, 이 시는 이렇듯 인간-고양이-인간의 감정의 연쇄를 공부하는 '나'를 통해 말해준다. 기실 다른 삶의 방식 안에 놓여 있다고 해도 모든 존재의 살아감은 실뭉치를 풀어가는 일처럼 지난한 것. 그리하여 내 삶의 고됨을 타자에 대한 폭력으로 분출하는 대신, 내 삶의 고독을 타자에 대한 외면으로 표현하는 대신, 나의 삶의 슬픔으로 타자의 슬픈 눈을 찾아내고 애써 마음을 겹치려는 마음을 우리가 키울 때, 우리는 비로소 억압적이지 않은 인간으로 다시 설 수 있지 않을까.

어쩌면 마음이야말로 인간 안팎에 쌓여온, 커다란 배제와 차별의 벽을 녹이는 질료가 될 수 있을 것이다. 또 한편, 앞으로 더 많은 역할을 인간 이후의 존재(AI와 같은)에게 강제로 양도하게 될 인간이 자신의 존재를 보장받을 수 있는 최후의 수단이 마음일 지도 모르는 일이다. 그리하여 우리에게 마음은 이제 가지고 태어나는 것이 아니라 공부가 필요한 영역이 되었다. 그런 차원에서 이 시의 제목을 '애기고양이의 마음(에 대한 공부)'로 읽어도 좋을 것이다.

어쩌다 인간

    속눈썹 사이에서 흰 털이 자라나 있었다 기묘하게 뻣뻣한 것
이 아무래도 내 것이 아닌 것 같아 길을 다니며 마주치는 동물
들에게 인사한 후 그들의 코에 내 속눈썹을 가져다 대었다 개들
은 아니라고 했고 그래도 그 속눈썹과는 친구가 될 수 있을 것
같아, 라고 말해주었다 고양이들은 갑자기 엉덩이를 가져다 대
거나 화를 냈다 인사를 했는데도 저 모양이었다 두더지들은 나
올 수 없다고 했다 쥐들은 그냥 가지고 살아 새들은 집에 장식
하라고 지금 선물로 보여주는 거나 이제 떼어가면 되나 너구리
오소리 족제비 토끼 만나러 가는 곳마다 통로, 골목, 골목, 나
무, 다시 통로, 굴, 골목 크게 걷다가 작게 걷고 위를 보면서 마
구 뛰다가 힘을 놓으면서 하늘에서도 걷다가 다시 내려와 작은
수풀 통로를 통해 들어가면 작아지고 작아진 채로 끊임없이 수
풀 사이를 헤집고 들어가니까 나오는 동그랗고 텅 빈 공간 끝
엔 양 갈래 그곳에 누운 채로 고개를 돌려 한쪽 길의 끝을 바라
보니 네모반듯한 돌 위의 고양이 그 고양이와 다시 코를 맞추는
내가

— 강지이, 「한 눈 팔기」, 『창작과 비평』, 2019년 가을

    다시 태어나지 않는 이상은 극복되기 어렵다는 점에서, 태생을 운
운하는 차별의 말들은 지극히 폭력적이다. 이를테면 나는 인간으로

태어났으니 우월하고, 부유한 인간으로 태어났으니 월등하고, 주류적 인종으로 태어났으니 숭고하고, 젠더-권력을 지녔으니 우세하다는 인식이 사위의 존재들과의 교감의 통로를 허물어버리는 것이다. 그렇다면 이 허물어짐을 막는 지지대가 무엇일까. 그 가능성을 '상상'에서 찾는 시를 마지막으로 옮긴다.

어느 날 '나'의 속눈썹 사이에서 흰 털이 자란다. '나'를 어떤 종(種)이라고 특정할 수는 없지만, 그가 무엇이든 흰 털이 "내 것이 아닌 것"만은 분명해 보인다. 따라서 털은 '나'를 내가 속한 종에 대한 상식에서 이탈하게 하는 것이 될 것이다. 예컨대 '나'가 인간이라도 이 상태로 인간의 무리 앞에 나서면 십중팔구 이상한 존재로 몰릴 수밖에 없는 상황이다.

'나'는 흰 털의 정체를 알기 위해 배회한다. 동물들은 털을 감별하며 그에게 경계심과 호의를 동시에 보여준다. 어떤 무리에서는 그를 멀리하고 어떤 무리에서는 그에게 가깝게 다가온다. 그 또 어떤 무리에서는 흰 털이 놀림의 대상일 뿐이다. "통로, 골목, 골목, 나무, 다시 통로, 굴, 골목" 안에서 내내.

인간인 까닭에 우리는 이 '나'에게 인간으로서의 자신을 종내 겹쳐 보게 마련인데, 그것이 이 이 시가 지닌 하나의 미덕이라 할 것이다. 즉 우리가 '나-태생적-우월한 인간'이라는 폐쇄적 도식 안에서 스스로를 꺼내어, 상황이 전도된 풍경 안에 스스로를 두고, '비정상', '비상식'적인 자신이 집단과 만나고 부딪히는 방식을 간접 경험하게 한다. 이것은 이종에 대한 '한 눈 팔기', 즉 이 세계를 뒤집어 상상하려는 의지의 결과물이다.

옮긴 세 편의 시에 따르면 우리는 그저 '어쩌다 인간'이다. 보편적이지도 숭고하지도 않은 인간. 나의 종(혹은 계급, 인종, 젠더)이 지닌 우월함을 담보하기 위해 내 바깥의 존재들을 소외시켜도 되는 그런 자격은, 인간에게 없다. 그렇게 단언하기 위해 고양이들이 온다. 밤에 더 형형해지는 눈빛으로.

제5부

영원한, 시 읽는 밤에

말하지 않아서 말할 수 있다

_____

말 할 수 없는 것들

어떤 현자가 있어, 그에게 무언가에 대해 물었을 때, 그가 기다렸다는 듯 그것에 대해 확신에 차 말하기 시작했다면 우리는 거기 애써 주의를 기울이지 않아도 좋을 것이다. 그는 귀를 끌어당기는 이야기꾼일 수 있으나 마음을 끌어당기는 현인은 아니다. 그가 대답을 일러주려는 자라면 정말이지 그는 절대로 쉽게 말해버려서는 안 된다.

쉬이 말해지는 것이 실은 본질과 멀어지는 일이라는 사실은, 주문呪文이라는 것의 쓰임으로부터도 알아차릴 수 있다. 발설의 마법적 힘을 보여주는 징표가 바로 주문이라는 점, 그 위력에 대해서는 굳이 설명을 덧붙이지 않아도 좋을 것이다. 다만 하나만은 염두에 두어야 할 듯하다. 주문은, 어떤 경우에도 그것을 통해 얻고자 하는 바를 정확히 지칭하지 않는다는 것.

태고의 주술사로부터 현대의 마술사에 이르기까지, 그들의 입에서 외워지는 것은 언제나 원하는 대상 그 자체가 아니었다. 모자에서 비둘기를 꺼내려는 마술사들이 비둘기에 대해 말 하는 것을 들어 본 적은 없다. 그들이 만든 주문이란 차라리, 지칭되는 것과는 완전 무관한 무용지물의 단어들이거나, 대상의 변죽만을 교묘히 울리는 암시적 문장들로 만들어져 있었다. 하여 주문은 끝내 허공을 가리키는 화살표 같았는데, 그럴 수밖에 없었고 그래야만 했을 것이다.

어쩌면 말 내지 언어의 가장 아름다운 쓰임은 붙잡을 수 없는 진실을 영원하게 하는 유일한 방부제 혹은 보존액이라는 점에 있을지 모른다. 다만 그 아름다움의 대가는 불멸이 아니라 필멸이다. 말해짐으로써 휘발되어 버리는 부분이 더 많은 것이다. 이를테면 어떤 향기에 대해 말한다 할 때, 그 미정형의 것을 있는 그대로 실체화 하는 언어란 애초에 있을 수가 없어, 그것을 말하려는 자는 말문이 막혀야 하는 것이 옳은 일이다. 어떤 본질은 도리어, 언어로 드러내는 방식이 아니라 언어를 벽 삼아 숨기는 방식으로 뚜렷해지기도 하는 것이다. 그러니 배려 없이 진실을 단언하는 시 보다는 그 주변부를 밀어 올려 그것을 고이게 하는 시 안에서, 진실은 보다 온전해지기도 한다. 적어도 언급할 시들의 일이 그런 것 같다.

빈자리에서 시가 피고

경향을 갈무리한다는 것은 효율적이되 그다지 사려 깊은 일이 아니다. 예술에는 분명 조류라는 것이 있고 그것이 시대를 진단하는 지표가 되는 것도 나쁘지 않은 일이다. 다만 시인들이 도무지 나란할 수 없는 저마다의 보폭과 보수로 걸어서, 이들의 공통점이라고는 동시대에 존재한다는 점만이 남았으면 좋겠다고 느낄 때가 있다. 하다 못해 해안선마저도 울퉁불퉁해지는 것이 자연스럽고 옳고 아름다운 일이므로. 그럼에도 사려 깊지 않은 진단을 한 가지 내려놓자면, 근래에 보다 미학적이라 여겨지는 시들은 흡사 태양계에서 퇴출 된 명왕성처럼 느껴진다. 기표와 기의 사이가 점점 더 소원해지고 있어서이다.

시라는 것도 결국 언어학의 슬하에 있는 기호라 한다면, 기본적으로 기표와 기의의 상관관계를 통해 자아지며 앞의 것과 뒤의 것이 모종의 동일성 안에 놓일 때 시가 말하려는 바가 분명해지는 것은 사실이다. 다만 기민한 시를 쓴다는 것은, 어느 정도는 보편적이라 일컬어지는 랑그와 파롤의 연결고리를 느슨하게 하거나 끊어내는 작업과도 멀리 있지 않다. 게다가 이제의 시는 기표를 통해 어떤 기의를 환기시키는 대신 거기로부터 영영 자유로워지려는 듯 보인다. 시를 이루는 기표와 기의가 다른 별의 생명체들인 것처럼 점차 더 무관으로 나아간다,고 있는 것이다. 이 시작詩作의 과정을 한 시인은 이렇게 말하기도 했다.

마치 시를 쓸 때처럼
나의 화장법은

먼저 지우기부터 한다

빈자리에 한 꽃송이 피운다

고통이 보석 지팡이가 되고
가난이 장미가 되는 젊음을 불러온다
신비한 샘물이 새로 차오르는
달의 계단을 즐긴다

기실 시법詩法은 길이 없음을 알고 있다
길을 만들려고 할 뿐이다
이게 뭐죠?
어때요?
온 몸으로 질문을 던질 뿐이다

오묘한 나만의 이미지와 여백을 만들고
그리고는 누군가 매혹 때문에
한 꽃 송이 속에서
그만 길을 잃어버리게 하는 것이다

           — 문정희, 「나의 화장법」 부분 (《발견》, 2014년 겨울호)

칠하기 전에 지우기부터 해야 하는 것이 화장술의 첫 단계인 것처럼 랑그 빠롤의 익숙한 이어짐으로부터 멀어지는 것이을 시작술의 첫 단계로 만들자 한다. 그러면 빈 자리가 생겨나겠고, 관습의 전족을 풀어낸 사유는 엄청난 운동성을 지니게 될 테니까. 그 운동성이 생명력이 되어 비로소 꽃 같은 시를 피운다고 시는 말한다.

정말이지 그럴 것이다. 때론 어린 아이로, 때론 방문객으로 존재론적 변신을 감행했을 때, 그리하여 익히 아는 것들이 '첫인상' 안에 놓일 때 비로소 보이는 본질도 있다. 이것은 벤야민의 말이었는데, 자신의 대도시를 해부대에 올린 책 안에 그는 이렇게 적어두었다. 이러한 리셋은 문학 용어의 영역 안에서 이른바 '낯설게 하기'라는 용어로 설명되기도 하는 것이다. '낯설게 하기'의 미덕이란 결국 규율 내지 습관으로부터 인식 주체들을 유리시켜 일상적 의미들을 새로이 탐사할 수 있게 하는 데 있었다.

이것을 떠올렸을 때, 생경의 공간에서 시 피어나고 그 시 안에서야 고통이 보석지팡이가 되는 젊은 연상법이 가능해진다는 시인의 말은, 가끔씩 되새겨 음미해볼 만 하다. 종내 시는 이렇게 귀결된다. 미정형의 기표-기의 관계로 넘실거리는 시만이, 하여 거듭 온몸으로 물음표가 되는 시만이 누군가를 매혹시켜 유의미하게 헤매도록 한다는 것. 이러한 낯섦으로 시의 대상이나 세계는 언표화하는 대신 감각된다. 이즈음에 분주하게 모습을 드러낸 시들이 '의미의 시'가 아니라 '감각의 시'라 말해져도 좋을 것이다.

그 끝에서 간혹 시인들은 말하고자하는 것들을 명징하게 하는 대신 흐려놓음으로써, 그것에 대해 알려들지 말고 감각하라 채근하기

도 한다. 이런 시들에서는 '모른다'는 말을 '안다'보다 깊게 믿어볼
만 하다.

시간이 빙점을 통과하는 순간인지 모른다
맨살에 시간의 얼음 알갱이가 스쳐서 섬뜩해진 순간인지 모
른다
무엇에 닿았는지 모른다
그것이 무엇인지 모른다
　　　　　　　　－김행숙, 「공감각의 시간」(《시와 표현》, 2013년 가을호)

뜨겁고 둥근 것에 대해 다시 상상한다
뜨거운 것이 무엇인지는 나만 알고 있어야 한다
설마 내가 그것을 모를 리 없다고
우기도록 내버려 둬야 한다
죽을 때까지 절대로들 궁금하지 않겠지만
나는 어디까지나 안 가르쳐 준 것이라 생각하겠다
　　　　　　　－황성희, 「뜨거운 것이 좋아」 부분 (『4를 지키려는 노력』, 민음사, 2013)

　　시 안에서 가장 분명하고도 확실한 언사들을 '모른다'는 서술어
로 문질러버린 시들을 옮겼다. '공감각의 시간'이나 '뜨거운 것이 좋
다'는 제목으로 시인이 발랄한 선수를 쳐 놓은 까닭에, 이 시의 방문
객은 도리 없이 공감각의 시간이란 어떠한지 뜨거운 것은 무엇인지

기대할 수밖에 없을 것이다. 그런데 우리의 화자들은 절대로 그 실물을 보여주지 않는다. 대신, '시간이 빙점을 통과하는 순간인지 모른다', '그것이 무엇인지 모른다', '뜨거운 것이 무엇인지는 나만 알고 있어야 한다' '설마 내가 그것을 모를 리 없다고 우기도록 내버려 둬야 한다'는 말로 정체 폭로의 기회를 놓쳐낸다. 공감각의 시간이든 뜨거운 것이든 없어서가 아니라, 있지만 안 가르쳐 준다는 것이다.

아마도 이 시에는 두 시인이 기어이 담아내고자 했던 대상의 정체가 숨겨져 있겠지만, 다행스럽게도 그것이 '모르는 척' 안에 보호되고 있어 우리가 뭐라 단언해버리기는 어렵다. 그저, 별다른 이음매 없이 헐겁게 접착된 이미지의 연쇄를 찬찬히 따라가며 이게 이런 것이겠거니, 나름대로 추측해 볼 수 있을 뿐이다. 다만 시인들의 이 어법이 본질을 외면하려는 자의 것이 아니라 본질에 닿으려 끝내 애쓴 자의 것이어서, 시는 하염없이 내성적이지도 지나치게 도도하지도 않다. 하여 그 끝에서 시인들이 내민 '모른다'를 '알 수 없다' 대신 '스스로 가늠하길 바란다'로 기꺼이 받아 드는 데, 우리는 조금의 불편함도 느끼지 않는다.

시는 모른다
계절 너머에서 준비 중인
폭풍의 위험수치생성값을
모르니까 쓴다
아는 것을 쓰는 것은

시가 아니므로

—김소연, 「모른다」(『눈물이라는 뼈』, 문학과 지성사, 2009)

테두리를 허무는 노고

대상에 대해 섣불리 발설해버리는 대신 닿지 않으며 가까워지려는 시인들의 노고는 다정하다. 더하여 그것이 내용적으로만 드러나는 것이 아니라 반갑다. 이즈음의 시들을 읽을 때 자주 눈치 채게 되는 일 중 하나는, 시에서 자간과 행간의 거리가 점차 멀어지고 있다는 사실이다. 단어와 단어 사이에는 좀처럼 아교가 없고 행과 행 가운데에도 딱히 다리가 없다. 하여 요사이의 시 읽기란, 멀고 먼 징검다리를 건너 듯 시선과 사유를 부지런히 움직이는 일과 다르지 않다.은 것 같다. 어렵고 숨 가쁘고 즐거운 일이다.

수사학적으로는 은유적 거리와 환유적 의미가 예상을 뛰어넘어 확장되거나 증식되는 중이라고는 말로 바꾸어도 될 것이다. 시라면 분명 비유의 방식, 그러니까 직유와 은유, 그리고 환유라는 그릇에 담기기 마련이지만 2010년대에 쓰인 시에서는 이 방식들이 그 깊이와 부피를 늘리고 늘여가는 중이다. 셋 중 직유가 멸종 위기에 놓여 있다는 사실만 보아도 그렇다. '처럼'이나 '같이', '듯'의 어휘 의미에 근거하여 원관념과 보조관념을 한정적으로 만나게 하는 방식은, 어쩐지 시에서 크게 돌출되지 않는다.

은유부터가 좀 자랑스럽게 쓰인다. '이다'의 확정적 서술어미로 구현되는 은유는 유비 추리 에 지탱되는 것이어서, 그 안에서 원관념과 보조관념의 간격은 무한히 확장될 수 있다. 범박하게 말하자면, 비약이 얼마든지 가능하다는 것이다. 물론 이 비약이 힘을 발휘하려면 유비의 대상 사이에 예상치 못한 거리가 있으면서도 충분한 근거로 그 둘이 같은 자리에 놓여야 할 수 있어야 한다. 대상 간의 거리를 재단하고 그것들을 바로 놓을 땐 시인의 역량이 돋을새김 되고 미학이 번져 나온다.

사회적 맥락을 바탕으로 의미를 확장해 나가는 환유도 환영받을 만 하다. 환유는 직유나 은유처럼 문법적인 것들을 장치 삼아 발동되는 것은 아니지만, 단어가 담겨있는 사회적 맥락을 고려 해 인접성을 바탕으로 단어들을 새롭게 잇는 방식이다. 그 이어짐에는 한도가 없어, 환유적 연쇄도 끝없이 길어질 수 있다.

이 확장과 증식이 시의 일이고 시의 아름다움이라고는 하나, 요새의 시들은 은유를 통해서든 환유를 통해서든 유사함, 익숙함의 테두리를 두드려 허물어가는 데 더더욱 열중해있다. 그리고 그것은 넓은 진폭의 정답을 감싸 안는 방식이기도 하다. 이를테면 이런.

마음속에서 발생하는 계절처럼
슬픔도 없이 사라지는

위에서 아래로 읽는 시절을 지나

오른편에서 왼편으로 읽는 시절을 지나

이제는 어느 쪽으로 읽어도 무관해진

노학자의 안경알처럼 맑아진

일요일의 낮잠처럼

단지 조금 고요한

단지 조금 이상한

—강성은, 「단지 조금 이상한」(『문학과 사회』, 2013년 봄)

하이힐 뒤축과 대리석이 부딪히며 내는 소리가

무척 불안하다는 걸

환자복을 입고 휠체어를 미며 지나가는 소리가

무척 무겁다는 걸

커피 머신에서 커피를 내리를 소리가

무척 구수하다는 걸

숟가락들과 식판들이 뒤섞인 소리가

무척 부지런하다는 걸

모두가 하나같이 무척 살고 싶어한다는 걸

—문현미, 「무척」 부분 (『문학의 오늘』, 2013년 가을호)

이 시들, 명사도 동사도 형용사도 아닌 부사로 눈길을 붙든다. 요사이의 시들이 제목 자리에 부사를 붙이는 경우가 많다는 사실은 흥미로운 것이다. 부사는 뜻을 분명하기 위해 존재하지만 단독으로는 제 진가를 발휘할 수 없다. 용언이 됐든 다른 말이 됐든, 그 말 앞에서만 기능을 하게 된다. 다만 부사가 혼자서 아무 의미도 확정하지 못한다는 사실을 뒤집으면, 그의 뒷자리에 놓일 수 있는 단어들이 만화경 속 색종이처럼 다양해 질 수 있다는 말도 된다. 그러니 부사는 명사나 형용사 동사보다 부사가 더 강력하면서 관대한 것이다. 진실을 함부로 말하지 않으면서도 지키는 그릇이 될 만하다.

우리의 화자들은 '단지'와 '무척'을 구심점으로 삼았다. 시의 모든 행들과 단어들은 그것을 향해 덧붙여진다. 그런데 하나도 닮은 구석이 없다. '단지 조금 이상한', '단지 조금 고요한' 것을 말하기 위해 동원된, '마음속에서 발생하는 계절'과 '위에서 아래로 읽는 시절'과 '일요일의 낮잠'은 발생하는 시간도 장소도 다른 것들이다. '무척'이 갖는 스펙트럼을 보여주느라 한데 놓인 다른 시의 행들에서도 '불안'과 '무거움'과 '구수함'과 '부지런함'마저도 별반 비슷한 외양의 것은 아니다.

이 어지러운 이어짐과 넓혀짐을 따라가려 해서는, 시에 섬세하게 다가설 수 없을 것이다. 단어나 문장의 유사성을 적극적으로 약화시켜 인접성을 낯설게 주조하는 것이 이 시들의 핵심 드러내기 방식인 까닭. 시는 오로지 이렇게 말한다. 어떤 핵심은, 예상 가능한 언어로써 이해를 강요받는 방식이 아니라 예상 바깥의 감각으로 상상을 권유받는 방식 안에서 민낯에 가까워지기도 한다.

침묵으로 말 할 수 있는 것들

문학을 미메시스로 이야기하는 방식은 너무 익숙해져서 어딘지 낯간지러운 클리셰가 되었지만, 문학이 시대의 소산이라는 사실은 잊어버리기 아깝다. 덧붙여 미메시스가 무언가를 날 것 그대로 말해버린다는 의미로 이해되는 것은 서글픈 일이다. 좋은 문학은, 여기는 시의 자리이므로 적어도 시라면, 아주 일상적인 일에서부터 역사적인 사건에 이르기까지, 두텁든 얇든 본질이라 여겨지는 것들이 작은 훼손도 없이 머물 수 있는 곳이 되어야 할 것이다. 무엇도 쉽게 말 해질 수 없는 이 시대에 한에서는 더더욱 그렇지 않을까. 어쩌면 이런 괄호 같고 공란 같은 시들은, 텅 빈 기표가 부유하거나 지켜지지 않는 약속들이 흩날리고 유령 같은 단언들만 확고해지는 지금의 애틋한 징후나 징표일지도 모른다.

그러니 어떤 시인이 있어, 그에게 무언가에 대해 물었을 때, 그가 기다렸다는 듯 그것에 대해 확신에 차 말하기 시작했다면 우리는 거기애써 주의를 기울이지 않아도 좋을 것이다. 그런 시는 귀를 세우게 할 수는 있으나 마음을 세우게 하지는 못한다. 정말이지 시인이 대답을 하려는 자라면 그는 무엇이든 자신해서는 안 된다. 그 대신 저마다의 답이 만들어지고 지켜질 자리를 파내거나 헐어내어 주는 것이 옳을 일이라고, 거듭, 마지막으로 적는다.

비로소 사랑하는 자들의 노래가 깨어나면

세계를 부수고 지으며

눈 소식은 아직인가 보다. 그래도 이즈음처럼 바람이 냉기의 날을 잔뜩 벼리고 달려들면 문득 어떤 순간을 기다려보곤 한다. 이를테면 누군가를 고통스럽지 않게 할 정도로만 소복하게 쌓인 눈이, 익히 알던 풍경을 시야에서 거두어 가버리는 날. 이 날의 눈이란 세계를 부수고 다시 세우는 건축가를 닮았다. 그가 강렬한 백색의 마술로 세상의 모든 위계마저 눈 속에서 숨을 죽이게 하면, 그제야 익숙함의 속박에서 풀려난 세계가 '실은 내가 이렇게나 아름다웠다'는 주장을 시작하는 것이다. 그럴 때마다 느꼈던 먹먹한 놀라움은 잘 잊히지가 않는다. 시 읽는 일도 이와 크게 다르지 않을 것이다.

　하나의 시가 세계를 재현한다고 했을 때, 그 재현이란 실로 고단한 단계를 거쳐 완성된다. 시인은 세계를 가능한 한 지극히 바라보고, 그것을 또 가능한 한 내면 깊숙이 담았다가, 오래 연마한 언어로써 겨우 꺼내어놓기 마련인데 여기서 '내면 깊숙이 담아낸다'는 것은 방향 다른 두 과정을 합쳐놓은 말이다. 현실을 허무는 것과 현실을 세우는 것. 요컨대 시인은 세계의 진풍경이라기보다는 시인의 (무)의식 어딘가에서 재건축된 세계를 시에 펼쳐내게 되어있다.

시와의 만남은 시 읽는 이에게 무수한 느낌을 안길 수 있다. 반가움이나 경계심, 지루함이나 경이로움, 혹은 또 다른 감정들도 대개는 시인이 재축조한 세계와 우리가 알던 세계의 간극으로부터 발생된다. 특히 두 세계의 사이가 한껏 멀어진 상태에서 독자가 시에 부지불식간에 설득을 당할 때, 그러니까 시의 세상이 읽는 이에게 충분히 낯선 것인데도 그가 거기 사로잡힐 때, 시는 마음을 장악하는 어떤 경이로움 같은 것을 획득하기 마련이다. 그러니 살아가는 모두가 조금은 권태롭게 공유하고 있는 이 세계를 시로써 어떻게 다르게, 아름답게 보이게 할 것인가 하는 것은 시인-재건축가의 영원한 난제일 것이다. 그것의 수행을 위해 나름의 길을 마련해가는 두 신진 시인의 시를 만나며, 새삼 그렇게 생각했다.

기억의 복원, 감각에의 신뢰 – 문영하의 시

매끈한 유리잔의 촉감과 액체의 반사 빛에 손과 눈을 빼앗긴다. 오래 숙성된 끝에 마침내 합쳐지기로 결심한 여러 갈래의 향기가 와인으로부터 흘러나온다. 그 향기로 짐작되는 맛이 미뢰를 간질인다. 여기까지 네 개의 감각을 동원했다. 하지만 망설인다. 아마도 귀가 아쉬우니까? 우리는 잔을 부딪쳐 맑은 소리를 낸다. 이제야 모든

비로소 사랑하는 자들의 노래가 깨어나면

것이 완벽해졌다.[35] 유리의 촉감과 소리, 포도의 빛깔, 향기, 맛, 이 중 무엇 한 가지만 있어도 이제 이 날은 기억 속에서 언제고 불러들여질 것이다.

기억이 이성의 소유라고 여겨지는 경우도 있는 것 같지만 그것은 오해에 가깝다. 과거는 기다랗고 유려한 서사가 아니라 이미지와 소리, 향기, 촉감의 파편으로 뇌리를 부유한다. 그러다 퍼즐 조각이 맞춰지듯, 그 날을 떠올리게 하는 감각과 다시 조우하면 생생한 장면으로 눈앞에 나타나곤 하는 것이다. 돌이켜보면 그리운 사람의 얼굴은 그를 상기시키는 감각의 곁에서 늘 선명해졌다.

어머니, 내 몸에 살고 계신다

엄지발가락이 검지 쪽으로 50도 정도 꺾인 어머니 발 위에
내 발이 얹힌다

길을 걸으면 그녀의 고통이 내 발에 닿는다
꺾여진 발가락의 통증을 잊은 채 안타까이 나를 바라보는 그녀

무지외반증의 부실한 내 발을 감싸 주던 반려 같았던,
신발 잃어버린 날

---

35) 다이안 애커먼에 따르면 인간이 잔을 부딪치는 이유는, 술을 즐기는데 있어 빠져있는 단 하나의 감각이 소리이기 때문이다. 다이안 애커먼, 『감각의 박물학』, 백영미, 2012, 262면.

길이 보이지 않는다

엄지발가락을 뚫고 나온 순례자처럼 자박자박 내 몸을 건너
가는
어머니의 발자국
닫힌회로처럼 찌릿찌릿 통증이 흐른다

통점의 자리가 발인지 가슴인지 도무지 헷갈린다

그녀와 함께
맨발로 타박타박
이팝꽃 날리는 봄밤의 등줄을 외줄 타듯 재며 간다

'가시는 듯 도셔 오소서 도셔 오소서'
벙어리처럼 속말이 입안에서 중얼중얼 구른다

신발은 낯선 발을 담고 허둥허둥 어디로 가고 있을까

— 「무지외반증을 읽는다」 전문

너무 긴 시간이 지나서야 부모가 느꼈던 통증을 체감하는 것, 하
여 제 때 사랑과 사죄의 말을 내려놓지 못 하는 것은 사람이 지닌 서
글픈 공동의 운명이리라. 옮긴 시의 화자에게도 예외는 아니다. 무지

외반증은 대개 모계유전이라고 했던가. 모친과 꼭 같은 증상을 앓게 된 '나'에게 돌연히 맞춤 신발을 잃어버리는 어떤 날이 온다. 그제야 그는 느낀다. "어머니, 내 몸에 살고 계신다." 지금의 '나'처럼 일평생 고통과 동행했을 어머니의 삶, 그 삶에 대한 기억이 새삼스럽게 육박해왔던 것이다. 더 덧붙이지 않아도 될 것이다. 이 시는 기억이 말의 세계가 아니라 감각(통점)의 세계로부터 온다고 슬프고 다정하게 단언한다.

문영하 시인에게 있어 시를 쓰는 일, 즉 세계를 이롭게 재현하는 일은 이렇듯 감각으로 기억을 재건하는 것과 다르지 않아 보인다. 그리고 그것의 실행을 위해 시인은 다채로운 심상을 시 안에 진열해 두었다.

어린 이별이 걸어갔네

뒤돌아보며 던진
그 말을 봉하여 불두화 그늘 아래 묻었네

오랜 시간 뒤
나무에 스며든 말 튀밥처럼 터지네
가지 끝에 숭얼숭얼 달리는 순백의 꽃숭어리

하얀 문장으로 봉인된 이별이 뚜벅뚜벅 걸어오네

무성영화 장면 같은 비밀의 화원

기나긴 회랑을 밀고 오는
첫 울음 같던 그 말을 게워 다시 새김질 하면
화 ~
입 안 가득 환히 박하 향기가 나네

불두화 타래타래 피어날 때면 기억의 편린들이
눈처럼 내려
말무덤 뚜껑 열리고

완두콩 비린내 같은 그 말이 설핏 기척하며 일어서네

― 「말듬무덤」 전문

이 시는 그 자체로 기억의 작용에 관한 매우 감각적인 유비다. 모르긴 몰라도 서러운 말 한 마디 오가지 않는 이별의 장면이란 없을 것이다. 헤어짐의 통보이든, 애틋한 작별의 인사든, 떠난 이의 말은 깨어진 유리 조각처럼 가슴에 박혀 쉬이 모서리가 닳지 않는다. 해서 이별만큼은, 살아가며 뇌리에 저장되는 수다한 장면 중에서도 기껍게 돌이키기 힘든 광경이다. 그러나 시에 따르면 다행히 사람에게는 모두 '말무덤'이 있다.

누군가 떠나갔다. 비정한 말이 차마 버릴 수 없는 유물처럼 남았겠다. 화자는, 그것을 곧장 "봉하여 불두화 그늘 아래 묻"고 '말무덤'이라 부른다. 불두화(佛頭花)의 꽃말은 제행무상. 우주 만물의 인과는 끊임없이 윤회하게 되어 있어 모든 존재는 시간에 닳아 그 존재가 변하기 마련이라는 것. 서슬 퍼런 말이라 한들 그 윤회의 고리에서 자유로울 수 있겠는가.

시간이 흐른다. 윤회의 바퀴가 돌아간다. 불두화 나무가 제 밑에 묻힌 것들을 흡수하듯, 기억 안에서 이별의 말도 희미해진다. 불현듯 핀 꽃처럼 이별의 날과 말을 떠올리게 하는 순간도 있겠지만, 그때라면 돌이켜진 문장도 원망도 눈물도 지워진 하얀색이 아닐는지. 오래 묵혀둔 감정의 악취 대신 청량한 박하 향기가 날 만한 그런 것 말이다.

이렇게 다시 적어도 되겠다. 살고 죽는 모든 존재가 윤회를 거듭하는 것처럼 말도 기억 안에서 지워지고 떠올려지길 반복할 것이다. 그러면서 생의 장면은 냉정하고 논리적인 서사가 아니라 따뜻하게 굴절 된 이미지와 소리와 향기와 촉감으로 뇌리에 남아 별처럼 점점이 빛나게 된다. '말무덤'의 윤회이며 기억의 자정작용이 이와 같다.

정말이지 기억을 세우는 감각에 대한 어떤 강력한 믿음이 문영하 시인의 시 세계를 받치고 있다고 해도 좋겠다. 그것은 "암팡진 소리꾼"인 "가는 시누대" 뒤에 길게 가로놓인 "나무의 기억"과 "유장한 선율"을 상기시키는 마지막 시에서도 여지없이 힘을 발휘하여 향기와 소리로 시를 내내 진동시킨다(「향피리」).

순간의 정박, 현실의 재배치 - 최설

언어가 닻과 같다고 생각될 때가 종종 있다. 잡히지 않는 유의미한 순간을 붙잡아 두기 위해, 사람은 언어를 동원하여 그것을 그리고 담고 저장하기도 하니까. 그렇다면 시를 '순간의 저장소'라고 명명해도 좋을 것이다. 말하자면 현실은 순간을 간과하고 시는 순간을 아낀다. 최설 시인이 현실의 시간을 부수고 순간으로 다시 쌓은 다음의 시들이, 그런 이름과 잘 어울린다.

저 방에 그것이 있다

방에 들어가려면 비닐장갑을 끼고 마스크를 써야 한다 걸린 옷도 무엇이 묻었는지 몰라 날이 새도록 세탁기를 돌렸다 지샌 밤마다 별이 다 져버렸으므로 하늘엔 인공위성을 걸어두고

24시간 그것은 숨을 내뿜고 있어 방에 들어갈 땐 호흡도 참아야 한다 깜빡 숨을 들이마시고는 독성이 퍼질까봐 아무와 말하지 않았다 사람들은 소리 없이 자꾸 그림만 그려 내밀었다

듣지 않고 보지 않아도 믿는 자는 행복하나니
나는 종일토록 공기를 더듬고 있고

그것은 방의 새 주인 날마다 집은 낯설어졌다 어제는 재빨리 속옷을 꺼내왔다 가장 순결한 속옷으로부터 이미 벗어나 있었으므로 늦도록 팬티를 찢었다 사방의 털 또한 믿을 수 없어 구석구석 면도를 했다 허벅지가 맞닿으면 간지러워 새로 돋은 손톱과 발톱만 빨며 잠이 들었다

몇 번이고 나는 너를 모른다고 할 것이다
보지 않고도 믿는 자는 행복하나니 우리는 우리를 안다고 믿고

그것을 씌워두기로 한 날, 가장 큰 비닐을 덮어 테이프를 칭칭 감아도 비닐 속 그것은 너무 잘 보이고 비닐 밖에는 보고 있어도 보이지 않는 것들 무엇을 믿을 수 있을까 머리끝부터 발끝까지 비누가 닳도록 씻어도 씻기지 못한 죄가 남아서 쪼그려 앉아 물을 뿌렸다 얼굴에 다리 사이에 온 몸의 구멍마다 샤워기를 대보아도 물은 몸속으로 흐르지 않고 팔다리를 문지를 때마다 또 다른 죄가 묻어났다

온몸에 비닐을 감은 채 현관 앞에 서 있는
너는 창문 너는 침대 너는 마루 위 끈끈한 발자국
무엇에 이름을 붙일 수 있을까
우리들의 방에 태어날 또 다른 괴물 하나

눈 닿은 곳마다 혀를 내민다

–「그것」 전문

'저-'란 말하는 이와 듣는 이로부터 멀리 있는 대상을 가리키는 지시 대명사이다. 그러니 첫 행의 '저 방'은 화자나 청자(혹은 시의 독자)로부터 멀리 있을 것이다. 방과 화자/청자/독자 사이에 모종의 거리가 있다는 뜻도 되는데, 물리적 거리인지 심정적 거리인지 아직은 알 수 없다. 여하튼 "저 방"에 들어가려면 채비를 단단히 해야만 한다. 방에 누군가가 도사리고 있고, 그가 독성의 숨을 24시간 내뿜는 까닭이다.

그런데 5연에 도착하니 낌새가 이상해졌다. "그것은 방의 새 주인 날마다 집은 낯설어졌다. 어제는 재빨리 속옷을 꺼내왔다." 거리를 담보하는 '저-'로 지칭되었던 '방'이 사실 화자와 관계가 있는 장소였던 것이다. 심지어 다음 연에 이르면, 첫머리에서 괴물처럼 낯모를 것으로 그려지던 '그것'조차 어느새 '너'로 바뀌어있다. '그것'도 그렇고 방도 그렇고 한때는 '나'와 가까웠던 모양. 어쩌면 '나'는 본디 그 방의 주인이었거나 "새 주인"과 관계가 있었으며 그 관계라는 것도 속옷만큼이나 긴밀했을지 모르겠다.

그런데 이제 '그것' 때문에 '저 방'이 된 상황이다. '나'는 "너를 모른다고 할 것이"라고 굳게 다짐한다. 다짐을 행동으로 옮겨 '그것'을 비닐로 씌운다. '비닐'로 가리는 것이, '나'가 할 수 있는 최선의 것처럼도 보인다. 단, 눈 가리고 아웅일 뿐이다. 비닐로 가린다고 비닐 속의 것이 안 보일 리 없으므로. '나'는 그 행위에 죄책감을 느끼고, 죄를 씻으려 하면 할수록 죄가 묻어난다고 여긴다. 이렇게 시는 끝이 난다. 화자가 시의 마지막 연에 이르기까지 '그것'의 정체를 확정해주지 않으므로 청자/독자는 '그것'이 무엇인지 알 도리가 없다. 그러나 그것이 중요하지는 않을 것이다.

시를 처음부터 다시 읽는다. 사람에게는, 우리에게는 바로 지척에 있다가 일순 '그것'이나 '저 방' 정도의 거리 바깥으로 밀려나버린 존재들이 있을 수 있다. 그는 외로운 가족일수도, 연약한 친구일수도, 도움이 필요한 선량한 이웃일지도 모른다. 그런데 내가, 베드로가 예수를 버린 것처럼 그를 외면하면("몇 번이고 나는 너를 모른다고 할 것이다."), 그는 느닷없이 나의 영역을 어지럽히는 거추장스러운 타자가 되어버린다. '너'가 '그것'으로 '우리의 방'이 '저 방'으로 변해버리는 것이다.

시에서 '나'가 '너'를 외면의 이유는 가려져 있지만 '너'의 존재가 유해하다고 '나'가 여긴다는 것, 그 생각과 행동이 죄책감을 자극한다는 것만은 알겠다. '나'는 '너'로부터 멀어지기 우해 몸을 닦지만 깨끗해지기는커녕 죄로 더럽혀진다. 가린다고 가려질 수 없는 '너'의 얼굴, 보고 있지만 보이지 않는 '너'의 고통이 남아있는 한 말이다.

시의 이 장면은 낯선가. 일견 그럴 것이다. 그러나 곱씹어 보면 사람이 살아가며 한번쯤은 거치거나 간과했을지도 모르는 삶의 한 순간일 수도 있다. 이 '순간'을 단단히 붙잡아두기 위해 시는 좀처럼 해독되기 어려운 '그것'과 '저 방'의 이미지를 이렇게나 기괴하고 집요하게 그려두었을 것이다.

> 담아도 담아도 늘어나지 않는 가방처럼
> 버스를 쓰고 골목을 쓰고
> 잘 자라는 나무를 써도 여전히 마음은 많아서
> 성대를 잘라 버렸다
> 목 안에서는 혹이 자라고 살이 돋아나는 동안
> 구름은 무겁게 흘러갔다
>
> 아스팔트 위를 달려가는 덤프트럭
> 모래는 자꾸만 쏟아져 내리고
> 주름진 머릿속과
> 아무 것도 아닌 것들
> 성난 코끼리처럼
> 덩어리의 마음으로
>
> ―「여기」 부분

　가령 또 다른 시 「여기」를 떠올려보자. 시인은, 화자에게 가까운 곳을 가리키는 '여기'를 그려내면서 긴 시간("구름은 무겁게 흘러갔다", "모래는 자꾸만 쏟아져내리고", "하품은 길고", "오래 걷고 다만 쓰고 잠이 들었다가")과 가없는 공간("담아도 담아도 늘어나지 않는 가방", "아스팔트 위를 달려가는 덤프트럭", "닿기만 했을 뿐인데 온통 베인 손가락들")으로 '여기'라는 시간과 장소의 본질을 가능한 한 흐려두었다.

이로써 시 읽는 이는, 잘 잡히지 않는 '그것'이나 '여기'의 정체가 과연 무엇일지 묻느라 거듭거듭 시를 걸으며 시적 화자들의 죄책감이나 슬픔, 분노에 마음을 담그게 되는 것이다. 시인의 사려 깊은 의지를 이렇게 읽는다.

그리하여 시인의 부업은 건축인 것이다. 누군가를 고통스럽지 않게 할 정도로만 소복하게 쌓인 눈이 익히 알던 풍경을 시야에서 거두어 가듯 세계를 시 안에 다시 세워내는 것이다. 그 강렬한 마술로 세상의 모든 위계마저 숨을 죽이면 익숙함의 속박에서 풀려난 세계는 '실은 내가 이렇게나 아름다웠다'며 눈부신 비밀을 말 해 주곤 한다. 눈 소식은 아직 이려나. 설야가 기다려진다.

세계를 이제 막 보기 시작한 자의 눈으로

안전한 관성의 위험성

희고 긴 해의 손이 커튼 사이로 비어져 나온다. 하루는 빛을 빌려 제가 다시 시작점으로 돌아왔음을 알린다. 단지 몇 분도 양보해주지 않는 아침의 시간과 주도권 다툼을 벌이는 일은 짐작보다 고되다. 지쳐버린 몸을 버스 의자 같은 데라도 기대자면 눈꺼풀은 기다렸다는 듯 닻을 내린다. 감긴 눈 앞 스크린에 미루어두었던 할 일이 엔딩 크레디트처럼 떠오른다. 그것들의 숫자는 비워야 할 커피 잔의 수와 비례할 것이다. 카페인 말고 또 어떤 휴식으로 심신을 보상할 수 있을지 고민해보다 고민이 채 종점에 닿기도 전 버스에서 내린다. 낯모를 사람들 사이에 섞여 방향 다른 걸음을 재촉한다. 별 탈 없지만 별일도 없는 나날이 이렇게 지나간다. 여느 때와 같이.

　매일이 '여느 때' 같아질 때 그 삶은 관성 위에 놓여있는 것이다. 생을 추동해가는 힘에는 두 가지—욕망과 관성이 있어, 저마다 무언가를 간절히 원해(욕망) 살아가기도 하지만 그저 삶을 지속시키려는 (관성) 습관으로 더 많은 날을 움직여 간다. '여느 때'로부터 이탈하지 않는 일상은 표면상으론 안전해 보인다. 다만 타성 위에 오래 머무는 일은 위험하다. 그 안에서 사람의 시력은 무뎌지고 세계는 지나치게 익숙해져 결국 삶엔 어떤 자극도 없어지므로. 그러면서 발견되어야 할 것들이 조용히 묻히고 기억해야 할 것들이 순순히 망각의 포로가 되는 일도 벌어지는 것이다.

하여 어떤 시인들은 관성에 감금 된 사람의 눈과 마음을 석방해 주기 위해 시를 쓰기도 한다. 그 방식이야 다양할 수 있지만 아무래도 가장 효과적인 것은 벤야민 식으로 '어린아이의 렌즈로 바꿔 끼고'[36] 세계를 바라보(게 하)는 일, 즉 사위를 이제 막 보기 시작한 자의 눈으로 시에 옮겨내는 일이다. 그렇게 쓰인 시는 '보편의' 고정된 시야각 안에서 읽는 이의 눈길마저 끌어내어 생의 사각지대, 비의가 응축된 장면 쪽으로 이끈다. 이제 옮겨낼 시들이 자임한 역할이라면 그와 같을 것이다.

시선의 위치를 조정하면 – 김관용의 시들

시선의 능력이라 해도 좋겠다. 특정한 시선을 가질 수 있는 능력, 그리고 그 시선의 세계에 독자를 초대할 수 있는 능력이 이 시인에게는

---

36) 그램 질로크, 『발터 벤야민과 메트로폴리스』, 노명우, 효형출판, 2005, 124면.

있다. 이를테면 "사실 월면은 지구의 눈알이었다 세계가 만들어질 때부터 모든 구멍은 눈알인 것처럼"(「달의 안목眼目」)이라고 쓰였을 때, 시선의 주체는 지구에 거주하는 인간이 아니라 우주에서 지구 쪽을 바라보는 누군가이다.

그는 달이 지구의 눈동자처럼 보일만큼 지구와 멀어져있다. 무엇이든 간격을 확보하고 눈에 담아야 "맹목은 부촌을 배회하는 개의 주린 위胃처럼 하얗게 부서지는 것." 같이 신선하고도 물기 마른 정의가 가능해진다는 듯. 이 시의 화자는 시선의 채비를 이처럼 단단히 한 끝에 지구에서 죽은 자, 사랑하는 자, 그 모두의 서글픔에 대해 슬픔에 점령당하지 않은 채로 말할 수 있었다. 반복되는 일상이 사람에게 부여해놓은 시선의 위치를 조정함으로써 '처음 보는 자'의 시선으로 삶을 옮겨내는 것, 이것이 시선의 능력일 것이다. 가장 다감한 높이의 시선이 담긴 시를 이어 옮긴다.

겨울을 경청하고서야 나는 비상구도 아니고 어제 헤어진 당신도 아니고 그렇다고 방바닥에 뭉쳐진 머리카락이 아님을 알겠다. 찢어진 살에서 쏟아지는 음화에도 끼어들곤 하던 열망이 젖은 바람으로 풀어진다. 단 한 줄의 비유도 없이 매 순간 파멸되지만 나는 유리가 아니고 어떤 전향도 아니고 그렇다고 존재의 집이나 욕망의 문턱은 더더욱 아니겠다. 머리카락이 가늘어지고 기댈 곳을 찾을 때까지 이숙異熟의 눈물을 사용하겠다. 언 물속을 휘저을 때의 저릿함으로 아무도 떠나지 않은 산책길이라 쓰겠다. 물 밑에서 바라보는 당신은 안락사라거나 창가에 떨어진 깃털 혹은 자연스러운 물기를 상상한다. 높이에 대해서 그리고 용도에 대해서, 나는 패딩에 가득 배어 있던 빗물도 아니고 당신의 흔적이라곤 찾을 수 없는 계좌번호가 아니다.

— 김관용, 「여행지의 의자들」 부분

내 눈이 나만은 볼 수 없다는 사실이 공교롭다. 사람에게 스스로가 더없이 약한 존재임을 체감시켜주는 여러 진실이 있는데, 그 중 가장 본질적인 것이 그 같을 것이다. 거울이나 거울처럼 나를 비춰주는 누군가가 없이는 내가 영원히 나를 볼 수 없다는 것. 누군가가 알아봐주고 이름을 불러줌으로써만 내가 된다는 것. 하여 나는 날마다 깨어나 거울로 나를 들여다보고 내 존재를 확인해 줄 '당신'의 눈동자를 찾아 영원히 헤맨다. 이것은 사람의 외롭고 다정한 운명이다. 그런 '나'에 대해, 혹은 나와 타자와의 관계에 대해 흔치 않게 들려주는 시인들은 해서 자주 반갑다. 인용한 시 역시 '나'의 존재론을 '당신'과 관계의 의미망 안에서 발견하려는 시도가 담긴 시로, 그것을 위해 시인은 의자 위에 앉는 존재가 아니라 의자의 렌즈를 빌려 낀다.

그러고 보면 의자와 닮았다. 누군가 앉아 용도를 밝혀 주기 전에는 나무를 깎아 만든 조형물에 불과한 의자처럼, 사람 역시 누군가 그가 그임을 알려주었을 때 비로소 제가 지닌 의미를 찾는다. 그것도 '여행지'의 의자인 것이다. 스쳐가는 수많은 사람, 사물들과 맺는 관계 안에 머무르며 나는 나 자신이 누구인지 조금씩 깨우쳐간다. 이 시는 그 고단한 알아감의 기록이다.

"겨울을 경청하고서야", 홀로됨의 외로움과 한기를 제대로 겪고 나서야, 저 자신의 존재에 대해 생각해보는 것은 사람의 쓸쓸한 버릇이다. 그제야 '나'는 저 자신을 규정해보려 하지만 단박에 '내가 누구'라고 이야기하기는 정말이지 어렵다. 그리하여 '나'는 외부의 타자에 기댄다. 타자란 나와 저의 다름을 보여줌으로써 내 위치를 인식하게 하는 존재들. 이를테면 나는 "비상구"나 "머리카락"이 아니어서 사물대신 사람임을 알고 "어제 헤어진 당신"이 아니어서 당신과 또 다른 어떤 사람임을 알았다. 시는 이렇듯 '~아니다'의 소거법을 통해 내가 아닌 삼라만상을 지워나가며 '나'의 형상에 닿으려 애쓰는 '나'를 내내 그려낸다.

그렇게 보면 시에 배치 된 이미지들—유리, 전향, 욕망의 문턱, 패딩에 가득 배어 있던 빗물, 당신의 흔적이라곤 찾을 수 없는 계좌번호, 값싼 양초, 점집, 합종연횡 등이 꽤 의미심장하다. 모두 금방이라도 부서지거나 흔들릴 수 있는 것, 사라지기 쉬운 것, 무쓸모의 것들이라는 교집합을 지녔다. 이렇게 다시 적어도 좋겠다. 아마도 내 삶에 당신이라는 존재가 없다면 '나'란 부서지거나 흔들리다 사라져버릴 존재일 것이다. 그러나 당신이 있어 나는 그것들이 '아니게' 되었다. 그러니 '나'를 무언가로 정의내리더라도 '당신의 무엇'이라 할 수 있을 뿐이리라. 나는 때론 당신을 대변하거나(입술), 가끔은 당신의 상처(못)일 수도 있다. ("단지 당신의 마른 입술, 늘 어긋나는 곳에서 망치질

비로소 사랑하는 자들의 노래가 깨어나면

소리 텅텅 울리는, 누군가의 가슴에 박힌 기다란 못이라 할 수 있을 뿐이다.")

위(「달의 안목 」)로부터, 아래(「여행지의 의자」)로부터, "물질계에 없는 행성"(「환영의 마을」)으로부터 시인이 가져온 새로운 시선-렌즈로 세계를 마주했다. 이런 시는 제 안에 기입된 관성을 이탈하는 것들—이미지의 낯모를 배열과 익숙하지 않은 느낌마저 어쩐지 승인하게 만든다. 어떤 진리는 차라리 그로부터 도래하기도 하는 것이다.

비의가 담긴 한 점을 찾기 위해 – 윤희경의 시

점을 찾는 능력이라 해도 좋겠다. 생의 비의가 담긴 점, 대개는 기억의 파편인데 그것을 발굴하는 능력이 이 시인에게 있다. 과거의 경험은 대개 유려한 서사가 아니라 하나의 점이 되어 기억 깊은 곳에 머문다. 그러다 훗날 저와 오버랩 되는 어떤 결정적 장면에 의해 의식 위로 견인되어 지난 날 제 주인이 몰랐던 어떤 진실을 새삼 풀어놓는 것이다. 이제 옮길 시들이 그 작용과 과정에 관해 감각적으로 들려준다.

뜨거운 입질
붉은 물고기 두 마리
살을 탐하여
미끼를 삼켰나

곯은 배 오르던 숨찬 두 칸 집

청맹과니 어린 것들 두 팔로 지키다

젓가락질 멈추고

눈 감고 싶을 적

악물고 지켜낸 금이 간 사리

부셔진 어금니는 불면으로 채웠다

알전구 아래 알전구 넣고

기워낸 빵꾸난 양말 수십

지 세상 만나 활개 칠 때까지

밤낮으로 수북한 꽁초 재떨이

검은 폐로 기울어지던

앙상한 뼈만 남은 가시고기 한 마리는

한동안 길음동 산 10번지를 귀신처럼 헤엄쳐 다녔다는.

그 뜨거웠던 겨울

— 윤희경, 「아버지 사리」 부분

화자의 뇌리에 점이 있다. 배고파 앓던 유년의 한 장면이다. 어느 날 우연히 "살을 탐하여" 앞 다퉈 미끼 삼키는 물고기를 목도한다. 붉은 물고기들과 어린 자신이 유비되면서 기억을 재생시킨다. 재생

화면의 주인공은 아버지. 세찬 삶에 폐 태워가며 당신 목숨과 자식들 목숨 바꾼 가장. 그에게 사리가 있다면 거기엔 부서진 어금니처럼 금이 가 있으리라고, 아버지가 부재하는 세상에서 화자는 뒤늦게 생각한다. 기억의 점으로부터 청맹과니 어린 시절에 미처 가늠해보지 못 했던 아버지의 고통과, 고통에 비례했던 진득한 사랑이 가없이 번져 나온다.

이 시인은 이렇게 숨어있던 의미가 터져 나오는 생의 한 점―장면을 시에 기입하기 위해 골몰해 있다. 보태자면 그것을 시 안팎에서 공유하게 하려는 듯 보인다. 자식들 건사하다 금 간 어금니의 주인은 시 안에도 시 밖에도 있거나 있었다는 것을, "식당 벽에 걸린", "볼셰비키 장교"의 "그림 한 점"과 "귀때기가 얼어터지"는 "광화문 광장"을 겹쳐보며 혁명의 가치를 묻는 것(「거리에서」)은 시 내부의 화자뿐만 아니라 시 외부의 독자에게도 의미 있는 일이라는 것을, 시는 말하려 애쓴다.

이것이 시인이 다른 시에서 말 한 '줄탁동시'이겠다. 세상의 모든 씨앗은 안의 존재가 밖을 향해 뻗는 마음과 밖의 존재가 안쪽으로 내미는 마음이 만나는 지점에서 움을 틔워낸다. 시도 작은 몸에 삶의 비밀을 접어 넣은 씨와 같다면, "우리 서로 발끝을 세우며 조금씩 껍질을 깨고 다가오는"일, 시 쓰는 자와 읽는 자가 서로를 떠올리며 시의 안팎을 두드리는 순간 "웅그려도 빛나는"(「줄탁동시」) 의미를 터뜨릴 것이다.

삶을 관성으로부터 이탈시킬 수 있는 기억의 점을, 시로써 선물하려는 시인의 마음에 이렇게 닿았다. 이 같은 시심과의 조우는 언제나, 예외 없이 이롭다.

초대장 없는 집, 혹은
테이레시아스의 파라노이아

_____

눈 뜨고 있어도 볼 수 없는 테이레시아스(Teiresias)

운명이 매서운 것은 예기치 못한 사건으로 부지불식간의 삶의 섶을 파고들기 때문이다. '그'에게도 예외란 없었다. 모르긴 몰라도 돌올한 것들은 마모되기 십상인 것 같다. 그는 명민한 논리를 앞세운 당대의 이른바 잘나가는 철학자였는데, 어느 날 신들의 별것 아닌 장난으로 별것의 시험에 들고 만다. 그 과정이 이러하였다.

싸우기도 잘 싸우는 신들의 아버지와 신들의 어머니가 불화의 불씨를 그에게 건넸던 것이다. 자기네들 중 어느 쪽이 더 사랑이 주는 쾌락의 수혜자인가. 이 사소한 물음에 그는 자신의 식견을 동원해 최선의 답변을 내놓았지만 애초에 그가 양쪽 모두를 만족 시킬 리 없었다. 대답에 불쾌해진 한쪽 신은 진실을 보지 못 한다는 이유로 그의 눈을 멀게 했다. 괜스레 미안해진 다른 신은 없어진 육안의 자리에 진실을 볼 수 있는 심안을 심어주었다. 눈이 멀어 다른 눈을 뜬

이 사람의 이름은 테이레시아스. 오이디푸스의 그 가혹한 숙명을 예지한 눈먼 예언가였다.[37]

이렇게도 읽힌다. 육안의 주박에서 풀려날 때, 그러니까 저마다가 시야각의 한계를 벗어날 때 사람은 보다 진실에 가까워질 수 있다는 것. 이것은 물론 전부터 시인의 덕목으로 여겨져 온 것이기도 했다. 시인이 된다는 것은, 일상 세계 안에서 작동하는 눈의 한계에서 벗어나 새로운 바라봄을 시도한다는 뜻이기도 하니까. 그럴 때에야 '주어진' 질서와 규칙에 얽매였던 세상의 존재들은 테두리를 허물고 나와 숨겨진 비의를 기꺼이 드러내주기 때문이다.

그런데 여기서 한 가지 질문. 눈을 뜨고 있는데도 볼 수 없는, 혀가 있는데도 말 할 수 없는 테이레시아스/시인이 있다면 그의 심정이란 어떠할까. 실은 이것이야말로 2010년대 산(産) 시인들이 공통적으로 처한 현실이다. 육안을 버리고 심안을 치켜떠 보아도 진실을 미메시스 하는 것이 녹록치 않은 시대다. 파국의 인접어가 된지 오래인 정치 경제적 문제들, 생사를 장악한 도처의 위험들, 그럼에도 어딘가에 소속되어 보호받을 수 없는 존재들. 경쟁과 성과주의에 쫓겨 가면서 하릴 없이 우그러든 자의식과 멘탈로 펜을 들어도 끝끝내 어떤 의미 찾기가 어려운 나날들. 하여 이즈음 시를 쓰려는 이들의 발화 맨 앞자리에는 거의 예외 없이 '시인으로서의 정위(定位)'와 관련 된 진술들이 자리 잡고 있다. '무엇을 쓸 것인가'가 아니라, '어떤 태도를 취할

---

37) 테이레시아스의 눈이 멀게 된 이유가 그리스 신화에는 몇 가지로 나타난다. 여기에서는 그 중 오비디우스의 『변신』에 등장하는 이야기를 참고하였다. 임철규, 『눈의 역사 눈의 미학』, 한길사, 2004, 357~358면.

것인가'―이것은 눈을 떠도 볼 수 없는 테이레시아스의 가장 첫 번째 챌린지다.

아픔을 느끼지 않네, 이국의 하늘 아래에서

녹음이 흐르나. 여름이 흐르려나. 묘지와 입술이 흐르나. 창문을 조금 열어놓은 사이 흐르는 것들. 사나흘이 흐르고 조각과 진창이 흐르고 창문을 조금 열어놓을 때 곳에 따라 비가 내리고 빗물이 흐르는 사이 너는 창문 앞에서 창문을 조금은 지키고 있다고 말할 수 있나. 창문을 열어놓을 때 너는 조금은 나갈 수 있었고 다시 조금은 들어올 수 있었고 너는 망설이고 있었고 그러는 사이 방이 흐르려나. 방이 흐르면 너는 놀라 밖으로 나갔다가 창문으로 숨으려나. 돌아볼 새 없이 방은 흐르고 사나흘이 흐르고 너는 나가지도 들어오지도 않은 상태로 창문 속에서 머물고 있었다. 극장이 흐르고 있었다. 생물이 흐르고 있었다. 곳에 따라 촌락과 강변이 흐르고 있었다. 때에 따라 갈 곳이 흐르고 있었다. 갈 곳을 잃고 있었다. 너는 있었나. 너는 없었나. 너는 눈이 없었다. 너는 흐를 때 눈이 없었다.

– 안태운, 「창문을 열어 놓을 때 곳에 따라 비」,(「현대문학」, 2018.6.)

비밀스러운 진실 같은 건 없어져 버린 것도 같은 세계에서 눈 뜨고 있는 일의 무용함에 관해서라면 이 시부터 참고하는 것이 좋겠다. 여기에는 거의 마지막까지 사실을 확정짓는 그 어떤 어미도 등장하지 않는다. 녹음이 흐르는지 여름이 흐르는지 알 수 없다. 화자가 제가 바라보고 있는 것들의 상태를 확신해 말 하지 않으니까. 대신 '~려나' 같은 추측 또는 혼잣말의 종결 어미가 판단을 유보하거나 지연시키는 '나'의 의도를 돋을새김 한다. 물음의 종결 어미로도 역접의 연결 어미로도 읽히는 '~나'는 시적 현실의 불확실성과 유동성을 거듭 강조하고 있다.

그래도 확정적인 것이 있다면, '방' 같이 존재가 정주할 만한 곳들이 끊임없이 흘러가고 있다는 사실. 그로써 주인들은 갈 곳을 잃었다는 것. 상황이 이와 같다면 나름의 '창'—관점을 개폐해가며 삶을 바라보려는 누군가가 있다 해도 그의 눈은 없는 셈이나 마찬가지이다. 화자는 '너'의 일이 그렇다고 썼으나 그라고 다르겠는가. 애초에 자신이 본 것을 믿지도 확정하지도 못하는 그였다. 그럼에도 그들은 이 훼손된 세계에서 "나가지도 들어오지도 않은 상태로 창문 속에서 머"무르며 흐르는 바깥에 계속 눈길을 둔다. 다른 시에는 이것이 '관측'이라고 적혔다.

다른 행성을 관측합니다

동일하게 나눠 가질 수 없는 높이와 바람과 호흡과

절단된 무릎
뿌리 뽑힌 향나무

그보다 더

몇 가지가 일치합니다

삶은 지속되지 않는데 이야기가 계속될 필요가 있을까요
이것도 삶이라면 나는 졸다가

돌고래가 떠오르는 것을
지켜봅니다

— 정우신, 「지구」(『시인수첩』, 2018년 봄호) 중에서

   이 시는 이렇게 해석 가능하다. 우리는 아픔을 느끼지 않네, 이국의 하늘 아래에서 우리는 혀를 잃었기에(휠덜린). 왜 그런가. 화자는 명백히 지구인처럼 보이지만 지구를 "다른 행성"처럼 "관측"한다. "절단된 무릎"과 "뿌리 뽑힌 향나무"가 암시하듯 지구는 이제 폐허다. "삶은 지속되지 않는데 이야기가 계속될 필요가 있"는지 되물어지는, 미메시스가 거부되는 공간이랄까. 구태여 벤야민의 말을 빌려오지 않더라도 이런 곳에 머무는 일은 이방인이 되는 일과 별반 다르지 않을 것이다. 하여 그는 하릴없이 제 세계를 '관측'할 수 있을 뿐인

데, 여기서 '관측'이라는 단어는 주체와 대상 사이의 꽤 먼 거리를 담보한다.

말하자면 이런 것이다. '나'는 기울어가는 제 세상을 가감 없이 '바라보기' 위해 이방인처럼 일정 거리를 두고 섰다. 그런데 그 처지를 원망하는 지 기꺼워하는지 모르겠다. 도망치려는 것인지 견뎌내려는 것인지 알 수 없다. 오히려 그는 아픔을 느끼지 않는 것처럼 보이는데—느낀다 해도 말 할 마음이 없어 보이는데—그가 선 곳이 이국 이어서일 것이다. 이국에서는 누구나 말할 혀를 잃어버린다. 그리하여 '나'는 그저 "졸다가", "돌고래가 떠오르는 것을 지켜"보기로 한다. 엄숙함도 비장함도 없는 건조한 바라봄, 이즈음의 시들이 왜 이것을 공유하고 있는지 이제야 알겠다. 그러므로 다시 적는다. 시인들은 아픔을 말 할 수 없네, 이방인이 된 현실 안에서 그들은 혀를 잃었기에.

습도가 낮은 날을 골라 누나는 육수를 끓였다

누나는 번번이 자신을 시인이라고 소개했다
누나는 단지 풍경을 기록하는 사람
진짜 이야기는 한 줄도 쓰지 못하는

그럼에도 나는 사람들과 만날 때 누나의 말을 곧잘 인용했다
누나의 정보는 대부분 신빙성이 없었지만 나는 누나의 말을 따

라하는 것이 좋았다

"이번 생은 애벌빨래야" 이건 누나의 입버릇이고

장마가 끝나자 매미들이 누나의 창으로 몰려들었다. 누나는
방충망 사이로 그들의 배를 바라보았다 그리고 커다란 냄비를
꺼냈다

사람들은 계절을 눈치 채지 않았다

누나는 매미가 가장 완전무결한 생명체라 믿었다

어디까지나 누나의 가정이었다
그건 지독한 향수병이었다

누나가 앉은 자리에는
투명한 부스러기가 점차 늘었다

나는 매일 불안했다

뼈와 살이 물이 되는 냄새
그리고 끝내

하얀 연기가 되는 냄새

발목과 냄비를 번갈아 보며 누나는 가끔 울었다

국물이 진하게 우러났다

— 강지혜, 「동어반복」(『내가 훔친 기적』, 민음사, 2017) 전문

그런 시인들의 자화상을 이 시에서 읽는다. 시인에 관해 쓴 시다. 정확히는 '혀를 잃은 시인들의 정위법'이다. "누나는 번번이 자신을 시인이라고 소개했다." 다만 '나는 번번이 나를 시인이라고 소개했다.'가 아니다. 이 시대의 시인은, 설사 자신이 시인임을 분명히 자임할 수 있는 자라 해도 '나'로 등장해 자신에 대해 말 할 수 없는 것이다. 그를 바라보는 '나'에 의해 그의 존재가 증명될 뿐이다.

시인의 말이 신빙성이 없어서이다. "매미가 가장 완전무결한 생명체라 믿"는 것처럼 허황된 말로 들릴 때도 많다. "누나는 단지 풍경을 기록하는 사람 / 진짜 이야기는 한 줄도 쓰지 못하는" 자여서다. 아무래도 '지구를 관측하는 시인'의 사촌쯤 되겠다. 이들의 일은 무가치한 것인가. 이어지는 행에 따르면 그렇지가 않다. "그럼에도 나는 사람들과 만날 때 누나의 말을 곧잘 인용했다 누나의 정보는 대부분 신빙성이 없었지만 나는 누나의 말을 따라하는 것이 좋았다." 신용할 수 없는 시인의 말을 독자는 따라하는 것을 '좋아한다.'

요컨대 이 시대 시인에게는 홀로 설 힘이 없다. 멘탈을 우그러뜨리

는 현실 속에서 자기 확신을 갖기 힘든 상황이기도 하지만, 예술마저 예전보다 위축되었다. 진실을 미메시스 하는 것이 그 본령이라 하나 이 세계의 표면은 대개가 가짜고 진실이란 늘 깊은 광맥에나 숨겨져 있어 오래 굴착해야만 겨우 그 모서리쯤에 닿을 수 있다. 그러니 '진짜 이야기'를 어떻게 시의 전언 삼을 수 있겠는가. 시에 담기는 것은 시 쓰는 자가 고작 거기를 향해 헛손질 하는 '풍경'과 거기에서 비어져 나오는 포에지뿐이다.

다만 그 실패와 거기에서 비롯된 절박한 무소용이 차라리 시 읽는 이들에게 시를 옮기는 어떤 계기가 되기도 하는 것이다—이것은 또한 이 시를 쓴 시인의 바람이기도 할 것이다. 생명을 다 소진해 한 시절 노래를 낳는 매미 같은 시인의 고단한 허무가 '나'의 '인용'을 견인한다. 시의 의미가 이해되거나 그것이 믿어져서가 아니다. 그저 '좋아서', '나'는 누나의 말을 옮긴다. 하긴 손쉬운 성공보다 절실한 실패를 우리는 언제나 좋아한다.

서로의 꼬리를 문 첫 행과 끝 행 덕분에 이 일은 시 안에서 무한히 반복된다. 시인의 자기 정위를 이렇게 엿본다.

시공을 시공하기, 초대장 없는 집

거듭하지만 이 '관측'은 미메시스를 위한 것이 아니다. 차라리 실재의 무엇을 어떻게 시로 부술지 궁리하기 위한 것이라 하겠다. 다음의 시로 시선을 옮겨보자.

나는 누군가 집으로 들어가는 소리를 듣는다 다른 누군가는
계단을 오르거나 내려가지 않고 난간을 붙들고는 멈춰 선 것
같다 그게 아니라면 내가 복도를 헤매지
    않아도 되었을 텐데 야트막하고 낮은 언덕까지 자취를 다 감
추고 나면 나는 가던 길을 멈추고
    행선지를 바꿔야 할지도 모른다

밤하늘에는 별이 떠 있다

언니는 혹시 죽어버린게 아닐까?

내가 모르는 사이에 언니가 발을 헛디뎠다면 난간 아래에서
언니의 흔적을 찾을 수 있을지도 모른다 누군가
    나의 어깨를 젖히고 나를 벽까지 밀친다

꽉 막힌 인간 같으니

누군가 건물을 허물기 시작하고 가루가 날린다 생전 처음 보
는 꽃의 종류와 독한 향기가 언니를 괴롭혔다면 이대로 나쁘지
않을 것 같다 그런데 언니는

예쁘게 웃었으니까 내가 모르는 사실 때문이 아니었을까, 고개를 돌리니

벌레가 있었다

언니는 나를 외면했다 미안하다는 말을 남겼는데 그때가 마지막이었다 문을 새로 달았으니까

아무것도 없잖아? 다 됐지?

　　　　　　　　― 오은경, 「시공施工기사」(「시로 여는 세상」, 2018. 여름.) 전문

이 시의 '나' 역시 눈 뜬 채 보지 못 하는 테이레시아스의 이웃이다. 누군가 집으로 들어가고 다른 누군가는 난간을 붙들고 멈춘 것 같다. 소리로 짐작했을 뿐이고 보지 못 했으며 그래서 이 발화는 불확실하다. 그가 이런 시절에 살아서이다. 밤하늘에는 여전히 별이 떠 있지만 별 보고 행선지를 정할 수 있는 날들은 끝이 났다. '언니'라는 존재를 전대(前代)의 유비로 봐도 된다면 아무래도 지난날의 기치들은 수명이 다 한 것 같다. 그러고 보니 꼭 그렇다. 이 시대에 이르러 아젠다도 전통도 희미해진 것 같다. 2000년대에만 해도 우리에게는 레퍼런스가 있었다. 무언가 받아들이거나 모방하거나 타기할 수 있었다. 그런데 지금은? 무엇을 빌려올 것인가. 시대의 난간 아래로 떨어져버린 그것들을 혹여나 찾을 수 있을까.

아마도 '나'는 그런 생각에 '언니'의 흔적을 더듬은 것 같지만 그 일이 별무소용임을 아는 '꽉 막히지 않은' 자들에게 비난을 받는다. 그들은 벌써 다른 행동을 개시했다. 현실 세계를 의식 안에서 허무는 것, 실재의 질서와 규칙이 가루가 되도록 철거하는 것. 다만 그들은 철거 기사가 아니라 시공 기사다. 부수어 낸 현실의 폐자재들로 그들은 현실 외부에 그것과 최대한 닮지 않은 유사 건축물을 축조할 것이다. '나'를 외면한 '언니'가 미안하다고 하든 안 하든 별로 상관은 없다. 마지막엔 '나'도 건물 짓기에 동참했고 마지막으로 문을 달았다. 그는 새 시공(時空)을 시공(施工)하는 기사-시인이다.

나는 지나칠 수 없는 색깔

입 밖으로 뱉으면 썩기 시작하는 약속

모래밭에 이름을 적다가 부러진 나뭇가지

두 손을 모으지 않고도 빌 수 있는 기도

광장 한가운데 분수처럼 솟아오르는 입맞춤

새들의 농담에도 웃지 않는 신호등

뒷걸음질치다 밟은 햇빛의 발

페인트칠이 덜 마른 기침

눈 마주칠 때마다 멈춰서는 시계

해가 뜰 때까지 천천히 젓는 호박죽

누군가 기다리는 13월의 생일

인사를 건네려고 펼친 손가락이 욕이 되는 곳에서

나 같은 사람이 둥글게 모여 있는 곳으로

순한 머리들은 점점 감정을 가지게 되고

세상이 오돌토돌하게 보이기 시작하고

점점 타원에서 불룩해져서

찌그러진 침묵이 되어가고

안으로 몸을 말면서 단단해지고

둥글게 살자는 말을 멀리 굴려 보내고

용기를 한 올씩 모아 빗자루를 만들지

닳은 뒤통수는 우리라고 불리고

우리는 이렇게 정수리로 숨을 쉬고

한 번쯤

당신의 어깨를 치고 지나갈 수 있다면

이곳에서 뒤를 돌아보는 건

당신의 머리 하나

– 강혜빈, 「겨울의 시니피에」(『현대시』, 2018.6.)

이 시공 기사/시인들의 건축물/시가 난해하다고 여겨진다면 그곳이 초대를 위한 집이 아니기 때문이다. 이 공간은 화자가 망가진 현실 대신 '자기' 혹은 '자기 세계'의 구성과 배치를 연습하는 임시 거주지에 가깝다. 옮긴 시를 천천히 들여다보자. '나'에 대한 스무고개처럼 읽힌다. 거의 모든 행이 '나'를 정의하는 기표들—약속, 나뭇가지, 기도, 입맞춤 등으로 이루어져 있는 까닭이다. 이것은 '나의 실체'라는 의미의 구심점을 향해 모여들게끔 작성되었지만 각각의 기의는 온전히 겹쳐지지 않은 채로 어떤 잔여를 남긴다.

가령 "입 밖으로 뱉으면 썩기 시작하는 약속"이나 "모래밭에 이름을 적다가 부러진 나뭇가지", "두 손을 모으지 않고도 빌 수 있는 기도"는 절묘하게, 모종의 절박한 마음을 지닌 존재의 형상을 매한가지로 담보한다. 그러나 그것이 꼭 같지는 않아 차이를 발생시키고 그 덕분에 '나'는 어떤 한 구절에도 포획되지 않는다. 즉 '나'란 결국 어떤 하나로 규정될 수 없음을, 말하자면 무한의 언어로 번역 가능한 텍스트임을 말 해주고 있는 것이다.

이것이 테이레시아스로서 이 시대의 많은 시인들이 나누어 쥔 암묵적 규칙이어서, 시인들은 실재의 불확실성에 맞서 언어로써 번역 가능한 모든 세계와 존재를 건축하는 역할을 꽤 강박적으로 수행한다. 이것은 이로운 파라노이아라고 해도 될 텐데, 그들이 세계를 부수고 그 조각들을 다시 즉자적으로 받아들여 시의 정물로 만드는 과정에서 현실 세계의 어떤 편견도 억압도 힘을 잃는 까닭이다. 그 수행 능력이 향상될 때 시인들은 "순한 머리들은 점점 감정을 가지게 되고 / 세상이 오돌토돌하게 보이기 시작하고", "둥글게 살자는 말을 멀리 굴려 보내고 / 용기를 한 올씩 모아 빗자루를 만들"수도 있겠다.

이들의 집—시에는 다시 말 하지만 초대장이 없다. 거기 누군가 들어올지 말지 정하는 것도 시인의 몫은 아니다. 다만 이렇게 되기를. 시가 "한 번쯤 / 당신의 어깨를 치고 지나갈 수 있"기를.

비로소 사랑하는 자들의 노래가 깨어나면

시-문지방의 주술에 관하여

어떤 금기

어린 시절 귀를 옭아맸던 오래되고 비밀스러운 금기 중에 이런 것이 있었다. '문지방을 밟지 마라.' 엄격한 규칙이라고 하기엔 간지럽고 웃어넘겨도 되는 권유라기엔 으스스했던 당부. 이 말에 얽혀있던 사정은 집마다 달랐을 것이다. 어느 집에서는 신령한 신들이 문턱에 깃들어있기 때문이라고 했다. 다른 집에서는 그것이 저세상과 연결된 망자의 길인 까닭이라고 했다. 어딘가에서는 어린아이가 넘어지는 것을 막기 위해, 혹은 밟히는 면이 닳는 걸 방지하고자 그런 얘기를 했던 것 같다.

이유는 각양각색이지만 문지방이라는 자리가 인간에게 어떤 식으로든 위험하고 유의미한 곳인 것만은 분명해 보인다. 안과 밖을 갈라놓는, 다시 말해 안과 밖을 겹눈으로 보게 하는 경계이기 때문일까. 인생은 시간적으로나 공간적으로 선조적이고 평면적인데 시간에

든 공간에든 문턱이 생기면 거기 멈춰 한 번쯤 자기 삶의 안팎을 짚어보는 것이 사람의 일인 것이다. 계절의 그림자를 밟고 다른 계절이 돌아오는 간절기나, 친밀한 영토와 낯선 영토 사이의 공항이 지나온 날을 반추하고 다가올 날을 짐작할 기회를 만들어주듯이.

그래서인지 시는 종종 간절기처럼, 공항처럼 삶의 안팎을 동시에 들여다보게 하는 문지방의 주술을 발휘한다. 이 세계의 진면목을 향해 눈 뜨게 하고 이 삶에 결핍된 것, 채워 넣어야 할 것을 알려주는 것이 그 같은 시들의 미덕이다. 여름의 시들 중 그런 작품에 갈피끈을 끼워보았다.

세계의 진면목을 향해 눈 뜨게 하고

삶의 반경을 넓히는 유용한 방식 중 하나는 친숙해지다 못해 권태로워진 일상에 이방인으로 도착해 보는 것이다. 그것은 자신을 장악한 생활의 바깥을 건너다보는 일로부터 시작될 수도 있는데 읽는 이에게 그 계기를 마련해주고자—삶 내부의 참모습 탐색을 위해 외부를 환기하는 시들이 있어 먼저 옮긴다.

우리 모두 잘 아는 그에 대한 이야기다.

그는 '내일 올 거야'라는 말을 가장 많이 듣고 자랐다. '그는 내일 올거야'라는 말은 그에게는 거의 이명이었다. 내일은 내일로만 메아리처럼 울려 퍼졌다. 같은 피가 흐르는, 같은 극이 맞닿기 직전의 막대자석처럼, 오늘이 가닿을 듯하면 다음 날로 튕겨나갔다, 내일은

내일은, 말이야, 새벽부터 예보대로 비가 올 거야, 하지만 금세 그치고 북향의 네 창문 앞까지 햇빛이 올 거야, 바람이 올 거야, 길모퉁이를 돌면 기다렸다는 듯 떠돌이 개가 네게 올 거야, 문득 낮달이 올 거여, 나무에서 떨어진 잎들이 네 얼굴 쪽으로 쏟아져

올 거야, 그리고 사막에서 창문 만 개만 달고 온다던, 그가 꼭
올 거야, 내일, 내일만큼은

흰 밥과 푸른 국 앞에서, 생일보다 슬픈 소식을 들은 듯 그는, 유리병처럼 투명한 얼굴로 고개를 푹 숙였고, 눈물이 알약처럼 엎질러져서, 내일이 당장이라도 벌컥 열고 들어올 문틈으로 굴러들어갔다.

결국 그는 무수히 쏟은 눈물들을 평생 절대로 되찾을 수 없게 되었다. 죽은 이의 옷들이 가득 든 영원처럼 무거운 장롱 밑으로 굴러들어간 구슬들처럼, 모두 내일 밑으로 깊숙이 들어가 있어서,

내일은 역시 내일도 오지 않을 테니. 어느날 문득 차임벨이 울리고, 내일로 가는 일인용 엘리베이터에 올라타듯 입관하며 그는 순식간에 내일로 이동했다. 여태 오늘에 남겨진 사람들이 떨군 몇 개의 유리구슬처럼 둥글고 단단한 눈물을 밟고 미끄러져,

내일로 내일로 휩쓸려, 파도조차 아직 도착하지 않은 해변으로 갔다.

그는, 내일 올 거야, 라는 말을 가장 많이 듣고 살았다.

급기야 그는, 평생을 기다리다가, 단 한 번의 기회에 내일로 건너갔다.

아버지인 그와 아들인 그와 친구인 그가 오기로 한 내일로,

조문 온 사람들은 그의 아들에게, 그는 내일 오기로 했다고, 전했다.

— 김중일, 「내일 오기로 한 사람」, 『문학사상』, 2019년 7월.

삶의 진실에 대해 말하고자 생과 사 가운데에 문턱을 쌓은 시를 옮겼다. 살아간다는 것과 죽음에 가까워진다는 것이 실상 같은 말이지만, 자비로운 망각은 언제나 그 진실을 기억의 서랍 깊은 곳에 넣고 문을 닫아둔다. 그리하여 사람은 삶에도 끝이 있다는 사실을 좀처럼 떠올리지 못한 채 이따금 하루를 허비해버리기도 한다.

그럴 때마다 이렇게 말할 수 있는 것이 다행이라면 다행이다. 내일 하면 돼. 내일이 있으니 괜찮아. 아직 도착하지 않은 내일의 가능성을 믿으며 오늘의 미진함을 위로하는 것이다. 내일은 오늘 바로 다음 날이라는 특정 시간을 지칭하는 뚜렷한 명사이자 앞으로 올 날의 총량을 지칭하는 단어이기도 하다. 누구도 인생의 끝이 언제인지 알 수 없는 까닭에 내일은 대개 무한히 큰 가능성의 공간처럼 여겨

진다. 하지만 과연 그럴까. 옮긴 시의 '그'가 묻는다.

'그'는 "내일 올거야."라는 말이 "이명"이 될 정도로 내내 듣고 살았다고 했다. 사람과 사람 사이를 오갈 때 그 말은 다정함과 꼭 그만큼의 비정함을 지니게 된다. 가령 '내일 올거야'가 최초로 '그'의 귀에 닿았을 때 그 말의 성분은 희망이었을 것이다. 곧 올 존재에 대한 기대와 기다림의 설렘이 조합된 희망. 다만 반복된 '내일 올거야'는 '오늘은 오지 않는다'는 의미를 강하게 띄는 체념의 단어로 바꾸어 버린다. "같은 극이 맞닿기 직전의 막대자석처럼, 오늘이 가닿을 듯하면 다음 날로 튕겨"나가는, 곧 오늘 할 수 없는 일이 있고 만날 수 없는 사람들이 있음을 알려주는 시간이 내일인 것이다.

그것을 아는 '그'에게 온갖 아름다운 것들이 '내일 온다'는 말만큼 슬픈 소식도 없다. 그러다 "어느날 문득 차임벨이 울리고, 내일로 가는 일인용 엘리베이터에 올라타듯 입관하며 '그'는 순식간에 내일로 이동"했다. 삶의 마지막 내일, 죽음 쪽으로 가버렸다. 이제 '그'에게 "내일은 역시 내일도 오지 않을 것이다." 장례식장에서조차 들려오는 '내일 올거야.'라는 말이 정말이지 얄궂다.

이 시의 명민함은 영원히 이어질 것 같은 내일에도 끝이 있음을, 죽음을 상기시킴으로써 말해준다는 점에 있다. '내일 올거야'라는 말이 때론 오늘 할 수 있는 것들을 지연시키는 말이 될 뿐이라는 것, 나를 기다리는 사람에게 향할 시간으로 가장 적절한 것은 오늘일지 모른다는 것. 이것은 '그'에게, 그리고 우리 모두에게 해당하는 이야기여서 시의 화자는 '그'를 "우리 모두 잘 아는 그"라 명명했을 것이다.

선생님. 제겐 염소가 없어요. 금전도 없어요. 금붕어처럼 숨죽이고 있어요. 시간은 정물화처럼 상투적으로 흘러요. 당신의 아들은 누구입니까.

타락하고 부패한 자에게 살진 송아지를 잡혀 있지 않나요. 반항하고 무례한 자에게 왜 무릎을 꿇고 있나요. 정의는 무엇인가요. 저는 집을 떠나본 적이 없어요. 바닷가의 노을을 보고 싶어도 참았어요.

대신 저는 죽지 않았어요. 겁은 났지만 나약한 자리만 찾아다녔죠. 문밖에서 소리가 들리네요. 눈물 흐르는 소리가 들리네요. 맹인이 그림을 그리고, 벙어리가 노래를 부르네요.

먼 바다의 시간을 견뎠어요. 당신과 내가 주인공인 이야기를 들려줄게요. 내가 주인공인 이야기가 죄라는 사실을 몰랐죠. 만찬은 그때 들어요.

널리고 널린 사망의 공간. 거리를 걷다가 넘어져 있는 나를 보았어요. 무릎을 꿇고 울고 있어요. 나는 선물이 되지 못하고, 맛이 되지 못하고, 그저 나만 아는 곤고한 사람이 되었어요.
이렇게 구걸해본 적이 없어요. 지금 가장 위험한 사랑이에요. 괜찮다면 괜찮은 이별의 순간이에요. 눈곱을 떼어내고 이방의 언어로 세상을 겨우 읽기 시작한 근사한 순간이에요.

— 이재훈, 「라틴어를 배우는 시간」, 『현대문학』, 2019년 6월호.

이 세계의 진실에 대해 말하고자 일상과 이방의 문턱이 된 시를 다음으로 가져왔다. 이방의 나라로 떠나 이방의 사람과 문화를 마주하는 경험은 자주 우리를 구태의연한 어제와 오늘에서 구해내곤 한다. 이방의 언어를 도구 삼아 친숙한 세계를 바라보는 일도 그와 비슷한 효과를 낸다. 예컨대 '잘 사는 것'을 'well-being' 대신 'wealth'라고 번역해야 한다는 사실을 문득 깨달을 때, 정신적 풍요보다는 물질적 충족감만이 '잘 사는 일'의 기준이 된 사회의 모습에 씁쓸함을 느끼기도 하는 것이다. 옮기 시의 '나'도 비슷한 상황에 놓여있다. 이방의 말을 배워 세계를 새롭게 인식하는 그의 눈엔 무엇이 (안)보이는가.

일상의 아귀힘은 예상보다 강해서 거기 포박된 사람의 "시간은 정물화처럼 상투적으로 흘러"가기 마련이다. '나'는 집을 떠나지 않음으로써 그런 생활을, 익숙함과 안전함을 택한 사람이었다. 하지만 라틴어를 배우며 이 세계를 달리 보기 시작한 '나'는 익숙함과 안전함이 자신의 시야를 흐리게 했다는 사실을 깨닫는다. 숭고한 일을 위한 희생제물 송아지는 부패한 자들의 담보가 되어 있었다. 예의를 잃은 자들에게 무릎을 꿇는 일이 허다했다. 정의가 무엇인지 도통 알 수 없다.

하지만 스스로가 나약한 겁쟁이였다는 것을 알아차린 '나'는 집

밖의 소리를 제대로 들을 수 있게 된다. 사망의 공간인 거리는 삶을 치열하게 살아가려는 아픈 타인들의 노래로 채워져 있다. 주변과 어떤 교감도 없이 "그저 나만 아는 곤고한 사람"으로 살아온 '나'는 그것을 몰랐으나 이제는 그것을 간과하는 "죄"에 대해서도 생각하기에 이른다. 이것은 안전해 보이는 '자기만의 삶'과 "괜찮다면 괜찮은 이별"을 하는 것, 즉 "위험한 사랑"이다. "눈곱을 떼어내고 이방의 언어로 세상을 겨우 읽기 시작한 근사한 순간"이다.

그를 깨우친 것은 왜 라틴어였을까. 고대 지중해 세계의 공통어이자 많은 언어의 모체로 찬연한 문학적 업적의 재료가 되었던 라틴어이지만 그것이 지금은 찬란했던 시간의 유물로 몇몇 경전 속에 남겨져 있다. 어쩌면 '나'가 배우고 있다는 라틴어는 우리가 버려서 돌아갈 수 없는 어떤 향수의 세계를 환기하는 언어가 아닐까. 그러고 보면 라틴어에 이런 인사가 있었다. 'Si vales bene est, ego valeo.' 당신이 잘 있다면 잘 되었습니다. 나도 잘 지냅니다. '나만 아는 곤고한 사람' 대신 '당신이 잘 있어 나도 잘 있다'라고 말하는 다감한 사람들의 세계가 먼 옛날 언젠가는 있었던 것이다.

삶에 채워 넣어야 할 것을 알려주는

거듭하자면 삶의 반경을 넓히는 유용한 방식 중 하나는 친숙해지다 못해 권태로워진 일상에 이방인으로 도착하는 것이다. 그것은 자신

의 한계를 인정하고 자기에게 결핍된 것을 털어놓는 일로도 수행될
수 있다. 읽는 이에게 그 계기를 마련해주기 위해 고백하는 화자를
불러낸 시들이 있어 여기 옮긴다.

두껍지도 얇지도 않은 것이
장갑의 마음
어둠 속에서 불쑥 튀어나와
방문을 두드리고 사라지는
무성한 네온사인 불빛을 비집고 나와
창문을 두드리고 사라지는
장갑은, 변덕스러움
가끔은
문이 장갑을 두드리기도 한다.
돌이켜보면 세상의 모든 문들이
장갑을 두드려왔던 듯도 하다.
지금
퉁퉁 부은 장갑이
문밖에 대기하고 있다.
숨죽이며 기다린다.
안에서 걸어 잠근 방문을 열어젖히고
나를 환대해줄 장갑을
나를 결박하고

흠씬 두들겨 팰 이웃을

문을 열면 아무도 없다.
다시 장갑을 낀다.

— 김희정, 「장갑」(『서정시학』, 2019년 여름.)

사람에게는 두 개의 마음이 있는데 문의 마음과 장갑의 마음이 그것이다. 저마다 많은 날엔 자신의 문을 "안에서 걸어 잠"그고 아무도 그것을 두드리지 않았으면 한다. 하지만 또 다른 많은 날엔 노크로 안부를 물어줄 누군가를 바란다. 이렇게 바꿔 적을 수도 있겠다. 저마다 많은 날엔 타인의 문을 두드리려고 하지 않는다. 하지만 제마음이 퉁퉁 부어 견딜 수 없어지는 또 다른 많은 날엔 변덕스럽게도 문 두드릴 채비를 하며 장갑을 끼는 것이다. 어느 쪽으로도 온전히 기울지 않는 이 옹졸한 심성, "두껍지도 얇지도 않은" 본성 때문에 사람은 "나를 환대해줄" 또는 "나를 결박하고 흠씬 두들겨 팰 이웃을" 기다리고 또 기다리지 않는다. 그래서 관계를 맺고 푸는 일은 늘 고단하다.

세계는
무너지고 있습니다

당신의 세계는

너무나 견고하고

비집고 들어갈 틈이 없이
빽빽한 것이지만

나의 세계는
휘청거려요

그런 게 있다면
튼튼한 인부를 써서
부숴버리라고 부탁하겠죠

세계는
무너지라고 있습니다

– 민구, 「세계」(『시작』, 2019년 여름.) 중에서

그런데도 최소한의 장갑을 끼는 마음, 문 두드리는 마음이 지금-
여기의 우리에게는 필요한 까닭은 이곳이 "비집고 들어갈 틈이 없어
빽빽"해 보이는 각자의 생활이 만들어낸 관태기(관계+권태기)의 세계
이기 때문일 것이다. 정황이 이럴진대, 만일 자신의 영역부터 허물려는
사람, "세계는 무너지라고 있"는 것이라 말할 수 있는 사람이 있다면
그는 어떤 능력을 지닌 존재일까. 다음의 시가 넌지시 대답한다.

문병 갔다가

나는 간혹 불 꺼진 텅 빈 병실에 숨어들어 아무 침대에나 한번

누워본다

그러면 예전에 누군가 거기 누워 앓았던 병이 내 것인 것만 같고

나는 어느새 그 병을 이겨내고 이윽고 퇴원 준비를 하는 사람

같고

여기서 뭐하시는 거예요? 하고 간호사가 물으면

배시시 웃으며 옛날 일이 생각나서 한번 와봤어요, 하고 말해

준다

그럼 간호사도 웃고

병실 동료들도 웃고

수호천사도 웃어

우리 여기 들어가서 잠깐 같이 누워볼래?

하고 말해주던 엉뚱하고 대담한 사람이 있었다

둘이 몰래 들어갔다

그것으로 잠시 회복하고

누구도 들렀다 가지 않은 것처럼

둘이 몰래 조용히 빠져나온

밤의 병실이 있었다

– 황유원, 「밤의 병실」(『미네르바』, 2019년 여름.)

'나'는 누군가를 위해 문병하러 갔다. 그런데 그를 만나고 돌아오는 길에 텅 빈 병실에 숨어들어 아무 침대에나 누웠다. 그러고는 행간이 이어지지만, 그 여백에서 이런 장면이 아른거리는 것도 같다. 불이 꺼진 병실은 서글프도록 캄캄하나 복도에서 새어 들어오는 불빛이 어둠의 농도를 조절해준다. 세제와 약품으로 세탁되어온 이불이 차츰 함께 방 쓰는 다른 이들의 체취와 병실의 온기를 품어낸다. 눈에 익어가는 어둠 속에서 이불 내음을 맡고 있으려니 '나'의 머릿속에는 언젠가 이 자리에서 꼭 자신처럼 뒤척였을 누군가가 그려진다. "누군가 거기 누워 앓았던 병이 내 것인 것만 같고", "어느새 그 병을 이겨내고 이윽고 퇴원 준비를 하는 사람 같"아 진다.

이 겹침의 장면에 공감이라는 이름을 붙여도 좋다면, 공감은 주어진 능력이 아니라 노력과 실천의 결실이라는 사실이 다시 한번 증명된 셈이다. 그 노력과 실천이 곧 상상력의 산물임은 물론이다. 문병은 병을 묻는 일이다. 병을 물어 알아차리는 것에 지식이 동원된다면 병을 물어 병인의 마음을 헤아리는 것은 상상력의 소관이다. 지식을 웃도는 상상의 힘에 대해 많은 이들이 얘기해왔지만, 그것이 가장 필요한 순간은 누군가가 자신만의 삶을 위한 경계를 허물고 타인을 향하기로 마음먹었을 때인 것 같다. 물론 마지막 연이 과거형의 어미로 끝나는 이 시는 비극적이다. 상상을 제안하는 사람도, 위로가 전달되는 밤의 병실도 지금은 없다는 뜻이므로.

다만 현실의 무능을 고백하는 시들은 언제나 유능한 문턱이 되곤 했다. 그것을 밟으면 오래되고 비밀스러운 금기—삶의 빛과 그림자를 바라보는 겹눈이 생겨나기 때문이다.

노동의 행간, 없는 시간으로서의 시

*

　가없이 길고 어두운 숲을 급히 통과하려는 사람이 있었다. 빛이라곤 한 줌도 허용하지 않는 숲의 단호함에 어쩐지 두려워진 그는, 근처에 살면서 길눈이 밝아진 한 사람에게 동행을 청했다. 둘은 그들이 낼 수 있는 최고 속도로 걸었다. 예상대로 끝은 좀처럼 보이지 않았다. 처음의 사람은 조급해졌다. 가뜩이나 잰 걸음을 자꾸 재촉했다. 동행인은 며칠간 묵묵히 응해주었다. 그러다 숲의 한복판쯤 이르자 그는 문득 걸음을 멈추고 주저앉았다. 상의도 기척도 없었던 그의 행동에, 앞서 가던 사람은 불쾌하다는 표정을 지었다. 그런 그에게 동행인은 담담히 말했다. 잠시 기다려주도록 합시다. 저기 뒤처져있는 우리 영혼이 육체의 시간을 따라 잡을 때까지.

**

　강박적 성과주의를 앞세운 이 세계 안에서 현대인이 잃어버리고 있는 것이 있다면, 다름 아닌 이 영혼의 시간일 것이다. 근대 이후 자본주의 사회는 규율 사회로부터 성과 사회로 이행되어왔다. 이 말인 즉, 21세기의 주민들이 병원이나 감옥, 공장에서 감시되는 '복종적 주체'이기보다는 오피스, 공항, 쇼핑몰에서 소진되는 '성과 주체'에 가까워졌다는 뜻이기도 하다. '하면 안 된다'는 '더 할 수 있다.'는 말로 교묘하게 외피를 바꾸었고, 이 긍정 과잉의 캐치프레이즈 아래에서 현대인은 무한 생산과 소비를 위해 과로하고 있다.[38]

　이렇듯 경쟁 지상주의의 사회가 끼니를 담보 삼아 인간을 '생활'이라는 직장에 구속하고 있는 한 시간은 저마다의 것이 아니다. 대개는 삶의 어느 단계에 있든 깨어있는 시간을 쪼개어 실적 내기에 매달린 채 '게으를 수 있는 권리'[39]를 스스로 포기하는 중이다. 즉 시간에 정복당한 시간 노동자인 셈이다.

　뒤집어 말하면, 현대 사회 안에서 '게으를 수 있는 권리'란 '쓸모없는 시간(혹은 일)'과 연결 되는 것이기도 하다. 행위의 주체를 사회적 성과와 무관한 자리에 위치시키는 무용한 시간 내지 행동들. 거기에 예술과 미학적 행위도 포함될 수 있을 것이다.

---

38) 한병철, 『피로사회』, 김태환 역, 문학과 지성사, 2012, 23~29면.
39) '게으를 권리'라는 단어는 폴 라파르그, 『게으를 권리』(차영준 역, 2015.)에서 빌려왔다.

해가 진다
원효대교 남단 끝자락
퀵서비스 라이더
배달 물건이 잔뜩 실린 오토바이를 세워 놓고
우두커니 서 있다가
휴대폰 카메라로 서쪽 하늘을 찍는다

강 건너 누가 배달시켰나 저 풍경을
짐 위에 덧얹고 다시 출발

라이더는 알지 못하네
짐 끈을 단단히 묶지 않았나
강으로 하늘로 차들 사이로
석양이 전단지처럼 날린다는 것을

– 윤성학, 「선셋 라이더」, 『계간 파란』, 2018년 겨울호.

퀵서비스는 성과주의의 산물이자 시간을 통제당한 현대적 삶의 증거이다. '더 빨리, 더 많이 상품을 생산하고 소비해야한다'는 이 세계의 생존 규칙을 그대로 드러낸다. 그런 차원에서 이 퀵서비스의 라이더를, 시간에 일상을 저당 잡혀 살아가는 현대인의 표상으로 여겨도 좋을 것이다. 그는 이 사회에서 쉼, 즉 '게으를 수 있는 권리'가 곧

낙오와 연결된다는 것을 가시적으로 보여준다.

그런데 옮긴 시는 그런 라이더의 핸들 쥔 손이 예술가의 손으로 변하는 한 순간을 포착해낸다. 짐을 실어 나르는 것이 성과와 관련된 노동이라면, 오토바이를 멈추고 해 지는 풍경을 카메라에 담는 것은 성과의 바깥에 있는 쓸모없는 행동이다. 그러나 이 잠깐의 시간으로, 라이더는 시간 노동자가 처한 생활의 경계선을 넘어선다. 이것은 일종의 위반이다. 랑시에르 식으로 다시 적자면, 노동 외에 여타의 것을 할 시간이 없는 존재가 사회가 정해놓은 먹는 입(노동)과 말하는 입(예술)의 분할을 넘어서는 행동이기 때문이다. 그에 따르면 노동하는 존재들이 사실 말하는 존재임을 증명할 때, 즉 정해진 노동 시간의 사이사이에 그것과 완전히 결이 다른 성과 없는 시간을 가질 때 정치는 시작된다.[40]

따라서 이 시대 문학의 몫은 그 '없는 시간'을 현현시키는 일과 관련이 있다. 낮—노동 시간의 배면에서만 출몰하는 무가치한 시간과 무소용인 일들의 유용함을 발견하는 것. 이 고단한 발견을 위해 종종 시인들은 시의 주체를 생활의 바깥으로, 더 바깥으로 내모는 중이다.

경쾌하고 즐거운 자, 그가 가장 위험한 사람이다

울고 있는 사람의 어깨를 두세 번 치고

---

40) 랑시에르의 「프롤레타리아의 밤」의 내용을 전유하였으며 해당 글은 주형일, 『랑시에르의 무지한 스승 읽기』(세창미디어, 2012.)에 수록된 것을 참고하였음을 밝혀둔다.

황급히 떠나는 자다

벗어둔 재킷도 깜빡하고 간 그를 믿을 수 없기 때문에

나는 진지하게 가라앉고 있다

침대 아래 잠들어 있는 과거의 편선지처럼

그림자놀이에는 그림자 빼고 다 있지

겨울의 풍경 속에서

겨울이 아닌 것만 그리워하는 사람들처럼

오늘의 그림자는 내일의 벽장 속에 잘 개어져 있으므로

— 유계영, 「미래는 공처럼」(『현대시학』, 2018년 11월–12월) 중에서

인간이 죽음으로 나아가는 시간의 편도 티켓을 쥐고 있을 뿐이라면, 그나마도 반복되고 순환되는 노동 안에서 맴돌며 시간을 소모할 뿐이라면, 그 일상 안에서 내내 "경쾌하고 즐거운 자"는 "가장 위험한 사람"이다. 그는 부조리에 거역하지 않는 자, 모순에 만족하는 자, 제 처지가 마냥 즐겁고 상쾌하다고 느끼는 자이다. 그런 자의 유쾌함은 사실 두렵다.

이를테면 그가 "울고 있는 사람의 어깨를 두세 번 치"며 자신의 긍정적인 마인드를 전파할 때 폭력이 시작된다. 생활에 만족하는 그에게 있어 누군가 생활로부터 느끼는 아픔은 공감의 대상이 아닌 것이다. 그것은 그저 벗어둔 재킷을 깜빡할 정도로 재빨리 떠나버릴 수

있는 별것 아닌 일이 되어 버린다.

'나'는 그를 불신하여 경쾌하고 즐거워지기를 포기한다. 마치 방 안도, 방 밖도 아닌 침대 밑에 도사리고 방을 주시하는 편선지 처럼, 생활의 가장자리로 물러난 존재가 되기로 한다. 겨울의 한복판에 있으면 겨울의 정체를 알 수 없듯, 일상의 한복판에서는 거기 장악당해 버리기 때문이다. 그래서는 오늘의 비극을 내일의 손에 미루어버리는 사람들과 다를 바가 없을 것이다.

이제 이렇게 말해도 되겠다. 오늘날 시를 쓴다는 것은, 세계가 정한 쓸모없는 시간에 쓸모없는 일들을 모색하는 것이다. 그 자체로 무용해지기 위해 사력을 다하는 일이다.

***

하루가 작별을 고하는 저물녘은 종종 생활에 틈입하여 각별한 찰나를 만들어준다. 우리는 숨기고 싶은 표정조차 폭로해버리는 낮의 해가 사나운 질주를 끝낼 무렵부터 모든 것을 감싸 안는 어둠의 품에서 잠들기 전까지, 남루해진 얼굴을 매만지거나 수척한 주위의 기척을 더듬어보기도 한다. 사회의 규율 안에서 이 시간은 무의미한 것으로 분류된다. 그러나 이 시간만이 가질 수 있는 유용함이 반드시 있다고, 다음의 시가 말해준다.

거리에 어둠이 내린다 담쟁이는 울그락불그락 건물을 핥고 비둘기는 건너편으로 종종걸음 전봇대가 제 목에 전선을 감고 있다 그 아래 구부정한 차림의 가방이 드르륵 연신 핸드폰에 조아리며 미안하다며 걷는 저이, 허리를 굽실 몇 걸음 떨어진 내 발치에 떨어지는 죄송이란 단어가 낙엽처럼 뒹군다 목소리 사이로 그림자 사이로 내 안을 빗금으로 횡단하는 가로등 불빛

말 건네지 않아도 저 이가 짐작된다 이룰 수 없는 꿈이거나 사랑이거나 던지는 서류에 이면지처럼 구겨졌을, 잊으려 술을 마시고 전봇대 붙잡고 고해성사를 할지도 모른다 끼니는 생을 건너는 자에게 놓인 한 덩이의 슬픔, 고봉으로 눌러 퍼 올리면 순두부처럼 몽글몽글 피어오르는 저물녘 구름

울음은 해 지는 쪽으로 눕고 마감일을 넘긴 청구서가 쌓일 테지 옷깃에 얼굴을 파묻은 저 이나 나나 결국 순환선을 타고 제자리 맴도는 건 아닌지 진눈깨비는 눈썹에만 쌓이다가 눈물로 스민다 오토바이에 배달되어온 고독이 끼익 멈춘다 하염없이 미끌거리는 길목

— 박수빈, 「西로 겹치는 울음」, 『리토피아』, 2018년 겨울.

해가 지고 가로등이 막 켜질 때 유독 선명하게 보이는 것들이 있

다. 건물을 훑는 담쟁이, 종종걸음 치는 비둘기, 제 목에 전선을 감은 전봇대, 이쪽이 보일 리 전화 속 상대에게 연신 허리를 조아리는 누군가처럼 외로운 존재들. 어둠이 내리고 나서야 그들 쪽으로 시야가 밝아지는 것은 낮 시간에 '게으를 권리'를 박탈당한 현대인의 아이러니다. '나' 역시도 그런 자여서 땅거미가 질 때에 이르러 저와 닮은 타인을 시선에 담는 것이다. '나'도 그도 매한가지로 "순환선을 타고 제자리 맴도는" 자들. "말 건네지 않아도 저 이가 짐작"되는 것은 '나'가 그와 별반 다르지 않은 생활 속에 놓여있어서이다. 꿈과 사랑을 구겨버린 자가 숨겨둔 마음의 상처를 단번에 헤아릴 수 있는 자는 꿈과 사랑을 구겨버린 자 뿐일 터. 그 헤아림의 현장이, 시에는 "서(西)로 겹치는 울음"이라는 중의적인 말로 아름답게 요약되어 있다.

이 순간의 겹쳐짐은 물론 끼니와 청구서 걱정에 곧 잊힐 지도 모른다. 하지만 이것으로 남은 삶의 기미가 달라지기도 한다.

　　욕조에 몸을 담그고 있는데 전기가 나갔다
　　밖에는 비가 내리고
　　녹슨 슬픔들이 떠오른다
　　어두운 복도를 겁에 질린 아이가 뛰어간다

　　바깥에 아무도 없어요?
　　내 목소리가 텅 빈 욕실을 울리면서 오래 떠다니다가 멈춘다

　비로소 사랑하는 자들의 노래가 깨어나면

심장은 자신보다 높은 곳에 피를 보내기 위해 쉬지 않고 뛴다
중력은 피를 끌어내리고
심장은 중력보다 강한 힘으로 피를 곳곳에 흘려보낸다

발가락 끝에 도달한 피는 돌아올 때 무슨 생각을 할까
해안선 같은 발가락들을 바라본다

우리가 죽을 때 심장과 영혼은 동시에 멈출까
뇌는 피를 달라고 아우성칠 테고
산소가 부족해진 폐는 조금씩 가라앉고
피가 몸을 돌던 중에 심장이 멈추면 더 이상 추진력을 잃은 피는
머뭇거리고
나아갈 수도 돌아갈 수도 없고
할말을 찾지 못해 바싹 탄 입술처럼
그때 내 영혼은 내 몸 어딘가에 멈춰 있을까

물이 심장보다 높이 차오를 때 불안해하지 않는 사람은 없다
깊은 물속으로 걸어 들어갈 때
무의식중에 손을 머리 위로 추켜올린다

무너질 수 없는 것들이 무너지고 가라앉으면 안 되는 것들이

가라앉았다

꿈속의 얼굴들은 반죽처럼 흘러내렸다

덜 지운 낙서처럼 흐릿하고 지저분했다

누군가가 구겨버린 꿈

누군가가 짓밟아버린 꿈

어떤 기억은 심장에 새겨지기도 한다

심장이 뛸 때마다 혈관을 타고 온 몸으로 번져간다

나는 무섭고 외로워서 물속에서 울었다

무섭기 때문에 외로웠고

외로웠기 때문에 무서웠다

고양이가 앞발로 욕실 문을 긁고 있다

다시 전기가 들어오고 불이 켜진다

물방울을 매달고 있는 흐린 천장이 눈에 들어오고

어둠과 빛 사이에서 김이 모락모락 피어오른다

서로를 조금씩 잃어가면서

서로를 조금씩 빼앗으면서

납덩이가 된 심장이 온몸을 내리누른다

— 신철규, 「심장보다 높이」, 『문학동네』, 2017년 겨울.

　무위의 시간만이 지닐 수 있는 권능에 대해 다른 시는 이렇게도 말한다. 여느 때와 같았을 목욕 시간을 정전이 여느 때와 같지 않게 만든다. 전깃불은 일상과 노동의 스위치. 불이 꺼지면서 '나'는 갑작스럽게 평소의 시간에서 이탈한다.

　어둠에 시야를 빼앗기면 모든 것이 낯설어진다. 지금 '나'에게 그런 것은, 맨몸을 감싼 물의 감각이다. '나'는 흡사 어두운 복도를 뛰어가는 아이처럼 겁에 질린다. 하지만 도와줄 사람이 없다. 소리에만 예민해진다. 가장 강력한 것은 자기 몸에서 들려오는 소리, 특히 심장의 박동이다. 고립된 스스로가 살아있음을 알리는 리듬을 자각하고, '나'는 문득 중력을 거스르는 심장과 피에 대해 생각한다. 끊임없이 피를 한 곳으로 몰리게 하려는 중력에 맞서 심장은 피—생존의 증거를 온몸에 밀어 올린다.

　다만 피가 돌고 있다고 해서 그 주인이 온전히 살아있다고 말 하기는 어려울 것이다. 인간은 피 뿐만이 아니라 영혼으로도 생활의 중력을 거슬러야 한다. 생활의 고됨과 각박함 속에서 주춤대는 영혼을 계속 움직일 수 있다면 설령 육체가 멈춰도 영혼만은 멈추지 않을 것이다. "심장과 영혼은 동시에 멈출까." 이 '나'의 물음에는 사실 답이 정해져있다.

이제 '나'는 영혼의 순환을 지속시킬 수 있는 방법에 대해 생각한다. 그것은 명확하고도 어려운 일이다. "깊은 물속으로 걸어 들어갈 때" 모두가 "무의식중에 손을 머리 위로 추켜올린다"는 사실을, "물이 심장보다 높이 차오를 때"면 예외 없이 느낄 "불안"을 떠올리려 애쓰는 것. 그러자 무너진 것들과 가라앉은 존재들, 형체가 희미해진 얼굴들이나 구겨지고 짓밟힌 꿈이 '나'에게 새삼스레 찾아든다. 심장에 새겨져 영혼을 타고 돈다.

'나'는 이 지점에 이르러서야 비로소 무서움과 외로움을 느끼며 울 수 있게 된다. 이렇게 울 수 있는 자들의 심장은 납덩이처럼 무거운데, 이 납덩이 심장이야말로 현대인이 잃어버린 '인간성'의 증표일 것이다.

****

산다는 것은 흡사 시소를 타는 일과 같다. "혼자는 불가능"하다. 그 사실은 자주 잊히고 우리는 타자에게 점점 더 무감해진다. 하지만 내가 누군가를 그냥 지나칠 때 그도 나를 지나치고 있는 것이다. 내가 당신을 버릴 때 당신도 나를 버리는 중인 것이다.

'나'는 더불어 한 사람을 발견한다.
밀가루를 뒤집어쓰고 거리로 나왔다

슬픔을 보이는 것으로 만들려고

어제는 우산을 가방에 숨긴 채 비를 맞았지
빗속에서도 뭉개지거나 녹지 않는 사람이라는 것을 말하려고
퉁퉁 부은 발이 장화 밖으로 흘러넘쳐도

비밀을 들키기 위해 버스에 노트를 두고 내린 날
초인종이 고장 나지 않았다는 것을 말하기 위해
자정 넘어 벽에 못을 박던 날에도

시소는 기울어져 있다
혼자는 불가능하다고 말한다

나는 지워진 사람
누군가 썩은 씨앗을 심은 것이 틀림없다
아름다워지려던 계획은 무산되었지만
어긋나도 자라고 있다는 사실

기침할 때마다 흰가루가 폴폴 날린다
이것봐요 내 영혼의 색깔과 감촉
만질 수 있어요 여기 있어요

긴 정적만이 다정하다

다 그만둬버릴까? 중얼거리자

젖은 개가 눈앞에서 몸을 턴다

사방으로 튀어 오르는 물방울들

저 개는 살아있다고 말하기 위해

제 발로 흙탕물 속으로 걸어들어가길 즐긴다

– 안희연, 「소동」, 『현대시』, 2017년 10월.

"거리로 나"온 인간은 누구나 삶의 최전선에서 자신의 (무)능력을 저울질 당하고 또 증명하려 애쓴다. 그런데 이 시에서 '나'가 취하는 행동들—즉 각 연의 첫 행에 진열된 일들, 일없이 소모적이다. 밀가루를 뒤집어쓰고 거리로 나오거나, 일부러 비를 맞거나, 버스에 노트를 두고 내리는 것. '나'는 이 기행들을 일부러 저지름으로써 구태여 사회 부적응자 행세를 한다.

다만 이 행세는 체념이 아니라 의지의 발로이다. 뚜렷한 목적을 위해 저와 같은 일을 했기 때문이다. 그 목적이란 '나'의 존재를 알리는 것. '나'는 무형의 슬픔을 유형의 것으로 만들기 위해 밀가루를 뒤집어썼다. 우산을 든 행렬 속에서 자신을 드러내려 비를 맞았다. 비밀을 들키고 싶어서 노트를 버스에 두었다. 누군가 초인종을 눌러주기를 바라며 자정에 못을 박았다. 이것은 모두가 마지막 연에 묘사된,